周紹賢 編著

應用文

中華書局印行

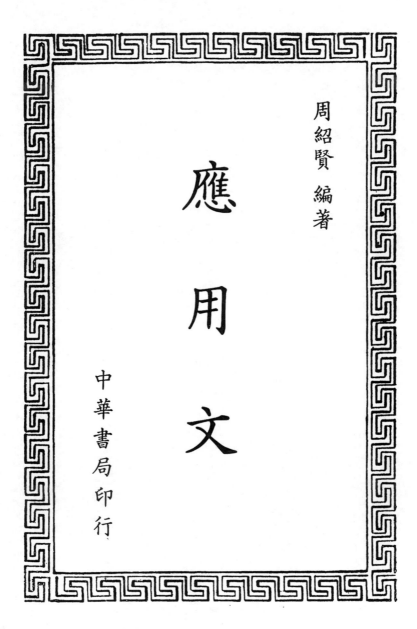

序

應用文主要之項：曰私人書函，曰公事文書。往昔公文私函，皆稱曰書牘。書牘之濫觴，首見於尚書，訓、誥、誓、命，爲公文之起源；微子、君奭，爲私函之起源；此後文獻所載者歷歷可鑒。戰國策、魯仲連遺燕將書、樂毅報燕惠王書等，皆只錄其言事之本文，當時書牘之起首及結尾之語，無所考。至漢時，司馬遷報任安書、董仲舒與丞相公孫弘書，首尾有提稱致敬之語，書牘乃有具體範例；後世屢有變易，沿至於今，已有固定之格式。書牘爲文體之一，唐朝始有應用文之名，直齋書錄講題有「令狐公奏表十卷」云「唐宰相令狐楚撰，楚長於應用，嘗以授李商隱」，應用文之名始見於此。

中國文學領域豐富，自古論文體者，如魏文帝之典論論文，顏氏家訓之文章篇，以及昭明文選、文心雕龍，迄至清朝姚鼐之古文辭類纂、曾國藩之經史百家雜鈔，皆列書牘爲專門體裁；以其文乃修書之人與受書之人，以文字相見，尊卑上下，禮節言辭，皆須恰如其分；非若其他文章，作者可以言論縱橫，旁若無人，獨抒己見，任興放談也。昔陳遵尺牘，人珍爲寶；谷永筆札，名耀當時；禰衡作書，輕重委婉得體；山濤啓事，史乘傳爲佳談；述懷達意如同面語，情愫吐在行間，妙詞生於字裏，此乃天才之專家，文學之特長，非今此講應用文所敢企望者也。

自文學革命，以語言代替文學，「話怎麼說就怎麼寫」，無須講文辭體裁，小學兒童便能寫信；若論及書牘規格，大學畢業亦多不能執筆。中國文學之命雖被革，尚餘毫末之殘根，書牘慶弔等等應用之文，在禮俗之中，仍未普偏息滅，妙品佳作，仍然有人欣賞。余多年於大學講應用文，探其淵源，考其流變，選各類之成文，輯通行之術語，擧寫作之規範，並將自己應酬及代人所作之文，總集一編，雖爲新文學所擯棄，然秦磚漢瓦，破舊之古董，亦歷史文化之殘迹也，好之者自有其人，古諺云「家有敝帚，享之千金」（典論論文），此之謂也。

海陽　周紹賢序於輔仁大學

中華民國七十四年歲次乙丑四月十日

應用文目錄

第一章　書牘

第一節　書牘釋名

劉熙釋名云「書庶也，紀庶物也。亦言著之簡紙，示不滅也。」文心雕龍書記篇云「書者，舒也，舒布其言，陳之簡牘。」古無紙時，書寫於竹曰簡，於版曰牘。杜預春秋左傳序「大事書之於策，小事簡牘而已。」疏云「簡、札、牒、畢（爾雅釋器云簡謂之畢），同物而異名。單執一札，謂之爲簡，連編諸簡，乃名爲策，故於文策或作册，象其編簡之形。」是則古昔凡事物、語言，以文字著之於簡册者，皆稱曰書牘。

史記匈奴傳「漢遺單于書牘以尺一寸，辭曰：皇帝敬問匈奴大單于無恙。」南史范雲傳「雲居選官，書牘盈案，賓客滿門，應答如流。」宋黃伯思東觀餘論云「唐人及國初前輩，與人書牘，或只用押字與名，無異上表章。」劉基詩云「公庭委舊事，書牘呈新選。」可知自漢以來書牘爲官方文書及私人書函之通稱。公私書函之通稱不一，舉要如下：

一、**書**：左傳成公七年，巫臣自晉寄子重子反書。襄公二十四年，子產諫范宣子書，及司馬遷報任安書，楊惲報孫會宗書，此私人平行之書函也。蘇厲爲齊遺趙惠文王書，范雎獻秦昭王書，及漢文帝遺匈奴書，東方朔應詔上書。此爲公事而用於上級者也。沿襲至今，如家書及與友人書，或向政府請願書及建議書，仍然公私兩用。

二、書疏：文心雕龍書記篇云「疏者布也，布置物類，撮題近意，故小劵短書，號為疏也。」疏者布陳其事，亦未必皆為短書，如賈誼論時政疏，五六千言，劉向諫營起昌陵疏亦千餘言。疏之名稱本皆用於公文。然曹丕與吳質書云「雖書疏往返，未足解其勞結。」晉書陶侃傳云「侃性聰敏，遠近書疏，莫不手答，筆翰如流，未嘗壅滯。」杜甫詩「洞庭無過雁，書疏莫相忘。」白居易詩「兩裔少辭牒，四境稀書疏。」則書疏亦為私人書函之稱。

三、書函：函，匵也。漢書武帝紀元封元年封泰山，注云「王者功成治定，告成於天，刻石紀號，有金策石函，金泥玉檢之封。」言封禪之文，以金為策，封於石函之中也。書函一詞首見於後漢書祭祀志。後世書疏以紙為函，即俗所謂信封。舊唐書魏徵傳「太宗曰：徵亡後，朕遣人至宅，就其書函，得表一紙。」李商隱詩「九重誰省諫書函」。高啓詩「濯冠捧書函，平明獻朝堂。」書函亦為公私兩用之名。今公用者只有平等機關往來之文書，名曰公函。

四、書札：漢書司馬相如傳「上令尚書給筆札」。說文札，「牒也」、「版也」。段注「長大者曰槧，薄小者曰札、曰牒。」後漢書劉盆子傳「古王子將兵稱上將軍，乃書札為符曰上將軍。」古詩「客從遠方來，遺我一書札。」南史陶宏景傳「自號華陽陶隱居，人間書札，即以隱居代名。」李白蘇武詩「白雁上林飛，空傳一書札。」又，書札亦稱翰札，翰者筆也；晉書何遵傳「子綏字伯蔚，奢侈過度，翰札簡傲。」又稱文札，後漢書劉祐傳「祐文札強辨，每有奏議，應對無滯。」又稱手札，宋史錢若水傳「周世宗，以手札訪若水。」白居易酬牛相公詩云「手札八行詩一篇，無由相見但依然。」書札亦為公私函之通稱。

五、牋：牋又作箋，文心雕龍書記篇云「箋者表也」。戰國以前君臣往來文件，皆曰書，及秦漢始有表奏。後漢書黃香傳「所著賦、牋、奏、書、命，凡五篇。」楊修有答臨淄侯牋，繁欽有與魏文帝牋。三國志崔林傳「中郎將吳質，統河北軍事，州郡莫不修箋致敬。」是牋之名稱，乃用於尊貴者也；今則無此限制，普通書信有用「正切馳思，忽奉華箋。」之語者，私人之信紙，有印某某用牋之字樣者，則箋字已爲書札之通稱。

六、啓：文心雕龍奏啓篇「啓者開也。商高宗云：『啓乃心沃朕心』，取其義也。至魏國箋記，始云啓聞，奏事之末，或云謹啓。」晉書山濤傳「濤所奏，甄拔人物，各爲題目，時稱山公啓事。」梁劉潛有謝始與王賜花紈簟啓，庾信有謝趙王賚絲布啓，皆用於尊貴者也，今通稱函札曰書啓。

七、書簡：簡亦作柬。小雅出車「豈不懷歸，畏此簡書。」此簡書爲軍中之命令。宋王曾傳「曾平生自奉甚儉，有故人子孫京來告別，曾留之具饌食後，送數軸簡紙，啓視之，皆人書簡後裁取者也。」陸游老學庵筆記「淳熙末，朝士以小紙，高四五寸，濶尺餘，相往來，謂之手簡。」此皆以書簡爲書札之通稱。

八、尺牘：古時書牘長約一尺，故名尺牘。漢書陳遵傳「贍於文辭，性善書，與人尺牘，主皆藏弆以爲榮。」舊唐書歐陽詢傳「人得其尺牘文字，咸以爲楷範焉。」尺牘又有尺一之稱，後漢書陳蕃傳「尺一選舉」，注「尺一謂板長尺一，以寫詔書也。」又有尺書之稱，漢書韓信傳「廣武君曰：奉咫尺之書以使燕。」南朝宋謝瞻詩「誰謂情可書，盡言非尺牘。」駱賓王詩「雁門迢遞尺書稀」。古時公私函，皆可稱爲尺牘或尺書。

九、刀筆：古無紙筆，記事以筆書於竹簡，誤則以刀削之，漢時謂之書刀，因而稱政府繕寫文書者曰刀筆吏，如史記蕭相國世家「蕭相國何，於秦時爲刀筆吏。」又張湯傳「湯無尺寸功，起刀筆吏。」

與今稱辦文書者曰文牘同義。宋楊億、黃庭堅，皆自稱其所著之尺牘曰刀筆。至於世俗稱撰寫訟狀之訟師曰刀筆，則離却原義，謂其文筆控訴，能殺人也。

十、帖：說文云「帖，帛書署也。」段注「署今所謂籤也。木曰檢，帛曰帖。」籤與檢通，檢亦作簽，古人簽題文字以爲標誌曰檢。今人所謂簽署，即由此義引伸而出。帖與檢同，形式皆小，用之以書寫簡單文字，今之抽籤問卜之籤，以竹或紙爲之，是其遺制也。魏晉人以書牘文辭較短者曰帖。諸葛亮之遠涉帖，報述行軍情形，杜預之歲終帖，敍說久別之情，皆寥寥數語。王羲之之雜帖，亦多爲短章，而給安西將軍帖，則三百餘字。木蘭辭「昨夜見軍帖」。隋書楊素傳「素矯詔追東宮兵士帖」。唐顏眞卿有乞米帖，韋莊有借書帖，可知古時公文及私函有時皆用帖。今之結婚喜帖，及宴會請帖，皆其遺制也。而今人民團體對於政府，或屬吏對於長官有所建議，於呈文之外，條擧意見或辦法，夾附呈文中，謂之說帖，亦由古之帖名沿襲而來者也。

十一、書信：使人傳報言語曰信，信本爲使者之稱。宋程大昌演繁露云「晉人書簡，凡言信至，或遺信者，皆指信爲使臣也。」古以使者傳音訊，後以書函傳音訊，因而有書信之稱。北周宇文護傳「二國分隔，理無書信，主上以彼朝不絕母子之恩，亦賜許奉答，不期今日得通家問。」元稹詩「老去心情隨日轉，遠來書信隔年聞。」書信名稱流行至今。

十二、其他別名：如「魚書」，古寄書之函，以木版兩頁，刻爲魚形，一蓋一底，置書其內，故漢樂府云「客從遠方來，遺我雙鯉魚，呼童烹鯉魚，中有尺素書。」後人因稱書札曰魚書。如白居易詩云「魚書除刺史」。劉禹錫詩云「新奉魚書墨未乾」。又，古人寄書，常以尺素結成雙鯉形，故古樂府云「尺素如殘雪，結成雙鯉魚。」後人又稱書札曰雙鯉，如劉長卿詩云「家憐雙鯉斷，才愧小鮮烹。」范成大詩云「生平書札頻雙鯉」。皆以雙鯉爲書信之別名。又如尺翰、尺簡、簡牘等名，則皆由上列各項變轉而出者也。

以上述所，在古時，皆爲公文及私函通用之名稱。而今在習慣方面，官方文書，稱爲公文或公牘。書信、書簡、書札、書函等名，皆爲私函之稱謂。

第二節　書牘之作法

顏氏家訓雜藝篇曰「江南諺云：尺牘書疏，千里面目。」山河遙隔，書信往來，等於晤面，可見其重要。有人以爲書信易於文章，何也？文章須詞章豐美，義理嚴明，書信則只求辭達而已矣。此大不然，夫所謂辭達，達至如何程度？如小兒牙牙學語，其父母亦能達其意，此得謂辭達乎？僻鄉田民，略識之無，亦能與親友通音問，此得謂辭達乎？若然，則俗所傳曾文正公之勇將鮑超，被敵包圍，求援無暇修書，乃親手寫一鮑字，又在周圍畫許多圓圈，當作文書，急報於曾公，而曾公能喻其意，此亦得謂辭達矣。又如俗傳，有人識字無多，親筆寫信寄妻子，語內凡所不知之字，皆以圓圈代替，人多不解，而一秀才能曉其意，此亦得謂辭達矣。辭達談何容易，文章亦不過求辭達而已矣，抒情則使人感動，說理則使人心服，敍事則瞭如指掌，寫景則生動傳眞，如此方爲辭達，如此非深於文學者不能辦。

且書信之功用，即在傳達情感、敍說事理，及報告實況，不但具備文章所有之條件，而又有固定之規格，而且書信談話之對象，其人與我之關係各有不同，語辭抒情，皆須恰如其分，要能將我之心意與態度，在書信中表達盡致，如此方爲辭達，如此乃知寫作書信之非易。

典論論文云「文非一體，鮮能備善。」王粲長於辭賦，陳琳長於表章，人之天才不同，各有長短。

書函之文，自爲一體，如「陳遵占辭，百封各意；禰衡代書，親疏得宜。」獨擅此才者，不可多覯。然此乃日常應用之文。人人必須諳練，劉彥和云「才冠鴻筆，多疏尺牘。」（以上兩引皆見文心雕龍書記篇）言文才雖高，亦不可忽視尺牘也。

一、書牘之結構及套語之流變

古人謂「文無定法」。除科舉之試帖，有限定之規格而外，則作文應各就其題目而作適當之結構，方能暢所欲言。惟書牘則不然。通常與長者或友人見面相談，開口必有稱呼及寒暄之語，繼之再敍所欲言之事，最後道別，必有致敬之語。寒暄與致敬，俗名曰套語，或曰應酬語。套語爲相談之禮節，爲人情所不能免，書信即與對方書面談話也，以文字相談，禮貌更宜周到，則套語更必須有，雖父與子書，可免套語，然如久別慰問，或有所勸勉，亦不能盡免套語意味，惟語氣與他人不同耳。是以書信之結構，似有必然之規格。

普通書信之結構，大體可分三段，起首寫受信人之名稱，道寒暄之語，中段敍事，名曰本文，結尾頌祝之後，自己具名致敬，並寫發信之月日。

發端套語，或敍久別之情，如梁元帝與蕭挹書云「濶別清顏，忽焉已久，未復音信，勞望情深」。或致敬慕之意，如沈約與陶弘景書云「先生糠秕流俗，超然獨遠，列霓羽帶，總轡雲霞，方當名書絳簡，身遊玄圃。」或寫時令景物而引發頌祝之詞，如昭明太子之十二月啓，每月皆寫時令佳景，而轉敍思慕及頌揚之語。或問近況，如梁朝王筠與長沙王書云「高秋凄爽，體中何如？」或有開首便致敬者，如司馬遷報任安書「司馬遷再拜言」。有開端便致歉意者。如王羲之殊遇帖「羲之死罪！死罪！」此兩項然套語，今已不用。王士禎香祖筆記云「昔人謂江左禁書疏往來，故右軍帖多稱死罪，以當時有禁也。」然孔廟漢碑魯相奏記司徒司空府，首具年月日魯相某等叩頭死罪敢言云云，末又云某惶恐叩頭死罪。又，孔文學、繁欽、陳琳諸人皆用之，則非自右軍始矣。

結尾套語，則或敍說情詞難盡。如王羲之與阮光祿書「向書已具，不復一一。」鮑照與妹書「臨途草蹙，辭意不周。」以及「此不多具」、「此不多及」、「不多譚」、「不一」、「不備」、「不盡」等（此類語詞皆通用，無所分別，香祖筆記云：宋人書問，自尊與卑曰「不具」，以卑上尊曰「不備」，朋友交馳曰「不宣」，見東軒筆錄。今人多不辨此，然三字之分別，殊亦不解。）或囑珍重努力（如蜀許靖與曹操書「願君勉之，爲國自重，爲民自愛！」彭羕與諸葛亮書「行矣，努力，自愛！自愛！」唐宋之問與吳競書「珍重！珍重！」李嶠答李清河書「伏維珍重！」）、或祝福請安，此乃自清至今，最流行之套語。

玆舉歷代書啓首尾套語如下以觀其流變

※周樂毅報燕惠王書

臣不佞。……敢獻書以聞，惟君王留意焉！

※周燕王喜謝樂間書

寡人不佞。……此寡人之愚意也，敬以書謁之。

※周燕太子丹與傅鞠武書

丹不肖。……謹遣書，願熟慮之！

※周鞠武報燕太子書

臣聞……太子慮之！

※漢司馬遷報任安書

太史公牛馬走司馬遷再拜言。少卿足下。曩者辱賜書。……書不悉意，略陳固陋。謹再拜。

※漢董仲舒詣丞相公孫弘記室書

江都相董仲舒叩頭死罪，再拜上言。……仲舒叩頭死罪，謹奉春秋署置術，再拜君侯足下。

※漢馬援與隗囂將楊廣書

春卿無恙。……援不得久留，願急賜報！

※漢王粲爲劉荊州與袁尚書

表頓首頓首。將軍麾下。勤整六師，芟討暴虐。戎馬斷養，罄無不宜。甚善！甚善！……頓首愴恨，不知所言。劉表頓首。

※漢繁欽與魏太子書

正月八日壬寅。領主薄繁欽。死罪，死罪！……欽死罪，死罪！

※魏文帝與吳質書

二月三日。丕白。歲月易得，別來行復四年。三年不見，東山猶歎其遠，況乃過之，思何可支！……東望於邑，裁書敘心。丕白。

※又

五月二十八日。丕白。季重無恙。……行矣自愛！丕白。

※魏曹植與楊修書

植白。數日不見，思子爲勞，想同之也。……明早相迎，書不盡懷。植白。

※魏曹植與吳質書

植白。季重足下。……曹植白。

※魏應璩與從弟君苗君冑書

璩報。……相見在近，故不復爲書。愼夏自愛！璩白。

※晉陸雲答車茂安書

雲白。……停及，不一一。陸雲白。

※晉嵇康與呂長悌絕交書

康白。昔與足下，年時相比，以故數面相親，足下篤意，遂成大好，由是許足下以至交。……古之君子絕交不出醜言，從此別矣，臨別恨恨！嵇康白。

※梁張充與尙書令王儉書

吳國男子張充，致書於瑯琊王君侯侍者。頃日路長，愁霖韜晦，涼暑未平，想無虧攝。……關心憂阻，書罷莫因，儻遇樵者，妄塵執事。

※梁王筠與東陽盛法師書

菩薩戒弟子王筠，法名慧炬，稽首和南，問訊東陽盛法師。……筠稽首和南。

※梁丘遲與陳伯之書

遲頓首。陳將軍足下，無恙，幸甚！幸甚！……聊布往懷，君其詳之！丘遲頓首。

※北齊祖鴻勳與陽休之書

陽生大弟。……書不盡意。

※北周庾信謝趙王賚米啓

某啓。……謹啓。

※唐王勃上絳州上官司馬書

月日。龍門百姓某，謹再拜奉書於司馬上官公足下。……勃死罪，死罪！

※唐駱賓王上吏部裴侍郎書

四月一日。武功縣主薄駱賓王，謹再拜奉書吏部侍郎裴公執事。……賓王死罪，再拜。

※唐張說與褚先生書

說拜白。薊北餘沍，關西早春，物候所宜，年來共感。惟先生進經玉殿，退食金門，黼藻元猷，榮問清暢，甚善！……張說再拜。

※唐韓愈答劉正夫書

愈白。進士劉君足下。辱牋，教以所不及，既荷厚賜，且愧其誠然，幸甚！幸甚！……愈白。

※唐柳宗元與韓愈論史官書

正月二十一日。某頓首十八丈退之侍者。……

※唐柳宗元寄許京兆孟容書

宗元再拜五丈座前。……宗元再拜。

※唐柳宗元與裴塤書

應叔十四兄足下。……偶書如此，不宣。宗元再拜。

※唐柳宗元與顧十郎書

四月五日。門生守永州司馬員外置同正員柳宗元。謹致書十郎。……書不能既。宗元謹再拜。

※唐柳宗元與太學諸生書

二十六日。集賢殿正字柳宗元，敬致尺牘太學諸生足下。……努力！多賀。柳宗元白。

※唐李翺賀行軍陸大夫

某月日。布衣李翺寄賀書，謹再拜大夫閣下。……翺再拜。

※唐劉禹錫上杜司徒書

月日。故吏守朗州司馬員外置同正員劉某，謹齋沐致誠，命僕夫持書，敢獻於司徒相公閣下。……禹錫惶悚再拜。

※唐李商隱爲濮陽公上賓客李相公狀

不審近日，尊體如何？……伏惟始終恩照。謹狀。

※宋歐陽修與晏相公殊書

春暄，伏維相公閣下，動止萬福！……伏維上爲邦國，倍保寢興！企望旌麾，無任激切！

※宋歐陽修與梅聖俞書

某再拜聖俞二哥。……漸寒。千萬自愛！不宣。某白。

※宋歐陽修與謝景山書

修頓首再拜景山十二兄法曹。……夏熱，千萬自愛！

※宋蘇軾上文潞公書

軾再拜。孟夏漸熱，恭維留守太尉執事，臺候萬福！……惟冀以時爲國自重！
※宋王安石答孫少述書
少述足下。……春暄自重！
※宋葉適與戴少望書
少望兄足下。奉別忽已三改月。瞻望瞻望！日來伏維起居佳勝！歲行盡矣，寒苦，惟厚自愛！
※元耶律楚材復楊行省書
某再拜，奉書於行省閣下。……謹復書以聞，山川遼濶，書簡浮沉，比獲瞻依，更希調護，不宣。
※又寄趙元帥書
楚材頓首白，君瑞元帥足下。未審邇來起居如何，……比平安否？更宜以遠業自重，區區不宣。
※明王陽明與朱守忠書
乍別忽旬餘，沿途人事擾擾，每得稍暇，或遇景感觸，輒復興懷。……明日當發玉山，到家漸可計日，但於守忠相去益遠，臨紙悵然！
※明歸有光上徐閣老書
四月十四日。進士歸有光，謹再拜，獻書少師相公閣下。有光幸生明公之鄉，相望不過百里，自少已知向仰，而無由得一接其聲光，……干冒尊嚴，伏增惶恐，有光再拜。
※又與宣仲濟書
有光頓首仲濟足下。……明當奉晤，不一。
※明朱舜水答長崎鎮處黑川正直

恭維老先生閣下。福祉並繁，融和衍慶，違顏三月，又忽逾年，懷念高深，戀慕誠切。……更祈珍重！率泐附發，不盡願言，統維炤鑒。

※清曾國藩覆賀耦庚中丞

國藩頓首頓首耦庚前輩大人閣下。二月接奉手示，兼辱雅貺，感謝！感謝！……書不宣盡，伏惟垂鑒。

※清彭玉麟與郭意城書

意城仁兄大人閣下。春間星沙快晤，暢聆麈論，深慰離悰，旋於岳陽樓下，奉到手敎，辱蒙綺注殷拳，感銘如何！……匆匆手此，耑請臺安，欲言不盡。弟玉麟頓首。九月廿八日。

※清王闓運致羅笏臣書

笏臣仁兄軍門麾下。久暌旌斾，每軫懷思，……敬頌勛祺，惟希雅照，不具。

※清李鴻章復欽差大臣楊虞裳

虞裳仁弟大人閣下。頃接惠書，詞文旨遠，推挹之重，媿弗敢當。……相見不遠，先泐布復，順頌升旗，惟照不具。

由上所列，可見自戰國以來，書信之例；今日書信之規格結構，乃經二千餘年之演變而成者也。蔡邕獨斷云「相見無期，惟是書疏可以當面。」書信等於當面談話，見面有寒暄語，最後有道別致敬語，此出乎人情之自然者也；故書信可謂有當然之規格，無分今古，其義一也。至於與子弟晚輩之書信，則措詞親切便可，套語可免，亦略舉例如下：

※漢劉向誡子歆書

告歆無忽！……。

※漢孔臧與子琳書

告琳。……。

※晉陶潛與子儼等疏

告儼、俟、份、佚、佟。……汝其慎哉！吾復何言。

※唐李華與外孫崔二孩書

八月十五日。翁告崔氏之子兩孩省。……不次。翁告崔氏二子省。

※唐李華與表弟盧復書

八月八日。外兄李華，敬簡盧十五弟則之處。……匆匆不次。華敬簡。

※唐元稹誨姪崙鄭書

告崙等。……稹付崙鄭等。

※明楊繼盛諭子書

應尾應箕兩兒：人須立志，……記之！記之！

※清曾國藩諭子書

字諭紀鴻兒：前聞爾縣試，幸列首選，為之欣慰。……此諭。同治元年五月廿七日。

※又，寄侄書

同治二年十二月十四日。字寄紀瑞侄左右。前接吾侄來信，字跡端秀，知近日大有長進。……願吾侄早勉之也！

※清王闓運與丁壻暨女棣芳書

康侯世講甥及棣芳均好……雨雪陰寒，悤悤作書，順頌堂上年福。

綜觀古今之書信結構可分析如下：

一、通名：「太史公牛馬走司馬遷」。

二、敬禮：「再拜言」。

三、稱謂：「意城仁兄大人」。

四、提稱語：「閣下」、「足下」。

五、啓事敬辭：「敬啓者」。

六、開端抒情語：「浮雲一別，流水十年，思念之情，無時或已。」（此項抒情語，與結尾抒情語，或名曰應酬語，其內容爲發抒懷念、頌祝等情，故應稱曰抒情語。）

七、正文：「僕自到九江，已涉三載，形骸且健，方寸甚安。下至家人，幸皆無恙。」

八、結尾抒情語：「倘有藥石，幸貺故人，瞻望雲天，企佇曷已。」

九、結尾敬辭：「肅此，恭祝臺祺！」

十、署名致敬：「弟玉麟頓首」。

十一、月日：「二月三日」、「道光廿六年四月十六日」。

十二、補述：「老伯尊前祈叱名請安」。

上述各項，往往因人因事而有所省略，如對子弟可省應酬語。喪事唁慰，可免開端應酬語。茲按上列結構次序略作說明如下：

㈠通名㈡敬禮：此二項，乃依晤談之次序而定。謁見必先通名，見面必先敬禮，如王羲之之書信，開首便寫「羲之頓首」。曾國藩家書，開首便寫「男國藩跪稟父母親大人萬福金安」。清末以來，此二項已省去。

㈢稱謂：稱謂所以確定通信人雙方之關係者也。稱謂不恰當，則易致對方不愉快，親屬皆有固定稱呼，當然無須思議。其他則當視關係之親疏，感情之厚薄而定稱謂，如對於有相當關係者，而用普通「某某先生」之稱呼，則使對方感到疏遠。對於初次新交，而我之年齡地位又皆不如對方，而遽以「仁兄」稱之，則使對方感到冒昧。必須按照實情，善加斟酌，方不至有失。復次，至親而外，對於稱呼有須冠以對方之名字者，則稱「字」（即別號），而不稱名，顏氏家訓云「名以正體，字以表德。」稱「字」所以示敬也。如「某某吾兄」、「某某仁弟」，對長輩則取別號中之一字，下加「公」字，如「某公吾師」、「某公世伯」等。

對於尊長之稱謂，仍可沿禮俗傳統，用「大人」二字。萬不可輕從一般幼稚論調，動輒以封建二字作嘲罵之語詞，謂「大人」爲封建稱呼，謂對父母亦可你我相稱，此種乖誕之說，初起時，曾使青年人寫信，發生許多笑話；不宜再矯情爲之。稱尊長爲大人，我以幼小自居，乃名正言順之稱呼，如「祖父（母）大人」、「父（母）親大人」、「伯父大人」、「舅父大人」等，對於師長，昔人多稱「夫子大人」，今稱「老師」或「某公吾師」。清時官吏僚友間之書函，如「某某尊兄大人」、「某某仁弟大人」，乃因大人爲在位者之通稱，今已無此稱呼。

對於關係較疏遠之尊長，如「姻伯」、「表叔」、「世伯」等稱，仍然沿用。平輩通信，無特殊關係者，雖對方年齡低於我，亦稱之曰「兄」，如交情較深，亦可依年齒長幼，或兄或弟如實以稱，口頭如此，寫信亦如此。

對於晚輩，如自己之子女，通常稱爲「某兒」或「某某吾兒」，「某女」或「某某吾孟」。男女皆可通稱爲兒。對於學生或稱「仁棣」、「賢契」，今大都稱爲「同學」，或不加稱謂，只寫對方之別號。

對於有職位之人，如有較親之關係，則不必稱其職銜。否則在別號下加職銜，如「某某院長」，或單稱別號中之一字下加「公」字與職銜，如「某公部長」，職銜下亦有加稱先生者，如「某某校長先生」，如學生對受業之校長，則稱「某公校長吾師」，不可再加先生稱呼。

㈣提稱語：提稱語在稱謂之下，表示請求受信人察閱之意，故與稱謂均宜適合對方之身份。如對於父母用「膝下」，對於親友長輩用「尊前」、「鈞鑒」等。對於師長用「函丈」、「座下」、「鈞鑒」等。對於平輩用「大鑒」、「台鑒」、「足下」等。對於晚輩用「青及」、「如晤」等。

㈤啓事敬辭：此乃書信正文之發語辭，用於提稱語之下，如對父母用「敬稟者」、「敬肅者」，對親友長輩用「敬啓者」、「敬陳者」，對平輩用「啓者」、「茲啓者」。凡覆信皆可用「敬覆者」。對晚輩有時可免用，有時可用「茲覆者」、「茲覆如左」。此項發語詞，令多略而不用。

㈥開端抒情語：此爲致達情感之語，或表思慕，或敍別離之情，或頌揚德業，或祝福起居。如對尊親則云「拜別尊顏，忽爾旬餘，孺念之忱，時切馳依，敬維福體康泰，爲頌爲祝。」對師長則云「暌違訓誨，轉瞬數月，遙憶師門，悵然神馳，恭維道履綏和，定如所頌。」此項語辭，在久別問候書函之中，最有重要性。

㈦正文：正文爲書信之主旨所在。如寫此信，或爲慶祝、或爲懇託、或爲邀約、或爲問候等等，當各按事由及與對方之關係而措辭，此全在作者之用心，本無定例，而總之意思須顯明，層次須清晰，語詞須輕重得宜，使閱者發生美感。

㈧結尾抒情語：大抵皆簡單數語，如「遙憶德輝，曷勝翹企！」、「秋風多厲，惟希珍攝！」、「敬希賜覆，俾便遵循！」、「臨書依依，欲言不盡。」須切合情事，與前文之語意相關聯。

㈨結尾敬辭：可分兩部分，一為敬語，如「肅此」、「專此」之類。二為問候語，如對祖父母、父母用「敬請福安」、「敬請金安」。對師長用「敬請道安」、「敬請誨安」。對親友尊長用「敬請崇安」、「敬請尊安」。對平輩用「即請大安」、「即問近安」。此處須注意兩點：一、如起首啓事敬語用「敬稟者」、「敬啓者」，則結尾當用「肅此」、「敬此」。起首如用「茲啓者」、「茲覆者」，則結尾宜用「專此」、「手此」之類。二、在問候語中如用「請」字，則下用「安」字，如「敬請福安」、「即請大安」。若用頌字，則下用「祺」字，如「順頌時祺」、「即頌勳祺」之類。

㈩署名敬禮：末尾署名宜與以上之稱謂相呼應，如對祖父母自稱「孫」，對父母自稱「男」或「兒」，對師長自稱「學生」，對親屬及關係親近之人，署名而不署姓，此外則多全寫姓名（不可寫別號），署名下有敬詞，如對尊親用「敬稟」、對師長用「敬上」、對平輩用「謹啓」、對晚輩用「手泐」之類。

(十一)月日：月日所以標明發信時間，不可遺漏。

(十二)補述：信已寫完，忽又想起一事，或正文中有遺漏之要語，或囑代向別人問候，則於信末補述。若信紙無餘地，亦可以另紙補述。起首須寫「再者」、「再啓者」，結尾可用「又啓」、「又及」。此乃不得已之辦法，鄭重之書信，起稿時，宜設想周到，最好免用補述。

以上所述書信之結構十二條，有時啓事敬辭或抒情語，可酌量省略，但結尾請安敬辭，必不可省。

書信結構，大致可分三段：

一、前文：稱謂、開端抒情語。

二、正文。

三、後文：結尾抒情語、請安、具名、月日。

二、書牘之格式

甲、關於信箋行款等項

㈠行款：舊習信箋必用八行，故書信又稱八行書。後漢書列傳第十三「竇章字伯向，少好學，有文章，與馬融崔瑗同好，更相推荐。」注「融與竇伯向書曰：孟陵奴來，賜書見手跡，歡喜何量，見於面也！書雖兩紙，紙八行，行七字。」可知八行書，來源已久，今則不必拘行數。但有許多習慣仍須遵守，禮俗乃生活中之藝術，不宜故意乖違。如第一行寫受信人之名字或稱謂，須頂接信箋之橫線寫，不可高出線外，亦不可低落，如無橫線之信箋，亦須上留天頭，下留地廓。不可因抬頭關係而行行寫不滿。單字不成行。慶弔書信，以寫滿八行為最佳。自稱及敍本身之卑屬，須避免寫在一行之開首。名字不宜分開寫置兩行。對長者寫信，字跡不可草率。

㈡抬頭：尊崇對方而自己謙恭，有抬頭及旁寫之規則。抬頭有三抬、雙抬、單抬、平抬、挪抬五種。三抬者比普通各行高起三格，稱受信人之祖父母或父母用之。雙抬比普通各行高起二格，信首稱受信人之名字，及稱受信人之祖父母或父母用之。單抬比普通各行高起一格，稱受信人之尊長，或頌揚受信人用之。平抬與普通各行相平，凡涉及受信者之人或事用之。挪抬在原行中空一格寫，稱自己之祖父母或父母，及受信者之晚輩用之。三抬雙抬，今已少用。單抬尚有用者（首行寫受信人之名字，以下敍及受信人之尊長，均比普通各行高起一格）。而今最通行者爲平抬、挪抬兩種格式。

㈢自稱：信內自稱之詞，如「兒」、「弟」或自己之名字，字體宜略小偏右，如「兒在外一切自知謹愼」。寫到自己之晚輩，如「小兒」、「舍弟」、「舍親」等，皆宜略小偏右。對於自己之尊長，如「家嚴」、「家慈」、「家兄」等，不必如上種寫法，宜用挪抬方式空一格寫，以表尊敬，不空格，直寫亦可，惟如寫到「先祖」、「先父」等稱，則必須空格寫。對自己方面之謙稱，有須加敝字者，如「敝師」、「敝友」、「敝縣」、「敝校」等，敝字宜略小偏右。

㈣稱人：寫到受信人之尊長、幼輩，及親友之稱謂，應加令字，如「令尊」、「令堂」、「令兄」、「令郎」、「令媛」、「令親」等。稱他人之父及妻亦可用尊字，如「尊翁」、「尊大人」、「尊嫂」、「尊夫人」。對他人之父子、夫婦、兄弟並稱，可用賢字，如「賢喬梓」、「賢伉儷」、「賢昆仲」。受信人如係晚輩，可用賢字，如「賢弟」、「賢侄」之類。稱他人之居所商店等，可用貴字或寶字，如「貴縣」、「貴宅」、「貴校」、「寶號」。對他人之友，可稱「貴友」或「令友」。信中如用「吾兄」之稱，則「兄」字須抬頭，「吾」字則不可抬寫。

㈤署名：署名分「稱人」、「自稱」兩類。稱人起首寫受信人之名字，但對家屬尊長，及當前受業之校長與服務機關之直屬首長，則不可稱其名字。只宜寫稱謂，如「父親」、「校長」、「部長」等。對伯叔兄長可加行次。如「大伯」、「二叔」、「大哥」、「二哥」等。對較疏遠之親友尊長，應取其別號中之一字下加「翁」、「公」、「老」等字，如「某翁姻伯」、「某公世伯」之類。信末自己署名，對家族只稱名，不稱姓，對至親好友往來極熟之人，亦可寫名不寫姓，署名之上須加自己之稱謂，字宜略小偏右，如「兒某某」、「弟某某」、「學生某某」、「後學某某」等。署名下加「謹稟」、「謹啓」等。又舊例凡遭父母之喪者，百日以內在署名右上角寫「棘人」二字，字宜略小。百日以外，在姓名之間寫一小形「制」字，三年終制後，免寫。

㈥記日：在署名敬辭下，寫年月日，字宜略小偏右。如寫於署名之次行下半段亦可。

乙、關於信封之寫法

㈠字體：信封字體不可草寫，對受信人之姓名如草寫，近乎不恭，收信地址與發信地址，尤宜寫清楚，不可模糊。又舊習信封正面忌寫三行，有「三凶四吉五平安」之語。故前人朋友通信，封面每寫四行；家書每寫五行。今已不論。

㈡地址：受信及發信地址，市鎭街巷門牌號數，均須寫清楚，字體須較中行受信人名字台啓等字略小。

㈡送交：如派傭人送信，則信封寫法與郵寄同。如託對方派來之人帶回信，則封面右邊可寫「藉呈」、「回呈」、「藉交」、「回交」，看來人身份而定。如託親友轉信，則寫「煩交」或「吉便帶交」等字樣。

㈣姓名：受信人姓名，寫於信封之中行，字體稍大。如對受信人須寫其職銜，則於姓下加職銜，再加名號，如「某院長某某」、「某校長某某」。發信人之姓名，寫於發信地址下。

書信內，對受信人行文，將自己之稱謂或名字，寫於右側，不居正位，此爲自謙之意。而傳統之例：信封上將受信人之「名」寫於職銜下右側，例如「賈院長景德鈞啓」，此何故哉？考之唐時稱有官職者曰「官人」，至宋時，則對無官職者亦可尊稱曰「官人」（見翟灝通俗編稱謂及周密武林舊事），猶如對普通人皆稱曰先生一般。戶籍以姓名注册，科擧以姓名登榜，受官以姓名領銜，以及行事出證之印章，皆以姓名代表其人，不以別號作爲印信。因爲尊稱人曰「官人」，則稱其名曰「官印」，「官印」爲對人「名」之尊稱，已爲流行之詞，民國初年之前，寫信封之例，爲「賈院長景德印鈞啓」，左側寫「印」字，以明並列者爲受信人之「名」。對人之別號尊稱曰「台甫」（依據曲禮「有天王某甫」注疏），如不知受信人之「名」，而知其別號，則寫「賈院長煜如甫鈞啓」，此爲傳統之定例，故不寫「印」字，亦知職銜下右側爲受信人之「名」，民國十年以後，則「印」或「甫」字俱皆省去，而仍將受信人之「名」寫於右側。若不寫「印」字，而將受信人之「名」寫於正行，是爲當然，然而迄今仍沿舊例，將受信人之「名」寫於右側，成爲習慣之例，人多不悉其所以然；此無可無不可者也。

有人對子女寫信，封面亦寫「某某先生台啓」，問其理由，則曰信封之語詞，乃郵差送信之語氣也；此說欠妥，郵差既不須寫信人命其尊稱受信人；且下款有發信人之名字手緘等字樣，分明爲發信人之口氣，何得謂郵差語氣？故寫寄子女之信封，於姓名下寫「收啓」或「收閱」可也。如託人轉信則不宜寫發信人直接口氣，須寫發信人對轉信人之口氣，如託轉家信，當寫「家嚴」、「家慈」、「某某家兄」、「某某舍弟」等稱謂。

㈤啓緘：對尊長用「鈞啓」，對普通朋友，用「台啓」、「大啓」，對晚輩用「收啓」，對有公職之人，用「勛啓」。唁喪用「禮啓」、「素啓」。自己署名下用「緘」字或「寄」字，對尊長可在「緘」、「

寄」之上加「謹」字。「緘」者封也；故明信片只可寫「台收」，下款只可寫「寄」字。

丙、抬頭格式

例一、賀人父壽（平抬式）

旭光仁兄台鑒：遠別
芝宇，時縈蕪懷，昨奉
瑤章，欣悉本月十六日，爲
老伯大人七秩榮慶，敬維
大德增壽，
極星騰輝，鶴算方長，忻
華堂之集慶；兄魷晉祝，喜
絳老之紀年；弟萍踪遠託，不獲趨前奉觴，敬附菲儀，聊申賀忱，即希
哂納！恭頌
喬齡，順祝
侍祺！

弟某某　謹啓　五十八年二月二日

例二、（挪抬式）

旭光仁兄台鑒：遠別　芝宇，時縈蕪懷，昨奉

瑤章，欣悉本月十六日，爲
老伯大人七秩榮慶，敬維
大德增壽，極星騰輝，鶴算方長，忻　華堂之集慶；兕觥晉祝，喜　絳老之敍年；弟萍踪遠託，不獲趨
前稱觴，敬附菲儀，聊申賀忱，即希　哂納！恭頌
喬齡，順祝
侍祺！

弟某某　謹啓　年月日

第三節　書牘之術語

一、稱謂

家族長輩

稱人	自稱	對他人稱	對他人自稱
祖父、祖母	孫、孫女	令祖、令祖母	家祖父、家祖母；家大父、家大母
父親、母親	男（或兒）、女	令尊、令堂；尊翁、尊萱	家父、家母；家嚴、家慈
伯（叔）祖父、祖母	姪孫、姪孫女	令伯（叔）祖、祖母	家伯（叔）祖、祖母
伯（叔）父、母	姪、姪女	令伯（叔）、伯母（叔母）	家伯（叔）、伯母（叔母）
翁、姑	媳、子婦	令翁、姑	家翁、姑

附註：㈠凡尊輩已歿，「家」字改爲「先」字。例如「先祖父母」或「先祖考」、「先祖妣」。父母已歿，稱「先父」、「先考」、「先嚴」、「先母」、「先慈」、「先妣」。㈡稱人父子爲「賢喬梓」，對人自稱「愚父子」。㈢自稱具名不加姓。

家族平輩

稱人	自稱	對他人稱	對他人自稱
兄、嫂	弟、妹	令兄、嫂	家兄、嫂
弟、弟婦	兄、姊	令弟、弟婦	舍弟、弟婦
姊、妹	弟（妹）、兄（姊）	令姊、妹	家姊、舍妹
吾妻、賢妻	夫	尊夫人、嫂夫人	內人、內子

附註：㈠對人兄弟稱「賢昆仲」、「賢昆玉」，自稱爲「愚兄弟」。㈡兄歿，稱「先兄」，弟歿稱「亡弟」，夫歿稱「先夫」，妻歿稱「亡荊」或「先室」。

家族晚輩

稱人	自稱	對他人稱	對他人自稱
吾兒、女（或幾兒、女或某兒、女）	父、母	令郎、少君、公子、哲嗣；令愛或令嬡	小兒、小女
賢媳	父、母	令媳	小媳
姪、姪女	伯、伯母；叔、叔母	令姪、姪女	舍姪、姪女

親戚長輩

稱人	自稱	對他人稱	對他人自稱
外祖父、母	外孫、外孫女	令外祖父、令外祖母	家外祖父、母
舅父、母	甥、甥女	令母舅、令舅母	家母舅、舅母
姑丈、母	內姪（女）、姪（女）	令姑丈、姑母	家姑丈、母
姨丈、母	姨甥、甥女	令姨丈、母	家姨丈、母
表伯（叔）父、母	表姪、姪女	令表伯（叔）父、母	家表伯（叔）父、母
表舅父、母	表甥、甥女	令表舅父、母	家表舅父、母

稱人	自稱	對他人稱	對他人自稱
內舅父 母	甥婿		
岳父 母	子婿	令岳父 母	家岳父 母
伯（叔）岳父 母	姪婿	令伯（叔）岳父 母	家伯（叔）岳父 母
姻伯（叔）父 母	姻姪 姪女	令親	舍親
太姻伯	姻再姪 晚	令親	舍親

附註：㈠對至親長輩，稱謂上不加名字。㈡父之表兄弟，稱表伯叔。母之表兄弟稱表舅。㈢妻舅父母，稱內舅父母。妻對夫之長輩，大都與夫同稱。㈣姑之未嫁者只稱姑而不稱母。祖姑母稱「王姑」，母之姑母，稱外太姑母，自稱外姪孫。㈤凡親戚之長輩而無一定稱謂者，可稱姻伯，較疏則稱姻丈，再高一輩加太字。㈥自稱具姓或不具姓以親疏而定。㈦姻伯、姻叔等稱，範圍甚廣，凡姻親中無一定稱呼者，如姊妹之舅姑及兄弟之岳父等，皆可用。

親戚平輩

稱人	自稱	對他人稱	對他人自稱
姊丈（姊倩） 妹倩（妹丈）	內弟 兄 姨妹 姊	令姊倩 妹丈	家姊丈 舍妹丈
表兄 弟 姊 妹	表弟 兄 妹 姊	令表兄 弟 姊 妹	敝表兄 弟 姊 妹
襟兄 弟	襟弟 兄	令襟兄 弟	敝襟兄 弟
內兄 弟	妹婿 姊婿	令內兄 弟	敝內兄 弟

幾姨幾姊（妹）	姊妹婿		
姻兄 姻弟 姻嫂 姻弟婦	姻弟 侍生	令親	舍親
親翁 親母	姻弟 侍生	令親翁 令親母	舍親 敝親家

附註：㈠凡舅姑姨之子女，均稱表，如表兄、表姊等。

親戚晚輩

稱人	自稱	對他人稱	對他人自稱
賢表姪 賢表姪女	愚表伯 愚表叔	令表姪 令表姪女	舍表姪 舍表姪女
賢內阮（或姪） 賢內姪女	愚姑丈 愚姑母	令內姪 令內姪女	舍內姪 舍內姪女
賢外孫 賢外孫女	外祖父 外祖母	令外孫 令外孫女	舍外孫 舍外孫女
賢甥 賢甥女	愚舅父 愚舅母	令甥 令甥女	舍甥 舍甥女
賢婿	愚岳父 愚岳母	令婿（令坦 令倩）	小婿
賢姻姪 賢姻姪女	愚	令親	舍親

附註：㈠姻親之晚輩或稱姻兄。其有世誼者，或稱姻世姪、姻世講。

師友長輩

稱人	自稱	對他人稱	對他人自稱
太夫子 太師母	門下晚生		
夫子 吾師 老師	生或受業或學生	令師	敝師
師母	生或學生		
太老伯 太伯母	愚再姪		
世伯（叔）父 世伯（叔）母	世姪		
仁丈 世丈	晚 世晚		

附註：㈠論語「夫子溫良恭儉讓」，夫子為師長之稱。然孟子滕文公篇云「無違夫子」，婦對丈夫亦有此稱。故對師長稱夫子，只男生用之。稱女老師之丈夫曰師丈。

師友平輩

稱人	自稱	對他人稱	對他人自稱
世兄 學長（或兄姊）	世弟 學弟 學妹	貴同學 令友	敝同學 敝友
譜兄 譜弟 如兄 如弟	譜弟 譜兄 如弟 如兄		
鄉兄 鄉長	鄉弟		

附註：㈠譜兄弟，亦稱盟兄弟，乃結拜換帖之弟兄。對男同事稱其夫人曰令夫人；對女同事稱其丈夫曰令夫君。

師友晚輩

稱人	自稱	對他人稱	對他人自稱
同學　契弟	愚　友生	令及門　令高足　高弟	敝門人
世講	愚		

工友

稱人	自稱	對他人稱	對他人自稱
某某（稱名）	僕	尊紀或貴工友	小价
某媽	女僕	貴女使	敝女使

二、提稱語

用於祖父母及父母：膝下、膝前。

用於長輩：尊鑒、尊前、鈞鑒、崇鑒、賜鑒、座下、尊右。

用於師長：函丈、座下、壇席、尊前、尊鑒。

用於平輩：台鑒、偉鑒、惠鑒、英鑒、大鑒、雅鑒、閣下、足下、荃鑒、左右、執事。

用於同學：硯席、硯右、文席、文几。（前行所列台鑒等語可以通用。）

用於晚輩：如晤、如面、青鑒、如握、青覽、知悉。

用於政界：鈞鑒、勛鑒、鈞座、台座。
用於軍界：麾下、鈞座、鈞鑒、幕下。
用於教育界及著作家：座右、教席、麈次、講席、有道、著席、撰席、史席、文席。
用於釋家道家：方丈、慧鑒、法鑒、道鑒、壇次。
用於喪禮：禮鑒、苫次，禮席。
用於哀啓：矜鑒。

備註：對直屬長官，可參酌長輩及軍政兩項，通常多用「鈞座」、「鈞鑒」或「賜鑒」。對晚輩用「鑒」字，較爲客氣，「覽」字次之。「知悉」、「知之」宜用於親屬子姪。

三、啓事敬辭

用於祖父母及父母：敬稟者、叩稟者、謹稟者。
用於長輩及長官：敬肅者、敬啓者、茲肅者。（覆信：敬覆者、謹覆者。）
用於平輩：啓者、敬啓者、茲啓者。（覆信：茲覆者、敬覆者、逕覆者。）
用於請求之信：敬懇者、茲託者、敬託者。
用於祝賀：敬肅者、謹肅者、茲肅者。
用於訃信：哀啓者、泣啓者。
用於補述：再啓者、再陳者、又啓者。

四、開端抒情語

甲、思慕語

※㈠、對人思慕語（凡句中之「○」，表示抬頭）。

用於祖父母及父母：「遙念○慈顏，良深孺慕。」「引領○慈雲，孺慕彌切。」「遠違○慈訓，孺慕時殷。」「翹首○慈雲，倍切依依。」「仰望○慈暉，無限懷念。」

用於親友長輩：「仰望○德輝，倍切神往。」「久違○杖履，時切馳依。」「遙仰○山斗，系念孔殷。」「翹首○鈞顏，徒切瞻依。」「仰瞻○仁宇，時切葵忱。」

用於師長：「遙睇○師門，不勝瞻企。」「路隔山川，神馳○絳帳。」「遙望○門墻，曷勝思慕。」「遙仰○山斗，系念殊殷。」「○春風化雨，時念在懷，遙企○道範，不勝馳依。」

用於長官：「○仁風德化，仰慕彌殷。」「引領○崇輝，輒深仰企。」「○雲天在望，瞻懷不盡。」「遙瞻○吉座，心切依馳。」「遙企○幬輝，時深悵慕。」「翹企○山斗，綣懷曷已。」

用於親友平輩：「久違○芝宇，時念在懷。」「企詹○芝釆，彌切葭思。」「每念○故人，輒深神往。」「遙憶○偉度，渴念殊殷。」「相思之切，與日俱增。」「緬懷○雅度，時切縈廻。」「○伊人秋水，夢想爲勞。」「渭樹江雲，懷想曷極。」

※㈡、對景思慕語

春　季：「目睹韶光，心懷○舊雨。」「春深南國，人佇東風。」「鶯歌燕語，友情縈懷。」「當此鳥語花香之候！益增暮雲春樹之思。」

夏　季：「薰風拂面，時念○故人。」「荳棚瓜架，思念故人。」「荷香宜人，倍思佳友。」「對此柳線牽愁之日，益切酒陣談心之情。」

秋　季：「金風玉露，懷想○故人。」「月朗風清，神馳○左右。」「每對秋光，彌深葭溯。」「對此紅葉黃花之景，倍切伊人秋水之思。」

冬　季：「寒燈夜雨，益念○故人。」「雪梅霜花，懷人益切。」「冷月窺窗，心念良朋。」「當此寒梅盛放之候，益湧圍爐清談之思。」

※㈢、未會思慕語

用於長輩：「久欽○碩望，未獲聆○教。」「久仰○道馳，夙深葵傾。」「仰企○仁風，時深嚮念。」「夙慕○儀型，未親○塵教。」「夙欽○鳳采，久企龍門。」「久仰高風，未親○德宇。」

用於平輩：「夙切神交，無緣良晤。」「久仰○手采，莫挹○清芬。」「慕○韓徒切，識○荊無由。」「久欽○叔度，謦欬未親。」「傾心○風徽，久懷渴想。」

※㈣、復信思慕語

用於長輩：「正殷思慕，忽奉○教言。」「正切遐思，忽接○翰諭。」「仰企方殷，忽奉○手示。」「忽奉○賜函，如親○謦欬。」「雲翰下降，如親○德範。」

用於平輩：「懷念正殷，忽接○大札。」「正切懷思，忽奉○瑤章。」「方深景念，○華函忽頒。」「正欲修函問候，而○朵雲忽降，雒誦之下，如見故人。」「正念○叔度，忽奉○手翰，展誦之餘，如同晤言。」

乙、濶別語

※㈠、按人敍別

用於祖父母及父母：「拜別○慈顏，業已匝月。」「自違○膝下，倏逾數旬。」「叩別○尊顏，忽已半載。」「睽違○庭訓，數月於茲。」

用於長輩：「睽違○鈞範，令序幾更。」「不聆○清誨，屈指經年。」「自違○渠訓，忽爾數旬。」「拜別○尊顏，瞬息數月。」

用於師長：「不親○教誨，裘葛屢更。」「不坐○春風，幾度寒暑。」「自違○絳帳，彈指經年。」「睽違○訓誨，弦朔頻更。」

用於平輩：「數年契濶，念念在懷。」「不睹○光儀，忽又經年。」「不聆○清談，又將半載。」「分袂以來，寒暑兩易。」

※㈡、按時敍別

春別至夏：「三春握手，又到朱明。」「桃花開後，榴火又明。」「東風送客，楊柳依依；南浦懷君，荷香馥馥。」

春別至秋：「芳草話別，忽又清秋。」「河梁分手，又歷春秋。」「疇昔賦別，鶯啼日暖；今茲感懷，雁唳風寒。」

春別至冬：「春風送別，又居隆冬。」「春初話別，倏爾歲寒。」「韶光艷冶，折楊柳以送別；朔風凜冽，對梅花而懷人。」

夏別至秋：「炎夏一別，又屆涼秋。」「暑天送別，忽爾秋風。」「昔時沉李浮瓜，悤猝餞別；今日白雲紅葉，倍觸離懷。」

夏別至冬：「溽暑別後，又屆歲寒。」「薰風送別，轉瞬徂冬。」「柳陰荷塘，爲惜別而駐足；孤燈寒夜，憶舊事而愴懷。」

秋別至冬：「清秋一別，奄忽至冬。」「金風送別，不覺歲寒。」「東籬餞別，對菊花而飲酒；朔風吹寒，念故人而修書。」

※㈢、按地敍別

近處相別：「不聆○雅教，忽經數月，相違咫尺，如隔天涯。」

遠處相別：「不見○叔度，又復經年，關河修阻，時勞夢想。」

某地相別：「憶自某地相晤，竟日言歡，握別之後，千里遙隔。」

旅館相別：「曩在旅邸相遇，暢聆○宏論，匆匆握別，悒悒若失。」

途中相別：「邂逅相遇，故友情殷，倉皇道別，曷勝依依。」

異地相別：「楚水吳山，江湖浪跡，異地飄泊，別易會難。」

※㈣、按事敍別

以詩贈別：「憶昔話別，○眷戀情殷，蒙○錫佳章，永念不忘。」

以贐贈別：「分袂之際，別緒縈心，承○賜厚贐，感銘曷既。」

以筵餞別：「臨發征途，蒙○賜嘉宴，食德飲惠，感何可言。」

以言贈別：「驪歌賦別，蒙○賜金言，至情厚誼，永銘在懷。」

親往送別：「辱承○垂注，枉駕相送，高情隆誼，榮感難忘。」

丙、頌揚語

※㈠、用於各界

用於政界：官箴肅乂，政務賢勞。勛聲卓著，輿望崇隆。匡時柱石，濟世慈航。仁政第一，民望無雙。

用於軍界：孫吳偉績，韓范威聲。允文允武，有勇有謀。伊呂事業，頗牧韜鈐。才雄法整，兵輯民安。

用於學界：雄才蓋世，豪氣凌雲。胸藏萬卷，筆掃千軍。詞壇魁傑，藝苑鴻才。太邱道廣，魯殿名高。

用於商界：運籌有策，理財多能。計然妙算，范蠡嘉謨。市廛傑士，湖海達人。才擅碩畫，望隆實業。

用於醫界：仁心濟世，妙手回春。秘傳金匱，功著杏林。碩望利世，神術救人。良醫國手，仁術神鍼。

用於教師：博文約禮，化雨春風。傳道授業，多士盈門。菁莪弘道，棫樸作人。

※㈡、用於親友

用於長輩：望隆梓里，壽衍椿齡。才名夙著，齒德俱尊。譽崇望重，德劭年高。虛懷若谷，和氣如春。

用於平輩：叔度清標，元龍氣量。秀鍾山嶽，志凌雲霄。春風滿座，冬日愛人。風流倜儻，意氣騰驤。

用於婦女：風儀閑雅，懿範齊莊。冰心慧質，淑外溫中。金相比暎，玉心齊溫。才傳詠絮，慧能辨琴。

人　品：高懷曠朗，雅量淵深。握瑜懷瑾，抱素守貞。才富錦繡，德潤珪璋。光風霽月，樂孔希顏。

丁、疏候祝福語

用於長輩：「山河迢遞，致疏音候，敬維○禔躬篤祜，潭府吉祥，爲頌爲祝。」「俗務繁冗，致稽稟候，恭維○德輝昌盛，○福祉駢蕃，定如所頌。」

用於師長：「雲山修阻，致疏稟候，恭維○絳帳清安，○杏壇祥集，允如所頌。」「瑣務煩忙，久疏稟候，敬維○春風藹吉，○道履綏和，爲頌爲慰。」

用於平輩：「天涯海角，魚雁鮮通，比維○起居叶吉，諸事咸亨，爲祝。」「偶患小極，致疏音問，辰維○履祉安吉，○潭祺集祥，爲頌。」

用於軍界：「久疏箋候，時切馳思，敬維○威望振隆，動定戩穀，爲頌爲祝。」「慕仰誠殷，稟候竟缺，恭維○勳猷克壯，○戎略揚威，至以爲祝。」

用於政界：久疏音敬，懷念殊殷，恭維○勛業丕展，藎祉蕃隆，爲無量頌。」「稟候雖疏，慕仰深切，辰維○棠蔭廣敷，鼎鼐衍盛，定符下頌。」

用於學界：「函候久疏，念念在懷，敬維○筆花獻瑞，○文祺增榮，爲祝無量。」「暌違○雅範，懷念孔殷，比維○文壇納祜，道履綏和，爲頌爲慰。」

用於商界：「久未問候，時念在懷，近維○鴻圖日桝，駿業雲蒸，爲頌」。「不通音問，忽爾數月，比維○財祺綏燕，○時祉集羊，爲祝。」

戊、一般開端應酬語

※㈠、寄函語

用於長輩：「前呈安稟，度蒙○慈鑒。」「昨肅寸稟，諒已呈○鑒。」「前奉蕪緘，諒蒙○垂鑒。」「前覆安緘，諒邀○鈞鑒。」

用於平輩：「前上寸函，諒已○惠察。」「昨寄草札，諒達○左右。」「前郵蕪函，諒已○鑒及。」

用於晚輩：「昨寄一函，諒已收閱。」「前寄手書，諒已收覽。」「昨寄之信，諒必收悉。」

※㈡、接信語

用於長輩：「頃奉○鈞示，敬悉一是。」「昨奉○手諭，敬悉一一。」「刻奉○鈞誨，拜悉一切。」「昨承○賜諭，敬悉種切。」

用於平輩：「昨奉○大札，備諳種切。」「辱承○惠示，敬諗一切。」「頃接○惠書，備聆種切。」「頃奉○瑤函，情詞眞摯，過承○愛注，感愧交縈。」

用於晚輩：「昨接來信，已悉一切。」「頃接來書，足慰懸念。」「來函，欣悉一切。」

※㈢、訪謁語

「日前晉謁，未遇，悵然而返。」「昨日趨謁○崇階，適值○公出未遇，臨風翹首，不勝悵惘。」「前日造○府拜訪，未能相遇，悵何如之！」「昨日路經○尊處，正擬謁談，適聞○座有嘉賓，未敢相擾；疏略之罪，尚祈○原宥！」

※㈣、會晤語

「昨日拜謁，多承○教益，高情隆誼，感銘五內。」「日前晉謁○龍門，叨承○盛饌，飲和食德，齒頰猶芬。」「辱降○玉趾，備聆○教言，飢渴之懷，得以消釋，中心快慰，非可言喻。」「昨承○枉駕，暢談盡歡，雞黍未陳，實愧簡慢，叨系知己，定邀○曲諒。」

※㈤、告慰語

對　事：「自知黽勉，幸免愆尤。」「幸所事順適，堪以告慰。」「處事謹愼，幸未隕越。」

對家庭：「幸舉家安好，足慰○綺注。」「全家平安，乞釋○廑念。」「家中平安，請○釋遠念。」
對身體：「幸微軀粗安，足慰○遠懷。」「幸賤體無恙，乞紓○錦注。」「仰叨○慈庇，頑健如常。」

※㈥、自愧語

學　淺：「才疏學淺，刻鵠不成。」「天賦既薄，學殖尤荒。」「學慚窺豹，業愧囊螢。」「探囊無智，學治不成。」「鞭策雖加，驅馳無效。」
才　短：「襪線才短，學無所成。」「鉛刀一割，立見其鈍。」「任重材輇，時虞顛蹶。」「汲深綆短，匱乏堪虞。」「才疏智薄，每恐隕越。」
識　短：「孤陋寡聞，未諳世事。」「性類拙鳩，識慚老馬。」「井蛙之見，智者所笑。」「一管所窺，寧知全豹。」「識同蠡測，見類蛙鳴。」
家　貧：「振襟肘見，納履踵決。」「家徒四壁，囊無一文。」「點金無術，乞米有書。」「室如懸磬，地無立錐。」「乞米有帖，送窮無文。」「生涯艱苦，浪迹風塵。」
謀　拙：「落落寡合，碌碌無能。」「交際乏術，汲引無人。」「株守有地，托缽無門。」「螾蟻微力，身無長技。」「樗櫟庸材，學難問世。」「久賦閑居，終非善計。」
事　繁：「俗事蝟集，瑣務絲棼。」「俗務冗繁，塵囂雜遝。」「塵氛未盡，俗務難清。」「自攖世網，塵俗累身。」
困　頓：「窮途落魄，命運困人。」「時運不良，命途多舛。」「遭遇迍邅，窮愁潦倒。」「境遇維艱，事多拂逆」。
老　大：「桑榆晚景，風木堪悲。」「一身落落，兩鬢蕭蕭。」「兩鬢已斑，一身多病。」「鬢添霜色

旅　愁：「天涯飄泊，旅況蕭條。」「遠涉河山，靡所棲止。」「一身無寄，四海爲家。」「鄉思多夢，面少歡容。」

通　用：「碌碌如故，乏善可陳。」「栗六如恆，一無善狀。」「歲月蹉跎，依然故我。」「自知寡才，素無大志。」

※(七)、謝贈語

禮　物：「承蒙○嘉惠，○錫以珍物，拜領之際，感激莫名。」「辱荷○隆情，下頒厚貺，却之不恭，受之有愧。」

詩　文：「蒙○賜瑤章，過承○奬譽，雒誦數四，感銘五內。」「辱○賜佳什，褒奬備至，拜誦之下，感愧良深。」

※(八)、時令語

春：「和風拂面，淑景宜人。」「大地回春，祥光結彩。」「鳳律春回，鴻鈞氣轉。」「江山日麗，臺榭春和。」「風暄日麗，燕舞鶯啼。」「春光艷治，韶景鮮妍。」

夏：「薰風乍拂，化日方長。」「梅肥紅樹，麥秀青疇。」「風光澹蕩，天氣清和。」「池荷泫露，院竹迎風。」「載酒聽鸝，剖瓜却暑。」「葵傾烈日，槐動薰風。」

秋：「新涼滌暑，淡月橫秋」。「煩暑已退，秋色清華。」「玉宇秋澄，銀河夜朗。」「桂花枝艷，梧葉庭飛。」「黃花匝地，白雁書天。」「黃柑正美，紫蟹初肥。」

冬：「野稻初穫，嶺梅欲開。」「長松點雪，古樹吟風。」「風清宇宙，雪霽乾坤。」「梅花照席，竹葉浮杯。」「畫閣爐煖，玉壺冰潔。」「梅傳春色，雪兆豐年。」

五、結尾應酬語

臨書語：「肅此稟達，不盡欲言。」「謹此奉稟，言不盡意。」「謹肅寸稟，不盡所懷。」「肅此奉陳，不盡下懷。」（用於長輩）「耑此奉達，欲言不盡。」「臨穎神馳，不盡所懷。」「臨楮眷念，不盡區區。」「忙中裁候，幸恕草草。」（用於平輩）

請教語：「敬祈○訓示，不勝盼禱。」「乞○賜指示，俾有遵循」。「如蒙○鴻教，幸何如之。」「幸○賜清誨，無任感盼。」（用於長輩）「幸○賜南針，俾免迷途。」「乞○賜教言，以匡不逮。」「如蒙不棄，乞○賜蘭言。」（用於平輩）

請託語：「倘蒙○汲引，感荷無既。」「如蒙○薦拔，永鐫不忘。」「倘荷○玉成，無任銘感。」「倘蒙○照拂，永矢弗諼。」「得荷○支持，永感○厚誼。」

求恕語：「疏忽之處，尚乞○原宥。」「不情之請，敬乞○見諒。」「謹陳愚衷，統希○鑒察。」「敬乞○睿察，不勝感禱。」

恃愛語：「叨係至交，用敢直陳。」「恃在愛末，冒昧直陳。」「恃愛妄瀆，幸○予曲諒。」「夙蒙○關愛，敢佈腹心」。「忝叨○雅愛，用敢直言。」

餽贈語：「謹具薄儀，聊申下悃。」「謹奉土產數包，區區不腆，尚乞○哂納。」（贈納）「敬具菲儀，用祝○喬齡。」「謹具芹獻，藉祝○福壽。」「附呈微儀，略表祝忱。」（祝壽）

「謹奉菲儀，以申賀悃。」「附呈微儀，用佐巹筵。」（賀婚）
「謹具奠儀，藉伸哀悃。」「附具香芻，聊表哀敬。」「謹奉薄賻，聊申弔敬。」（喪禮）

請收語：「敬希○鑒納」。「伏祈○台收」。「伏祈○哂納」，「乞○賜莞存」。「至祈○檢收」。「至祈○笑納」。

盼禱語：「無任盼禱」。「不勝企禱」。「至爲祈盼」。「是所至禱」。「不勝感盼」。「無任墾禱」。

求允語：「務祈○慨允」。「乞○賜金諾」。「敬希○俞允」。「敬求○賜可」。

感謝語：「銘感五內，永矢弗諼。」「腑篆心銘，感荷無已。」「感荷○隆情，非可言喻。」「私衷銘感，何可言宣。」「寸衷感激，沒齒不忘。」

保重語：「乍暖猶寒，尚祈○珍攝。」「寒暖不一，千祈○珍重。」「秋風多厲，伏祈○保重。」（用於長輩）
「春寒料峭，尚乞○珍重。」「暑氣逼人，○珍重爲佳。」「寸心千里，寄語加餐。」（用於平輩）
「伏祈○節哀順變」。「伏乞○勉節哀思。」「尚希○抑痛守身。」「伏祈○節哀自愛」。「伏乞○勿過哀傷，順時自保。」（用於弔喪）

干聽語：「冒昧上陳，塵穢○視聽。」「不憚煩言，有瀆○清聽。」「敢冒○崇威，上瀆尊聽。」「冒觸○尊顏，有瀆○鈞聽。」

候覆語：「懇祈○鈞覆，無任盼禱。」「如遇鴻便，乞○賜鈞覆。」「敬祈○示覆，不勝感禱。」（用於長輩）

「幸○賜好音，不勝祈盼。」「魚雁多便，幸○賜惠音。」「佇盼○佳音，幸即裁答。」「敬乞○撥冗賜覆，不勝切盼。」「特此奉達，佇候○覆示。」「乞○惠好音，是幸！是幸！」（用於平輩）

歉遜語：「中心疚歉，寤寐不安。」「心餘力絀，歉仄奚如。」「夙夜撫懷，抱歉良深。」「五中循省，曷勝歉仄。」

六、結尾敬語

甲、申悃語

用於長輩：「耑肅奉稟」。「肅此敬達」。「敬此報告」。「肅此」。「敬此」。「謹此」。

用於平輩：「特此奉達」。「耑此奉告」。「匆此奉聞」。「耑此」。

祝　賀：「聊申敬祝」。「用伸華祝」。「肅函敬祝」。「聊表賀忱」。「藉鳴賀悃」。「敬申賀悃」。「藉申賀意」。

道　謝：「肅此敬謝」。「敬函肅謝」。「敬申謝意」。「敬鳴謝意」。「敬泐謝忱」。「藉佈謝悃」。

慰　唁：「恭慰○孝思」。「藉申慰悃」。「藉表哀忱」。「肅此上慰」。「用申縷慰」。

送　別：「藉罄別情」。「特敍離悰」。「敬陳別臆」。「用抒離情」。「藉陳別緒」。

辭　謝：「用申辭悃」。「敬抒辭意」。「敬達辭忱」。「心領肅謝」。「○盛情心領，謹此致謝。」

申　覆：「耑此敬覆」。「耑肅奉覆」。「肅函奉覆」。「匆此佈覆」。

乙、請鑒語

用於長輩：「伏惟○恩鑒」。「伏祈○慈鑒」。「伏祈○垂詧」。「伏惟○崇鑒」。「惟希○鈞鑒」。

用於平輩：「惟希○亮詧」。「諸惟○荃照」。「諸惟○朗照」。「伏維○惠鑒」。「諸希○心照」。「諸惟○雅照」。

用於婦女：「伏惟○懿鑒」。「統希○玉照」。「諸惟○芳照」。

七、結尾請安語

用於祖父母及父母：「恭叩○金安」。「肅請○福安」。「敬請○金安」。

用於長輩：「謹請○鈞安」。「敬叩○崇安」。「恭頌○崇祺」。「順頌○福祉」。「祇請○禔安」。

用於師長：「敬請○訓安」。「恭請○敎安」。「祇請○道安」。「肅請○誨安」。

用於長官：「敬請○鈞安」。「恭叩○崇安」。「敬請○勛安」。「虔叩○升祺」。

用於平輩：「敬請○大安」。「順頌○台綏」。「敬候○佳祉」。「順頌○時安」。「順祝○近祺」。

用於晚輩：「即頌○近佳」。「即問○近好」。「即祝○康樂」。「即頌○刻好」。

用於政界：「敬請○勛安」。「恭請○鈞安」。「祇請○政安」。

用於軍界：「恭請○戎安」。「敬請○麾安」。「肅請○捷安」。

用於學界：「順請○文安」。「敬請○撰安」。「即頌○文祺」。「恭請○著安」。

用於商界：「恭請〇財安」。「順頌〇籌祉」。「敬請〇籌安」。
用於旅客：「順頌〇旅祺」。「順詢〇旅安」。「即頌〇旅祉」。
用於家居：「順頌〇潭祉」。「敬頌〇潭綏」。「敬請〇潭安」。「並頌〇潭祺」。
用於有祖父母及父母者：「敬頌〇侍祉」。「敬請〇侍安」。「順頌〇侍祺」。
用於方外：「敬頌〇禪安」（釋家）。「順頌〇法祺」（道家）。
用於慶賀：「恭賀〇燕喜」。「恭賀〇大喜」。「恭請〇喜安」。「恭賀〇鴻禧」。「恭祝〇榮禧」。
「恭賀〇年禧」。「恭祝〇新禧」。
用於弔唁：「恭請〇禮安」。「順候〇孝履」。「並頌〇素履」。
用於問疾：「恭請〇痊安」。「敬請〇豫安」。「即請〇衞安」。
用於時令：「敬請〇春安」。「即請〇夏安」。「順頌〇暑祺」。「敬請〇秋安」。「並頌〇冬祺」。

八、署名下之敬辭

用於祖父母及父母：「叩稟」。「謹稟」。「敬叩」。「叩上」。「謹叩」。「肅稟」。
用於長輩：「謹上」。「敬上」。「拜上」。「謹啓」。「肅上」。「拜啓」。
用於平輩：「敬啓」。「謹白」。「手啓」。「頓首」。「拜上」。「謹上」。
用於晚輩：「手書」。「手泐」。「字」。「白」。「手草」。
用於補述：「又啓」。「再啓」。「再陳」。「再及」。「又及」。
用於復信：「肅復」。「謹復」。「敬復」。「手覆」。

居喪用：「稽首」。「稽顙」。

九、代候辭

問候長輩：「令尊大人前乞叱名請安」。「某伯前乞代請安」。「某姻伯前乞代叩安」。

問候平輩：「某兄處未及另函乞代致候」。「某兄處煩代道候」。「某弟處希為致意」。「某弟處煩為道念」。

問候晚輩：「並問○令郎等近好」。「順候○令郎佳吉」。「順候○令侄等均佳」。

代長輩附問：「家父囑筆問候」。「家母命筆問安」。「某伯囑筆問候」。

代平輩附問：「家兄附筆請安」。「某弟附筆道候」。

代晚輩附問：「小兒侍叩」。「兒輩侍叩」。「小孫隨叩」。「某某稟筆請安」。

附言：以上所列九項語詞，對於稱謂方面，按照禮俗，皆有固定性。「提稱」、「敬辭」、「請安」，各項語詞，按照習慣，亦大致確定，可變易者甚少。至於起首之抒情語，結尾之應酬語，其中有長、平輩可通用者；且所列之語，不過略示體例，不能拘限於此。文海波瀾，變化無窮，可以按情據理，巧運心匠，隨意創造妙語也。

第四節　書牘舉例

※賀年節

某某仁兄足下：椒花獻頌，喜四海之回春；柏酒溢香，忻五雲之呈瑞。恭維

履端集慶
泰運啓祥，和風迎歲序之首，百度維新；麗日照陽春之景，萬福攸同。引領
吉暉，傾心遙祝！弟寄食異鄉，徒滋益歲之感；懷念舊朋，敬獻　宜春之帖；恭賀
新禧，祗請
春安！

弟某某　謹肅　月　日

※祝友人父壽

某某吾兄足下：昨晤某君，述及某月某日，恭逢
尊翁大人六旬大慶，仰瞻
壽寓，曷勝忭慶！敬維
德星叶吉，
愛日承歡，彭齡八百，欣仙壽之增添；安期三千，慶大椿之不老。弟情深鞠躍，路隔雲山，謹呈微儀，
聊申華祝，恭乞
詧獻，順頌
侍祺！

弟某某　拜啓　月　日

※祝友人母壽

某某仁兄雅鑒：別後懷思，與時俱積，頃接某君來函，得悉某月某日，爲

伯母大人六旬慈慶。敬維
婺星煥彩，賀客騰歡，獻瑤池之蟠桃，捧觴上壽；仰
慈雲於天姥，衣綵娛親。引領風前，莫名忭頌。弟覊身俗務，不克登
堂叩拜，謹獻小詩，遙祝
長壽！順候
侍安，諸希
惠照！

弟
某某　謹啓　月　日

※祝友人父母雙壽

某某吾兄大鑒：頃奉
華函，欣悉本月某日，爲
老伯
伯母大人七旬雙慶。
極媊合德，弧帨聯輝，琴瑟和鳴，慶　椿萱之並茂；芝蘭拜舞，喜　日月之同光。仰企
高門，莫罄私頌。弟路途遠阻，不克趨
府捧斝，歉仄奚如！謹呈菲敬，聊表微忱，乞轉呈
莞納，曷勝忻幸！祗祝
嵩齡，藉請
侍安！

弟
某某　謹啓　月　日

※賀友新婚

某某吾兄吉席：昨閱報章，欣悉月之某日，爲吾
兄合巹佳辰，遙想
良緣好合，嘉耦來歸，此日琴瑟和鳴，喜鸞鳳之對舞；他年麟螽呈祥，慶瓜瓞之綿延，弟情殷燕賀，跡
阻鳧趨，謹呈薄儀惟祈
哂納！肅賀
鴻禧，並祝
儷祺！

弟 某某 敬啓 月 日

※賀友人生子

某某吾兄足下：鵬程遠隔，鵲報遙傳，欣悉吾
兄有添丁之喜，歌弄璋之詩。遙想
佳兒雋奇，不讓薛家之鳳；將來雄姿英發，定追荀氏之龍。翹首
吉門，不勝忭慶！弟路遠事牽，不克躬赴湯餅之會，殊感抱歉！謹寄菲物，乞
勿嫌棄，爲幸！肅此，敬賀
麟喜！並祝
儷安！

弟 某某 謹啓 月 日

※賀友人高考及格

某某先生閣下：魚書久疏，鵲報佳訊，譾知此次高考，
閣下榮登甲榜，晉秩文官，行見
鴻展嘉猷，膺上游之重任；
鵬奮遠略，顯學問於功名。仰瞻
俊彩，曷勝雀躍！肅佈賀忱，順請
榮安！

弟　某某　謹啓　月　日

※賀友人學成歸國

某某吾兄惠鑒：別後，裘葛屢更，回首前塵，猶如昨日。吾　兄遠涉重洋，遊學異邦，勤奮深造，學業
緝熙，茲者忻聞定於本年某月返國，將來　得展抱負，貢獻邦家，以所學之宏知，作濟時之甘雨。遙睇
歸舟，不勝企仰！弟駑庸無能，鳩拙自媿，得悉
佳音，引以爲榮，何日　抵達國門，乞先
示知，以便歡迎，爲盼！專此肅賀，順祝
大安！

弟　某某　謹啓　月　日

※賀友人升任

某某仁兄足下：睽隔

芝儀，久疏蘭訊，比聞吾
兄榮升新職，逖聽之下，不勝雀躍！夙知
懷才得售，定必脫穎而出。從此
壯志克伸，欣彈冠之多慶；新猷宏展，喜　顯秩之繼陞。仰瞻　戟門，彌殷藻頌。　跂伏庸流，毫無善
狀，所望
喬松敷榮，柔蘿得庇，是所至幸！敬藉魚書，虔申燕賀！　順祝
昇祺！

弟　某某　敬啓　月　日

※賀某司令就職

某公司令座下：頃得佳音，欣悉我
公榮任新職，曷勝雀躍！行見
威震疆埸，建不世之奇勳；掃除寇氛，作桑梓之霖雨。奮武奏捷，羣衆蒙庥；戡亂致治，指日可待。本
欲躬往拜慶，未便輕煩　吐哺，遙瞻
戟轅，敬申賀忱！肅此，順祝
戎祺！

周○○　謹啓　月　日

※賀考試院長就職

煜公院長座下：佳音傳來，忻悉我

公榮長考院，曷勝忭慶！行見
睿鑑燭蘊，髦士咸集；　秤心量材，俊乂登庸。樹國家之楨榦，成匡復之偉功，遙瞻
德輝，無任欽遲，恭吟短詩，以申賀忱！肅此，順祝
鈞祺！

周紹賢　謹啓　月　日

附賀詩：德高壽考邦家光，學貫天人策廟堂，既贊樞衡勤政略，更操冰鑑典文章。
雍雍多士青錢選，濟濟羣材玉尺量。拔秀徵賢歌棫樸，中興勝利有禎祥。

※謝賀就職

紹賢先生台鑒：景以樗材，謬長試院，邦家多難，正殷興賢顯俊之需；人事萬端，實滋綆短汲深之懼。
辱承
寵賀，獎勖有加，縈感媿之交幷，望
箴規之常錫！肅箋伸謝，敬頌
台綏！

賈景德　敬啓　四月廿六日

※謝賀父母壽

某某仁兄台鑒：日前家嚴慈壽辰，既承
華翰寵賀，復蒙　厚貺隆儀，拜領轉呈，同聲鳴謝，弟駑駘之材，未能行道顯親，中心自疚，乃荷
獎飾逾恆，感愧滋深，尚祈

時賜敎言，以作圭臬，爲禱！專此肅謝，藉請

台安！

弟 某某 拜啓 月 日

※謝祝壽函

紹賢先生惠鑒：歲月不居，耄齡瞬屆，念國家之多艱，更民困之待蘇，惕厲未遑，曷敢言慶！乃辱交親注存，紛致祝賀，或勞 玉趾，或 錫瑤篇，或文酒之從容，或李桃之投贈，生輝蓬蓽，至感雅意之拳拳；莫報瓊琚，彌覺私衷之耿耿！專肅寸楮，藉表謝忱！敬頌

台祺！諸希

荃詧！

賈景德 拜啓 九月廿日

※又

紹賢先生大鑒：

猥以庸愚，飽更憂患，驚歲華之易邁，慨國步之多艱。蓬萊暫住，偶逢大耋之辰；梅萼初舒，正是初春之候。遠承 厚愛，分頒 隆情，或貺珍饈，或勞玉趾，頒來吉語，詠眉壽於臺萊；勗以後凋，託襟期於松柏。此心匪石，永銘分外之施；翹首停雲，莫罄私中之慕。耑泐布謝，幷頌

時綏！

沈鴻烈 敬啓 十二月廿五日

※又

某某先生惠鑒：敬啓者某與內子七十賤辰，歲月虛度，何敢言壽；乃承
鴻文藻飾，復蒙
厚貺榮頒，引念
高誼，紉感實深！謹申謝忱，敬希
荃察，順頌
時祺！

某某　敬啓　月　日

※通用受賀謝函

某某先生雅鑒：頃奉
惠函，備承
獎飾，兼蒙
厚貺，拜領之下，感愧交縈！敬維
禔躬篤祜，
潭第延釐，
錫裔皇之吉語，翰墨溢香；賚優渥之隆儀，瓊瑤爲寶；高情雲夐，
美頌風清。某猥以庸材，了無善狀，俯仰隨時，聊以卒歲，尚祈
時賜蘭教，以匡不逮，爲禱！肅鳴謝悃，並頌
時祺！

※謝賀婚

某某吾兄雅鑒：

弟草草完婚，聊成家室，蒙
賜隆儀，並頒吉語，拜受之下，中心銘感！何日
文旆北來？希
駕蒞寒舍，爲盼！雖蝸廬簡陋，而調羹有人，魯酒野蔌，可與
兄作暢飲叙心之樂也！肅致謝忱，並述衷懷，藉祝
台祺！

某某 拜啓 月 日

弟 某某 謹啓 月 日

※又

某某先生惠鑒：日昨爲小兒〇〇授室，辱承
厚貺珍儀，
賁臨錫光，
雅誼隆情，銘感無旣，祇以柬邀未周，款待簡慢，歉作良深！肅申謝忱，伏乞
亮察，敬頌
時祺！

弟 某某 謹啓 月 日

※謝唁親喪

某某仁兄足下：

弟侍奉無狀，先嚴見背（或先慈棄養），不孝之罪，無顏對世，乃蒙

足下不棄，辱賜唁慰，並錫厚賻，

雲天高誼，存歿均感！苫次昏瞀，言不盡意，肅此泣謝！

伏維

矜鑒！順祝

時祺！

弟　〇〇　叩　月　日

※謝書法家贈字

某某先生雅鑒：蒙

賜墨寶，拜而瞻賞，銀鈎鐵畫，玉潤金生，雲佈星陳之勢，鶴舞鴻飛之姿，展掛草堂，增輝蓬蓽，敬致

謝忱！順祝

文祺！

某某　謹啓　月　日

※唁丁外艱

某某仁兄大鑒：頃接　訃音，驚悉

老伯大人遽返道山，仰念

遺型，愴然隕涕，我　兄純孝成性，遭此大故，定必呼天搶地，椎心泣血，然
老伯德隆鄉邦，年逾花甲，雖歸眞於天上，無遺憾於人間。守身爲大，古有明訓，尙祈
節哀順變，勿過慟傷，爲禱！弟路隔關山，未能躬往叩奠，中心疚歉！謹奉芻儀，聊表哀忱！維希
詧荐！順候
孝履！諸維　珍衞！

弟　某某　謹啓　月　日

※唁丁內艱

某某仁兄台鑒：頃閱報章，驚悉
伯母大人於某日仙逝！
寶婺星隱，天姆峯頹，曷勝悲悼！吾
兄遽遭失恃，哀瘁可知。然死生大事，非由人爲，況
伯母大人形神返眞，壼儀永著，而吾　兄素日孝道無虧，亦可稍息臯魚之痛矣！尙祈
勉抑哀思，善自珍重，爲禱！敬呈輓幛，祈
荐靈幃！肅此，順祝
禮安！

弟　某某　謹啓　月　日

※唁喪妻

悼吾鄉兄大鑒：近接鑑浦來信，驚悉

嫂夫人仙逝，曷勝悲悼！吾儕落拓海外，已足愴懷，而兄鴻案相莊，本可稍慰，今竟痛賦悼亡，情何以堪！然人生如夢，世事皆幻，修短隨化，終期於盡，吾

兄達人，雖不必如漆園之鼓盆而歌，亦定知生死之不二，通哀樂爲一，學太上之忘情，而不過於傷神也。弟恨聞訊太晚，未克及時奉奠，甚感歉仄，遙致虔誠，悵何如之！

諸希

珍重！順請

台安！

弟
周○○　謹啓　月　日

※唁喪子

傑人吾兄足下：

弟心情衰頹，精神委靡，杜門不出，久矣不閱報章，前日驚聞○○賢侄不幸殤逝，心中半信半疑；蓋不願信此噩耗爲眞也。昨日乃寫信向益三兄訪問實情；今午見澤民兄，彼言確曾在中央日報見到上述之消息；弟聞訊之下，中心悲悼，眞不知何以慰　兄也！弟黯然默哀，只將　賢侄之離此濁世，等於三十年前弟家遭匪禍，山妻自殺，次子、三子失蹤，作同一悲劇視之，弟心境窄狹，只勉學太上之忘情。人生如夢，修短隨化，終期於盡，吾

兄達人，定能體生死不二，通哀樂爲一，而不過於傷心也！涼秋已至，祈

曠懷養志，善加珍攝，爲禱！肅此，

藉祝

台綏！

弟
周某　敬上　月　日

※邀友遊山

杰人吾兄足下：春光爛漫，風日暄和，久居鬧市之中，渴想山水之樂，想
兄有同感也！獅頭山秀峯巖峨，古剎林立，彩雲護徑，清泉飛珠，有望月亭之勝觀，有水簾洞之奇蹟，竹樹繁陰而滴翠，山鳥迎客以呼名。當茲芳春，遊人雲集，弟亦與某君相約，於某日往遊，藉以談懷，
兄如有此清興，屆期祈於上午八時　枉駕於某處相會，以便同往！肅此相邀，恭候
惠音，順祝
春祺！

弟周〇〇　謹啓　月　日

※勸友擇交

某某仁兄大鑒：山河遠隔，夢想爲勞，比維
起居迪吉，爲頌无量！吾
兄生平慷慨好義，人多樂與爲友，弟中心欽遲！頃聞近來意與日豪，交遊愈廣，可慮者而今世風淆漓，人情複雜，品類不齊，良莠難辨。吾人立身處世，固願多有道同志合之友；然泛交結納，最易惑於巧言令色之徒。世常有以交友不愼，而遭无妄之災者，易云「比之匪人，不亦傷乎」！吾　兄達人，深明此義，尙希勿過疏忽，爲幸！叨在莫逆，故敢多口，順祝
大安！諸維
朗照不宣！

弟某某　敬啓　月　日

※託友薦事

某某吾兄足下：魚書雖乏，蝶夢頻尋，比維

福履順綏，定符下頌！茲敬陳者：弟本家境寒素，數年來肄業大學，家庭勉強供給，已有負債之累。今行將畢業，弟胸中益感焦慮，如賦閒家居，不惟情所難堪，亦勢所不許，而當今謀事非易，又苦無汲引之人，百端思維，殊無善策，竊思我　兄素廣交遊，熱心濟急，弟之爲人及所學，

兄皆詳悉，敬請　鼎力設法，謀一餬口之所，薪資多寡，在所不計，弟黽勉從事，不敢有辱　大命也！范叔之寒，故人當憐，叨在至交，敬此拜託！　肅此，順祝

台祺！

弟某某　敬啓　月　日

※代友求助

某某仁兄足下：別後，念念在懷，比維

興居集祜，

覃第嘉祥，定如所頌。茲敬懇者：友人某君，近自陷區奔來，面容枯槁，幾不相識，談及家鄉匪禍，令人慘不忍聞，某君爲人，品格及學能，弟素欽佩，而今來此，破衣鶉結，囊空如洗，侘傺窮途，無以爲生，弟雖盡力周濟，但苦於力薄，不能久持，同是天涯淪落人，庚癸之呼難忍視，況弟之友，即　兄之友也，懇祈吾

兄鼎力援助，或爲之介紹職業，或暫挹廉泉以救眉急，使涸轍之鮒得度厄運，則圖報有日，而弟亦感同身受也！專此拜懇，並頌

德綏！

弟某某　敬啓　月　日

※復友薦事已成

某某吾兄足下：西風落葉，正念故人，忽奉
手教，展誦之下，如聆　麈談。承
囑一節，弟已專函詳述　兄之品學資歷，向某機關長官推薦，茲接其復函謂：適有某項職務，正欲借重
長才，並希於三日內面洽接任云云。方今人浮於事，偶有懸缺，必有多人營求，祈　兄見信即束裝就道
，前往履職，勿誤爲幸！良晤匪遙，餘容面罄。專此，敬祝
時祺！

弟　某某　敬啓　月　日

※函長官自薦

某公鈞座：暌違
渠範，時切馳依！每念侍從之樂，輒增離索之悲！日昨傳來吉報，忻悉我
公榮膺寵命，調升要職，曷勝忭慶！在昔辱蒙
不棄，忝列下乘，　帡幪之恩，永銘肺腑！慨夫時局板蕩，人事多變，某自離職之後，復操舊業，舌耕
餬口。方今邦家多難，國事靡盬，我
公負艱鉅之重任，贊復興之大業，某正當壯行之年，仍願執鞭以效勞，用特上書自陳，伏祈
垂察愚衷，　恩予起用，俾得追隨從事，以圖報效，不勝盼禱之至！遙憶
德輝，無任翹企，恭候
鈞命，順祝
崇安！

舊屬　某某　謹上　月　日

※贈書籍

某某學兄英鑒：自別以來，忽易寒暑，每念
雅度，神馳　左右，憶昔年同堂風雨，歎今日彼此天涯，回首前塵，曷勝惆悵！弟濫竽敎界，乏善可陳，惟賤軀粗安，差堪告慰。日昨市街散步，於舊書攤中，瞥見清人文學名著燕山外史，此書以典雅流利之筆，譔駢偶艷麗之文，共三萬一千餘言，以四六體寫稗史，夙稱空前之作，讀之引人入勝，竊念我兄素喜駢文，駢文在今，已如陽春白雪，曲高和寡，而我
兄則擅長於此，故弟特購此書，敬以寄奉，目前各書局尚無翻印此書者，好之者求之匪易，而此善本竟淪落於故紙堆中，今吾　兄得之，含英咀華，直同青萍結緣，長價於薛卞之門，亦此書之幸也！　近況如何？暇乞
惠我好音，以慰離懷！專此，順祝
文祺！

弟　某某　謹啓　月　日

※贈瓜果

某某大兄惠鑒：春間一別，又復數月，久違
雅敎，懷念良殷！弟宦海奔波，倏遊歸來，已無榮祿之思，安守田園之樂。身非東陵，頗愛種瓜，今各類佳種，菶菶盈畦；而舊有桃李，亦纍纍滿樹。當茲炎夏溽暑之日，正宜浮瓜沉李之時，茲特選摘兩籃，奉獻請
嘗，不腆之物，聊表念情！專此，順祝
近祺！

弟　某某　謹啓　月　日

※謝委

某公某長鈞座：日前趨謁，猥承
垂教，更荷殊遇，委以重命，拜受之下，感激莫名！某以菲材，辱承　拔擢，中心慄慄，惟虞隕越，自
當竭盡棉薄，勤慎從事，以報
鈞命！此間刻正辦理交接，下週當可履職。肅致謝忱，敬請
鈞安！

某某　謹肅　　月　　日

※謝薦

某某先生台鑒：前日詣府　拜謁，辱承
摯愛垂詢近況，並　賜書推薦，別後，遵即附帶履歷片持書往呈　某公，當蒙接見面談，並荷推愛屋及
烏之義，慨然錄用，暫任某職。自知螾蟻之材，能力薄弱，定必惕厲黽勉，將勤補拙，以期不負
先生之推薦。潦倒此身，仰賴
鼎力，得解困窘，感銘五內，沒世不忘！肅函致謝，並祝
德綏！

某某　謹上　　月　　日

※謝款待

某某仁兄足下：前日往遊日月潭，路經
貴里，晉謁　崇階，辱蒙

高情款留讌談，酌北海之清樽，佳釀馥郁；仿西園之雅集，盛筵溢芳；食德飲惠，永感弗忘！分袂後，即乘車抵目的地，湖光山色，洵爲佳境，遨遊竟日，夜宿旅邸，次日因急須北返，途中未及下車告別，歉甚！專函申謝，藉祝

時祺！

弟 某某 謹啓 月 日

※謝人問病

某某仁兄台鑒：某前月偶患賤恙，於宏恩醫院治療，蒙

惠愛關切，駕臨垂詢，隆情高誼，照拂備至；私衷感紉，莫可言喩！致使某心神愉慰，早離病榻。現已返舍調養，肅此奉告，乞

釋厪念！並致謝忱，順祝

德綏！

弟 某某 謹啓 月 日

※謝贈書

某某先生足下：數年來，在東吳附從

文旆之下，得以聆 教，曷勝忻幸！茲復蒙

賜鈞著，肅然拜誦，文則名理至言，足啓茅塞；詩則瑋辭妙語，悅人性靈。而「春衣敢忘臨行線，夜漏如聞侍讀聲。西嶺浮雲游子夢，吳江落月故園情。」讀至此，不禁忉怛憯惻，悲從中來！蓋此語此情，某曩年作思母詩，亦有此感，而筆意鈍拙，未能道出，今讀

大作，感召之力，復引入當年思親之意境中，故不禁悽然泣下也！
鴻文雋詞，字字璣珠，敬供案頭，珍若拱璧，自當焚香端坐，細細恭讀，拜受之下，虔致謝忱！
某魯東寒士，夙年酷好詩賦駢文，數十年來，苦歷滄桑，飽經憂患，而天性剛直，缺乏修養，睹亂世之險惡，嘆自身之淒涼，毫無歡悅之情；古人每藉詩以寫憂，而某則愈吟詩愈感悲憤，故近數年來，專研老莊，以期有恬淡之悟。辱蒙
不棄，肅此附陳，並呈拙著莊子要義一册，敬乞　指教，爲荷！言不盡意，順祝
道祺！

周〇〇　謹啓　月　日

※贈書

紹賢先生有道：敝局辭海，前承
指正，至爲感荷！今該書業已修正出版，茲另包交郵寄贈壹部，藉答
盛意，敬希
惠納，是禱！專此奉達。祗頌
撰祺！

孫〇〇　拜啓　十二月一日

※謝贈書

再壬先生台鑒：
尊函及惠賜辭海一部，俱已收到，拜領之下，感銘五內！

亥豕魯魚，古籍難免，勘正求眞，知無不言，乃讀書人之天職，管見所及，一芹之獻，曷足道哉？叨承
厚貺，珍如拱璧，肅致謝忱！順祝
台綏！

周〇〇　敬啓　月　日

又

承蒙
惠贈國文研究所集刊，敬已收到，細心恭讀，篇篇佳作，當此瓦釜雷鳴之秋，黃鐘寶鐸，可鎭鴞響，
座下傳道授業之功偉矣！欽遲之下，無任感激，肅致謝忱！

又

昨日接
賜大著，正在忙中，即急翻閱數段，甚感辭意嚴正動人，前經杜君介紹某刊物，得見　鴻文，即驚筆鋒之穎銳，時所罕覯，惟竊恨斯文陵遲，瓦釜雷鳴之秋，黃鐘之音，難入俗人之耳也！

又

蒙　賜大作，拜領之下，裁讀一章，即覺口頰芬芳，益人神智，敬供案頭，當焚香端坐，虔心細讀也！敬致謝忱！

又

蒙　賜佳著，感銘五內，錦心繡口之什，敲金戛玉之音，敬當焚香細讀，以頌　雅意，肅致謝忱！

又

敬啓者：蒙　贈三藏法數，拜領之下，感激莫名！貴會賜啓慧之寶典，種資善之福因；指津破迷，功德無量！肅修寸箋，敬致謝忱！

又

蒙　賜大作，敬已收到，自當潔案焚香，恭心拜讀隆情雅意，永感在懷！肅此致謝！

又

蒙　賜瑤章，中心感激，連年來，每承　所賜大作，拜讀之後，輒保藏錦篋，以備時時賞誦，　兄之惠我多矣！敬致謝忱！

※謝贈酒

屢蒙　惠賜旨酒，昨又接　貴伻送來名醪，敬陳案頭，時時欣賞，　長者所賜，睹物思恩，不忍令「鉼之罄矣」也！某粉筆生涯，蕭條似缽；斗室孤寂，清冷如僧；生平好與麴君爲伴，藉以解憂，蒙公厚愛，惠我良多，感激之情，曷可言喻，肅函拜謝！

又

蒙　賜旨酒，拜受之下，感曷可言，名醪香醇，未忍遽酌，敬陳案頭，珍存欣賞，對醽醁之清芬，作意想之品味。隆情厚惠，永銘在懷，敬致謝忱！

※謝餞行之宴

敬啓者：某服務本處已十餘載，今分別在即，不勝悽感！素日承蒙　惠愛指導，感銘五內，茲聞諸公有送別餞讌之盛意，中心愧怍，甚感不安！竊思某十數年來，服務不周，對人處事，諸多疏失，得

蒙　原宥，感激不盡，餞宴之惠，愧不敢當，心領之餘，專此懇謝！臨行匆匆，未能趨　府拜辭。敬希
見諒！此後尚祈
時賜指教，以作圭臬，爲禱！

○○○　敬啓　月　日

※賀升新職

崇公校長座下：石校長作古，殊堪痛悼！然逝者已矣，不能復生。校政大事，不可弛緩，幸董事會
高瞻遠矚，有知人之明，同心一誠，推我
公爲校長，此實不幸中之大幸！行見　宏敎丕振，立庠序之典範；棫樸歌頌，育國家之雋才；敬仰
德輝，曷勝忭慶！肅致賀忱，順祝
台綏！

○○○　敬啓　月　日

※答謝前函

○○敎授台鑒：敬啓者、某應東吳董事會之聘，承乏東吳大學校務，自愧才輇任重，隕越堪虞，乃蒙
寵錫獎勛，盛意雲情，銘感奚似，尚祈
時賜敎益，以匡不逮，無任企盼！耑此函謝！並頌
台祺！

○○○　敬啓　月　日

又

慕仰　榘範，欣列下乘，得覩　清輝，每以爲幸，今座下榮陞新職，總掌敎政，行見宏敎丕振，隆

庠序菁莪之頌；百年大計，樹邦家楨榦之材；引領
矞雲，曷勝雀躍！年來追隨　左右，多承　栟幪，今升遷離校，敝不勝依依，又深忭慶，肅致賀忱！

※答謝前函

紹公教授勳鑒：○○猥以輇材，忝膺重任，不勝惶悚，辱承函賀，至爲心感！今後當益自奮發，黽勉以
赴，尙請
箴言時錫，俾資遵循，無任感禱！專函申謝！敬叩
教安！

後學　李○○　謹啓　六六年五月二日

※謝贈年節禮物

某某校長足下：翦拂敬陳。每逢年節，蒙
賜厚貺，感曷可言！每欲面謝，藉以話舊，惟以
座下公務繁忙，故未敢叨擾。敝年來患疾，又以昔日抗戰，右膝受重傷，今至老年，筋絡衰敗，行走輒
感痛楚，既已退休，本當離校，而以
高誼隆情，夙銘在衷，且十數年來，追隨從事，多承
栟幪，益增駑馬戀棧之思，故退而不休，每週到校上課一日，以慰愫懷，惟自恨棉薄，於
足下無所助益，實感慙顏，言難盡意，敬致謝忱！
順祝
年禧！

某某　敬啓　月　日

※端陽節邀友晚宴

〇〇吾兄雅鑒：

榴花獻瑞，艾葉溢香，比維

起居叶吉，庶事咸亨，為祝！南縣一別，瞬忽數月，久未相晤，不勝懷念！茲擬邀請三五知己，於端陽

節下午六時，來舍下小酌，藉以談懷，敬祈吾

兄屆時光臨！無任企盼！肅此敬邀，順頌

台祺！

弟〇〇〇謹上　月　日

第五節　歷代名人書牘選

一、干　謁

※李白與韓荊州書

白聞天下談士相聚而言曰：「生不用封萬戶侯，但願一識韓荊州。」何令人之景慕，一至於此？豈不以周公之風，躬吐握之事，使海內豪俊，奔走而歸之；一登龍門，則聲價十倍；所以龍蟠鳳逸之士，皆欲收名定價於君侯。君侯不以富貴而驕之，寒賤而忽之；則三千之中有毛遂，使白得穎脫而出，即其人焉！

白隴西布衣，流落楚漢，十五好劍術、偏干諸侯；三十成文章，歷抵卿相。雖長不滿七尺，而心雄

萬夫。皆王公大人許與氣義；此疇曩心跡，安敢不盡於君侯哉？君侯制作侔神明，德行動天地，筆參造化，學究天人；幸願開張心顏，不以長揖見拒。必若接之以高宴，縱之以清談，請日允萬言，倚馬可待。今天下以君侯爲文章之司命，人物之權衡，一經品題，便作佳士。而今君侯何惜階前盈尺之地，不使白揚眉吐氣，激昂青雲耶？

昔王子師爲豫州，未下車即辟荀慈明；既下車，又辟孔文舉。山濤作冀州，甄拔三十餘人；或爲侍中尚書，先代所美。而君侯亦一薦嚴協律，入爲秘書郎。中間崔宗之、房習祖、黎昕、許瑩之徒，或以才名見知，或以清白見賞。白每觀其銜恩撫躬，忠義奮發。白以此感激，知君侯推赤心於諸賢之腹中；所以不歸他人，而願委身國士。倘急難有用，敢效微軀；且人非堯舜，誰能盡善？白謀猷籌畫，安能自矜；至於制作，積成卷軸，則欲塵穢視聽，恐雕蟲小技，不合大人。若賜觀芻蕘，請給紙筆，兼之書人；然後退掃閑軒，繕寫呈上，庶青萍結緣，長價於薛卞之門。幸推下流，大開獎飾，唯君侯圖之！

※韓愈應科目時與人書

月日。愈再拜：天池之濱，大江之濆，曰有怪物焉；蓋非常鱗凡介之品彙匹儔也。其得水，變化風雨，上下於天不難也。其不及水，蓋尋常尺寸之間耳。無高山大陵曠途絕險爲之關隔也。然其窮涸，不能自致乎水，爲獱獺之笑者，蓋十八九矣。如有力者，哀其窮而運轉之，蓋一舉手一投足之勞也。

然是物也，負其異於衆也，且曰爛死於沙泥，吾寧樂之；若俛首帖耳，搖尾而乞憐者，非我之志也。是以有力者遇之，熟視之若無覩也。其死其生，固不可知也。

今又有有力者當其前矣，聊試仰首一鳴號焉。庸詎知有力者不哀其窮，而忘一舉手一投足之勞，而轉之清波乎？其哀之，命也；其不哀之，命也；知其在命而且鳴號之者，亦命也。愈今者實有類於是，是以忘其疏愚之罪，而有是說焉。閣下其亦憐察之！

※上宋侍讀書　司馬光

昔燕王有千里馬，而天下無敢獻馬於燕者，爲其皆不能及廐中之良也；趙王有璧徑尺，而天下無敢賈玉於趙者，爲其皆不能及櫝中之美也。彼以物求售者誠然，以道求售者則異矣，請以周公言之：夫周公之德美才智，天下固無庶幾望其藩籬者；然周公沐則握髮，飧則吐哺，汲汲焉走迎天下之士，惟恐一人伏於蓬蓽之下者，是以鐘石筦絃之音，歌舞其德，于今未衰。曏者倘以己之才德，求諸他人，則外踰四海，舟車所極，終無一人可收采者，又安有曄曄光美施於千載邪？降及後世，賢公卿大夫未有不祖述此道，而能具美者也。伏維　執事體純明以立質，積學問以廣德，自結聖主，優游禁闥，四表仰聲而響集，羣士希光而景附，眄睞所被，溫於春陽；咳唾所沾，重於珪璧。誠薦紳之表的，後進之衡鑑也。

光才朽行僻，學疎文陋，羣居士林，無與比數；而不自屏絀妄，以技進於左右，是猶獻馬於燕，賈玉於趙也。執事倘以二國之意遇之，則光宜驅呵擯逐，不得少留於門下矣；以周公之道接之，則光必得從七十子之後而俟見焉。

竊以爲古者、見於公卿大夫必有贄，今其禮亡久矣，士非文無用爲贄者，是敢不自隱其嗤鄙，雜錄舊所爲文凡五卷，執之立於屏外，以俟進退之命焉。

※蘇軾謝呂龍圖

龍圖閣老執事：某西蜀之鄙人，幼承家訓，長知義方，粗識名教，遂堅晚節。兩登進士學，一中茂才科。故當世名公巨卿，亦嘗賜其提挈愛憐之意。故歐公引之於其始，韓公薦之於其中，今又　閣下舉之於其後，自惟末學，辱　大賢者之知，出自天幸。然君子之心，以公而取士，其小人之志，終荷恩以歸心。但空省循，何由論報。比者上以片言隻字，謝　德於門下，而其誠之所加，意有所不能盡；意之所至，言有所不能宣。故其見於筆舌者止此而已。惟　高明有以容而亮之。

※蘇轍上樞密韓太尉書

太尉執事：轍生好爲文，思之至深，以爲文者氣之所形，然文不可以學而能，氣可以養而致。孟子曰「我善養吾浩然之氣」。今觀其文章，寬厚宏博，充乎天地之間，稱其氣之小大。太史公行天下，周覽四海名山大川，與燕趙間豪俊交遊；故其文疎蕩，頗有奇氣。此二子者，豈嘗執筆學爲如此之文哉？其氣充乎其中，而溢乎其貌，動乎其言，而見乎其文，而不自知也。

轍生十有九年矣，其居家所與遊者，不過其鄰里鄉黨之人；所見不過數百里之間，無高山大野，可登覽以自廣；百氏之書，雖無所不讀，然皆古人之陳迹，不足以激發其志氣。恐遂汨沒，故決然捨去，求天下奇聞壯觀，以知天地之廣大。過秦漢之故都，恣觀終南、嵩、華之高；北顧黃河之奔流，慨然想見古之豪傑；至京師，仰觀天子宮闕之壯，與倉廩府庫城池苑囿之富且大也；而後知天下之巨麗。見翰林歐陽公，聽其議論之宏辨，觀其容貌之秀偉，與其門人賢士大夫遊，而後知天下之文章聚乎此也。

太尉以才略冠天下；天下所恃以無憂，四夷之所憚以不敢發；入則周公召公，出則方叔召虎，而轍也未之見焉。且夫人之學也，不志其大，雖多而何爲？轍之來也，於山見終南嵩華之高；於水見黃河之大且深；於人見歐陽公；而猶以爲未見太尉也；故願得觀賢人之光耀，聞一言以自壯；然後可以盡天下之大觀，而無憾矣！

轍年少，未能通習吏事，嚮之來，非有取於升斗之祿，偶然得之，非其所樂。然幸得賜歸待選，使得優游數年之間；將以益治其文，且學爲政。太尉苟以爲可教而辱教之，又幸矣！

二、通候

※梁簡文帝與劉孝綽書

執別灞滻，嗣音阻濶。合璧不停，旋灰屢徙。玉霜夜下，旅雁晨飛，想涼燠得宜，時候無爽。既宮寺務煩，簿領殷湊。等張釋之條理，同于公之明察。雕龍之才本傳，靈虵之譽日高。頗得暇逸於篇章，從容於文諷。

頃擁旄西邁，載離寒暑。曉河未落，拂桂櫂而先征：夕鳥歸林，懸孤帆而未息。足使邊心憤薄，鄉思邅迴。但離濶已久，載勞寤寢。佇聞還驛，以慰相思。

※梁元帝與蕭挹書

濶別清顏，忽焉已久。未復音信，勞望情深。暑氣方隆，恆保清善。握蘭雲閣，解紱龍樓。允膺妙選，良爲幸甚。想同僚多士，方駕連曹，雅步南宮，容與自玩，士衡已後，唯在茲日。唯昆與季，文藻相暉，二陸三張，豈獨擅美。比暇日無事，時復含毫，頗有賦詩，別當相簡。但衡巫峻極，漢水悠長，何時把袂？共披心腹。

※蘇軾與楊濟甫

久不奉書，亦少領來訊，思念不去心。不審即日起居佳否？眷愛各無恙？某此安健，官滿本欲還鄉，又爲舍弟在京東，不忍連年與之遠別，已乞得密州，風土事體皆佳，又得與齊州相近，可以時得沿牒相見，私願甚便之。但歸期又須更數年，瞻望墳墓，懷想親舊，不覺潸然！未緣會面，惟冀順候自重！

※蘇軾夫人與福應眞大師

久不聞法音，馳仰殊深，即日遠想起居安穩。兒隨夫遠謫，百念灰滅，持誦之餘，幸無恙。何時復見？一洗嶺瘴。春寒，千萬爲法自重！不宣。旌德縣君王氏兒再拜。

※歸有光與周孺允

到縣不能致一問，可知吏之俗矣。太湖去治二十里，不一游。向到臨安，與子實約游西湖，子實竟不至，又連日雨，命輿至城外，遶城一望而已，俗何可當，爲吏不能作氣勢，人頗謂之不能，多有見教者，老人豈復肯受人見敎耶？任性而已。太夫人起居萬福，人便草草附問。山茗少許，公非乏，乃致遠忱耳。

※俞樾與曾紀澤

夏間由眉老交到巴黎行館手書。郇公五朵雲，從海外飛來，誦之起舞。比想仙槎安慰，使節賢勞；仗忠信以涉波濤，挾禮義以爲干櫓；恢域中之聞見，繫天下之安危。蘇老泉云：丈夫生不爲將，得爲使，折衝口舌之間足矣，敬爲君侯頌之。樾章句腐儒，衰羸暮景；久無破浪乘風之志，虛有望洋向若之思，偶成小詩二章，聊發萬里一笑。

三、敍懷

※陶宏景答謝中書書

山川之美，古來共談，高峯入雲，清流見底。兩岸石壁，五色交輝，青林翠竹，四時俱備。曉霧將布，猿鳥亂鳴，夕日欲頹，沉鱗競躍，實是欲界之仙都，自康樂以來，未復有能與其奇者。

※徐陵上智者禪師書

陵和南：弟子思出樊籠，無由羽化。旣善根微弱，冀願力莊嚴。一願臨終正念成就，二願不更地獄三途，三願即還人中，不高不下處託生，四願童眞出家，如法奉戒，五願不墮流俗之僧。憑此誓心以策西暮，今書丹款，仰乞證明，陵和南。

※梁簡文帝與廣信侯述聽講事書

王白：仰承比往開善，聽講涅槃，縱賞山中，游心人外。青松白霧，處處可悅，奇峯怪石，極目忘歸。加以法水晨流，天華夜落，往而忘返，有會昔言。王率物從務，無由獨往，仰此高蹤，寸心如結。

※上許左丞啓　王勃

某啓：自違隔恩華，嬰纏風恙，守愚空谷，斂跡仙臺。同衞玠之虛羸，談非正始；愧劉楨之逸氣，卧似漳濱。朝野旣殊，風猷邈隔，望芝蘭之漸遠，覺鄙悋之都生。所以暫下松邱，言遊洛邑，永懷前睠，逡巡元禮之門；延首下風，匍匐文章之府。實願稍捐人事，少奉清言，質儒釋之幽疑，訪空玄之極境。願聞者道，敢披江海之心；祈進者榮，非慕軒裳之重。雖齒絕位殊，空塵左右；而道存目擊，豈隔形骸？輕陟階堂，伏深悸越。謹啓。

※廬山寄元稹　白居易

僕去秋始遊廬，到東西二林間香爐峰下，見雲水泉石勝絕，因置草堂。前有喬松十數株，修竹千竿，青蘿爲墻垣，白石爲橋道。流水周於舍下，飛泉落於簷間，紅榴白蓮羅生池砌，每一獨往，動彌旬日，平生所好，盡在其中，不惟忘歸，可以終老。

※歸有光與周子和大參

江都爲相之日，更辛苦于下帷之時，黃童白叟，歌詠于田野；朱衣紫綬，讒搆于朝廷。不見河陽之褒，反被相州之譴。今日歸田之計已決，候代即行，不久奉時，恐勞見念，先此啓知。

※袁宏道寄沈博士

作吳令，無復人理，幾不知有昏朝寒暑矣；何也？錢穀多於牛毛，人情茫如風影，過客積如蚊蟲，官長尊如閻老。以故七尺之軀，疲如奔命；十圍之腰，綿如弱柳。每照鬚眉，輒爾自嫌。故園松菊，若復隔世。夫伯鸞傭工人耳，尙爾逃世；彭澤乞丐子耳，羞見督郵；而況鄉黨自好之士乎？但以作吏此中，尙有一二件未了事，欲了；故爾遲遲，亦是名根未除。若復桃花水發，魚苗風生，請看漁郎歸棹，別是一番行徑矣。嗟乎！袁生豈復人間人耶？寫至此，不禁神魂俱動，尊丈幸勿笑其迂也！

※吳錫麒寄趙味辛

不肖今爲無父之人矣！天不薄待不肖，警之㾓寐，使得歸視含殮；並得於吾父無恙之辰，親承色笑者二月有餘，是不肖不幸中之幸也。然使不肖常依膝下，侍奉晨昏，頤志攝和，眉壽無害，亦非人生所必不可得之遭；而乃昊天疾威，遽罹慘割，不肖又何意靦顏人世哉？惟念老母在堂，菽水之需，不敢不勉；用是支撐殘骨，視蔭偷生，愴結之懷，曷能言喩！

聞長安諸友聚散無常，船山既已蜀歸，澄齋亦復晉退。浮雲天上，何處招留？前望茫茫，不勝哽咽。

四、邀約

※昭明太子答法雲請開講書

統覽近示，知欲見令道義。夫釋教凝深，至理淵粹，一相之道，杳然難測；不二之門，寂然無響。自非深達玄宗，精解妙義，若斯之處，豈易輕辨。至於宣揚正教，在乎利物耳；弟子之於內義，誠自好之樂之，然深鈎致遠，多所未悉，爲利之理，蓋何足論。諸僧並入法門，游道日廣，至於法師，彌不俟說。云欲見飡稟，良所未喻，想得此意，不復多云。統和南。

※王維與裴廸書

近臘月下，景氣和暢，故山殊可過。足下方溫經，猥不敢相煩。輒便往山中，憩感配寺，與山僧飯訖而去。

北涉玄灞，清月映郭。夜登華子岡，輞水淪漣，與月上下。寒山遠火，明滅林外。深巷寒犬，吠聲如豹。村墟夜舂，復與疏鐘相間。此時獨坐，僮僕靜默，多思曩昔攜手賦詩，步仄徑，臨清流也。當待春中，草木蔓發，春山可望，輕鯈出水，白鷗矯翼，露濕青皐，麥隴朝雊。斯之不遠，儻能從我遊乎？非子天機清妙者，豈能以此不急之務相邀？然是中有深趣矣，無忽！因馱黃檗人往，不一。山中人王維白。

※歐陽修與焦殿丞千之

遽爾大熱，病軀殊不可當。數日不相見，體中佳否？知已授樂清，果如何？來日見過家飱，幸早枉步，乘午前稍涼，庶幾可坐也。無他客。

※歸有光與徐道潛

向云萬樹梅花，徒見其枝條，山中猶寒，即今多未破綻，日令愼奴探之。居人云：年嘗到二月中，花始齊，魯叟乘此時來，且有月，益奇耳。今歲節氣晚，若要桃花，須清明也。社約，初意合得亦好，但諸人志趣終不同，當以閉門爲上。魯叟亦豈可受此羈紲耶！僕在此亦甚苦，作文每把筆，輒投去。欲從山僧借楞嚴經以自遣耳。日夕望面晤，不復多及。

※吳錫麒簡李味莊

今日本擬過訪，而涼雨紛如，有阻屐齒。惟聞吉行在邇，三月之別，正不可不盡歡悰。烹鱉鮮魚，敢效顯父餞行之禮，謹擬於十八日奉候騶從辱臨，不勝欣幸之至！

五、饋 贈

※魏文帝與鍾繇九日送菊書

歲往月來，忽逢九月九日。九爲陽數，而日月並應，俗嘉其名，以爲宜於長久，故以享宴高會。是月律中無射，言羣木百草，無有射地而生。惟芳菊紛然獨榮，非夫含乾坤之純和，體芬芳之淑氣，孰能如此？故屈平悲冉冉之將老，思餐秋菊之落英。輔體延年，莫斯之貴。謹奉一束，以助彭祖之術。

※劉峻送橘啓

南中橙甘，青鳥所食。始霜之旦，采之風味照座，劈之香霧噀人。皮薄而味珍，脈不黏膚，食不留滓。甘踰萍實，冷亞冰壺。可以薰神，可以芼鮮，可以漬蜜。氈鄉之果，寧有此耶？

※歐陽修與梅聖俞送魚

某啓：陰雨累旬，不審體氣如何？北州人有致達頭魚者，素未嘗聞其名，蓋海魚也。其味差可食，謹送少許，不足助盤餐，聊知異物爾。稍晴，便當書局奉見。

※蘇軾與寶月大師贈佛像

有吳道子絹上畫釋迦佛一軸，雖頗損爛，然妙迹如生。意欲送院中供養；如欲得之，請示一書，即爲作記，并求的便附去，可裝在版子上，仍作一龕子，此畫與前來菩薩天王無異，但人物小而多耳。

※嚴沆與陳孺子端午送酒

黃梅風雨，刻念貧交，破屋荒階，晨炊何似？不止以菖蒲角黍縈我心曲也。薄具片芹，聊申鄙意，家釀頗醇，有便人來取一樽，以佐午觴，送來又恐煩腳費耳。

六、薦　介

※徐陵薦陸瓊書

新安王文學陸瓊，見識優敏，文史足用，進居郎署，歲月過淹，左西椽缺，允膺茲選。階次小踰，其屈滯已積。

※杜牧薦王寧啓

前渭南縣令王寧前件官，實有吏才，稱於衆口：年少強力，一也；遇事必能裁割，二也；既蘊智能，無頭角誇誕，三也；廉直可保，四也；處於驕將內臣之間，必能和同，五也。今者邊將生事，雜虜起戎，不憂兵甲，唯在饋運，某過承恩獎，用敢薦才，伏維取捨之間特賜恕察！謹啓。

※歐陽修與韓忠獻王

某頓首啓：自明公進用，雖愚拙，有以竭其思慮，效萬一之裨補，而久無一言，甚可責也。今竊見國子監直講梅堯臣以文行知名，以梅之名，而公之樂善，宜不待某言，固已知之久矣，其人窮困於時，亦不待某言而可知也。中外士大夫之議，皆願公薦之館閣，梅得出公之門，一美事也；公之薦梅，一美事也；朝廷得此舉，一美事也；某不敢以一言而讓三美，故言之雖公而不敢洩，公賜擇焉。惶恐惶恐！

※歐陽修與晏元獻公

某啓：孟春猶寒，伏惟判府相公尊體動止萬福。前急足自府還，伏蒙賜書爲報；且承臨鎭之餘，日有林湖閒燕之樂，此乃大君子以道出處之方，而元老明哲所以爲國自重之意也，幸甚幸甚！

有魏廣者，好古守道之士也，其爲人，外柔而內剛，新以進士及第，爲滎陽主簿，今因吏役，至府下，非有它求，直以卑賤不能自達，欲一趨門仭而已。伏惟幸賜察焉，不備。某再拜。

※蘇軾與鮮于子駿

故人劉格字道純，故友劉恕道原之親弟，讀書強記辯博，文詞粲然可觀，而節立強鯁，吏事亦健，君實頗知之，餘人未識也。欲告子駿與一差遣，收置門下，公若可以踏逐辟召，幸先之，敢保稱職也。旦夕歸康軍待闕，公若有以處之，他必願就也，某非私之也，爲時惜才也。

※胡林翼致張子衡

閣下負幹濟之才，究心軍事，重以義衞桑梓，倍著賢勞，曷勝欽挹！林翼因軍事負罪而出，客冬臘八，馳駐黃州。此間辦事需才，特以一紙書爲介紹；即請束裝來營，共爲將伯之助。仍分別軍務地方，酌量任事，不盡限以軍事也。

七、慶　賀

※王儉與豫章王嶷牋——賀德政

舊楚蕭條，仍歲多故，荒民散亡，實須緝理。公臨莅甫爾，英風惟穆。江漢來蘇，八荒慕向，自庾亮以來，荊州無復此美政。古人云「期月有成」，而公旬日成化，豈不休哉！

※江淹爲蕭驃騎慶平賊表

臣某言：狂賊沈攸之，棄天犯紀，毀禮滅緯，外陵南畿，內嬰西夏，禀血涵氣，咸百讎憤。賴皇威遐制，璿圖廣馭，四海覲順，其會如林。仰綴宗稷之靈，俯輯士民之効，故嚴刼裁交，妖鋒折首，凱期既屆，樂飲在晨。斯乃紫曆方永，蒼氓同慶，臣備符寵私，時深抃舞，不任踴躍之情。

※王安石賀呂參政啓

竊聞明命登用大儒，是宜夷夏之交歡，豈特親朋之私慶。某官以君子之器，値聖人之時。直道正言，石投水而必受；淫辭詖行，雪見晛而自消。果膺夢卜之求，式受鈞衡之任。王功方就，庶無一簣之虧；國勢已安，更加九鼎之重。豈徒惠好，過示撝謙，冀同雅操之堅，以慶茂恩之厚。

※王安石賀知縣啓

光膺芝檢，榮宰花封。凡屬庇庥，良增欣抃。恭維某官，資性敏悟，器懷坦夷。直哉有古人之風，挺然生賢者之後。自歷煩任，罄施幹材。美聲聞于帝聰，佳器稱乎國寶。是乃拜綸綍之命，殿子男之邦。凜乎清風，聳是羣望。操刀之能製錦，素顯殊勳；彈琴之不下堂，行聞異政。

※吳錫麒賀項秋子生子

得手書，知天上石麟，已如彩雲一片，飛墜君家矣。想接武而起者，尙未有艾，肯堂肯構，不患無人，特患弄璋書，笑破阿翁口耳。尊作謹依韻奉和。他日返里，顧乃郎頭角崢嶸，尙須償我湯餅債也。堂上二老人想益康健，含飴弄孫，樂何如之！郵便奉賀，望恕草草。

※俞樾賀李瀚章鴻章母壽

元旦手肅一箋，奉賀春祺，定已照入矣。二月初吉爲太夫人覽揆良辰。洪維國家中興伊始，應五百年名世之期，適當太夫人龐褫延洪，屆七十載古稀之候。閣下與少荃相公，任兼將相，威鎮東南。而哲弟觀察，都轉諸公，又皆鳳舉鴻軒，同佐熙朝景運。門望甲乎海內，歌頌遍乎人間。雖浙水東西，未得安輿戾止；而慈雲一片，覆露無垠。大君子景星福曜之所臨，即太夫人冬日春風所煦被。吾浙士瞻拜南陔，天竺燒香，不如軍門獻壽也。樾以小事勾留吳下，不克先期趨赴，歌白華三章，爲太夫人壽，輒撰楹帖一聯以獻，詞旨淺薄，不足揄揚萬一，甚媿甚媿！

八、弔唁

※陸雲弔陳永長喪弟

與永曜相得，便結願好，契濶分愛，恩同至親，憑烈三益，終始所願。中間離別，但爾累年，結想之懷，夢寐彷佛。何圖忽爾便成永隔，哀心慟楚，不能自勝，痛當奈何奈何！義在奔馳，牽役萬里，至心不敍，東望貴舍，雨淚沾襟。今遣吏弁進薄祭，不得臨哀，追增切裂。幸損至念！書重不知所言。（按此爲第四封弔信，故云書重。）

※昭明太子與張纘書——弔喪兄

賢兄學業該通，蒞事明敏，雖倚相之讀墳典，郤穀之敦詩書，惟今望古，蔑以斯過。自列官朝，二紀將及，義惟僚屬，情實親友。文筵講席，朝遊夕宴，何曾不同茲勝賞，共此言寄。如何長謝，奄然不追！且年甫強仕，方申才力，儻苗落穎，彌可傷惋！念天倫素睦，一旦相失，如何可言，言及增哽，揮筆無次。（按纘兄名緬。）

※任昉弔樂永世書

永世孝友之至，發自天眞，皎潔之操，曾非矯飾。意有所固，白刃不移，理有所托，淄澠自辨。餘息雖存，視陰無幾，終始之托，方寄祁侯。豈惟樂生反先朝露！以理遣滯，鄙識未曉；以事尋悲，哀楚交至；松櫝可拱，悲緒無窮。

※薛道衡弔延法師書

八月二十三日，薛道衡和南：俗界無常，延法師遷化，情深悲怛！不能已已。惟哀慕催割，當不可任。法師弱齡捨俗，高蹈塵表。志度恢宏，理識精悟。靈臺神宇，可仰而不可窺；智海法源，可涉而不可測。同夫明鏡，屢照不疲；譬彼洪鐘，有來斯應。往逢道喪，玄維落紐，栖志幽巖，確乎不拔。高位厚禮，不能廻其慮；嚴威峻法，未足懼其心。經行宴坐，夷險莫二；戒德律儀，始終如一。聖皇啓運，佛法重興，卓爾緇林，鬱爲稱首。屈宸極之重，伸師資之義，三寶由其弘護，二諦藉以宣揚，信足以追蹤澄什，超邁安遠。而法柱忽傾，仁舟遽沒，匪直悲纏四部，固亦酸感一人。師等杖錫挈瓶，夙承訓導，升堂入室，具體而微，在三之情，理百恒慟，往矣奈何！無常奈何！疾礙不獲展慰，但深悲結，謹白書慘愴不次。弟子薛道衡和南。

※蘇軾與范元長——唁喪父

流離僵仆，九死之餘，又聞淳夫先公傾逝，痛毒之深，不可云諭。久欲奉疏，不遇便人，又擧動艱礙，憂畏日深，今玆書問，亦未必達，且略致區區耳。

※又

先公已矣！惟望昆仲自立，不墜門戶，千萬留意其遠者大者，勿徇一至之哀，致無益之毀！與先公相照，誰復如某者，此非苟相勸勉而已，切深體此意，餘不敢盡言。

※蘇軾答錢濟明——唁喪妻

某忽又聞公有閨門之戚，悲惋不已！賢淑令人，人同憂患，乍失內助，哀毒何堪！然人生此苦，十人而九，結髮偕老，殆無而僅有也。惟深照痛遣，勿留胸次，令子哀疚難堪，惟當勉爲親庭節減推慕。本欲作慰疏，適旅中有少紛擾，燈下倦怠，不能及也。千萬恕察！

※顧炎武自燕京復智栗書——唁喪父

遠接手書，益深悲哽。賢姪今日惟有善事高堂，力學不倦，安分守拙，以爲保家之計。異日國人皆稱幸哉有子，即尊公爲不朽矣。誌銘誼不敢辭，草成另上。

不佞以十一月二十六日入都，而次耕後此匝月同日始至。今將於長安圖一讀書之地，必不虛其千里相從之願也。南邁之期，尚未有定；如大葬有日，幸馳書相示。便羽，草草未悉。

※王闓運唁李鴻章喪母

少荃中堂廬次：昨聞鈔報，驚奉太夫人不諱。遠惟孝慕，側息旁皇；全福隆名，耆年榮祿，凡在海內，莫不欽瞻。聖主自有慰詞，非愚賤所復能譬勸也。唯四方觀禮，敬乃勝哀，勉率諸郎，以副喁望。闓運自去秋喪其次子，一家之學，無可復傳。臘日還家，閉門守靜，祇以卜宅未就，不獲扶服躬詣繐帷，謹上輓詞一聯，恭述先德，不罄贊頌，貴貢微忱。區區之懷，當荷鑒照！敬慰巨孝，伏維將禮服喪，臨啓懸遲。

九、勸誡

※諸葛亮誡外生書

夫志當存高遠，慕先賢，絕情慾，棄凝滯，使庶幾之志，揭然若有所存，惻然若有所感。忍屈伸，去細碎，廣咨問，除嫌吝。雖有淹留，何損於美趣？何患於不濟？

若志不彊毅，意不慷慨，徒碌碌滯於俗，默默束於情，永竄伏於凡庸，不免於下流矣。

※梁簡文帝與魏南荊州刺史李志書

卿門世奕葉，中州舊族。自金天失馭，帝鼎南遷，衣冠播越，不及俱邁，豈可屈志羶戎，久淪胡壤！

今皇師外掃，天鉞四臨，海蕩電飛，雲蒸雨合，所摧所尅，是卿之具聞也。且僞國沸騰，四方幅裂，主虐臣姦，牝雞亂政。若能早識時機，翻歸有道，豈直圖形長樂，刻像鐘鼎。時事易差，相思勉厲！

但明月暗投，昔人爲誡，鄰藩贈藥，有可虛懷。密驛輕郵，側望歸簡！

※梁元帝與學生書

吾聞斲玉爲器，喻乎知道；惟山出泉，譬乎從學。是以執射執御，雖聖猶然；爲弓爲箕，不無以矣。抑又聞曰：漢人流麥，晉人聚螢，安有挾册讀書，不覺風雨以至；朗月章奏，不知爝火爲微；所以然者，良有以夫！可久可大，莫過乎學，求之於己，道在則尊。

※蘇軾與張嘉父

某啓：君爲獄吏，人命至重，願深加意！大寒大暑，囚人求死不獲，及病者，多爲吏卒所不視；有非病而致死者。僕爲郡守，未嘗不躬親按視；若能留意於此，遠到之福也。

※歸有光示廟中諸生

諸君在廟中者，志意脩潔，藝業亦精進，深以爲喜！但歲月如流，人情易弛，願更加鞭策，以成遠大。日逐課程，須遵依條約，寧遲毋速，寧拙毋巧，庶幾有眞實得力處。又此廟神靈，一方所崇奉，精神英爽，必萃於此，須朝夕提省，此心常與之對越，聰明睿智，自當日增月長而不自知矣。

※曾國藩與鮑春霆

足下數年以來，水陸數百戰，開府作鎭，國家酬獎之典，亦可謂至優極渥。指日榮晉提軍，勳位並隆，務宜敬以持躬，恕以待人。敬則小心翼翼，事無巨細，皆不敢忽。恕則凡事留餘地以處人，功不獨居，過不推諉。常常記此二字，則長履大任，福祚無量矣。

十、答謝

※魏文帝與鍾繇謝玉玦書

丕白：良玉比德君子，珪璋見美詩人。晉之垂棘，魯之璠璵，宋之結綠，楚之和璞，價越萬金，貴重都城，有稱疇昔，流聲將來。是以垂棘出晉，虞虢雙禽，和璧入秦，相如抗節。竊見玉書稱美玉，白如截肪，黑譬純漆，赤擬鷄冠，黃侔蒸栗。側聞斯語，未覩厥狀，雖德非君子，義無詩人，高山景行，私所慕仰。然四寶邈然已遠，秦漢未聞有良比也。求之曠年，不遇厥眞，私願不果，飢渴未副。

近日南陽宗惠叔稱，君侯昔有美玦，聞之驚喜，笑與抃會，當自白書，恐傳言未審，是以令舍弟子建因荀仲茂特從容喩鄙旨，乃不忽遺，厚見周稱，鄴騎旣到，寶玦初至，捧匣跪發，五內震駭，繩窮匣開，爛然滿目。猥以蒙鄙之姿，得覩希世之寶。不煩一介之使，不損連城之價，既有秦昭章臺之觀，而無藺生詭奪之誑。嘉貺益腆，敢不欽承。謹奉賦一篇，以讚揚麗質。丕白。

※任昉爲卞彬謝修卞忠貞墓啓

臣彬啓：伏見詔書并鄭義泰宣敕：當賜修理臣亡高祖晉故驃騎大將軍建興忠貞公壼墳塋。臣門緒不昌，天道所昧。忠遘身危，孝積家災。名教同悲，隱淪惆悵！而年世貿遷，孤裔淪塞；遂使碑表無滅，邱樹荒毀，狐兔成穴，童牧哀歌，感慨自哀，日月纏迫。　陛下弘宣教義，非求效於方今；壼餘烈不泯，固陳力於異世。但加等之渥，近闕於晉典；樵蘇之刑，遠流於皇代。臣亦何人，敢謝斯幸，不任悲荷之至！謹奉啓事以聞。謹啓。

※庾信謝趙王賚白羅袍袴啓

某啓：垂賚白羅袍袴一具。程據上表，空論雉頭；王恭入雪，虛稱鶴氅。未有懸機巧綜，變纈奇文。鳳不去而恆飛，花雖寒而不落。披千金之暫煖，棄百結之長寒。永無黃葛之嗟，方見青綾之重。對天山之積雪，尙得開衿；冒廣廈之長風，猶當揮汗。白龜報主，終自無期；黃雀謝恩，竟知何日！

※楊凝式韭花謝帖

晝寢乍興，輖飢正甚。忽蒙簡函，猥賜盤飧。當一葉報秋之初，乃韭花逞味之始。助其肥羜，實謂珍羞。充腹之餘，銘飢載切！謹修狀陳謝，伏惟鑒察！謹狀。

※歐陽修與韓忠獻王稚圭謝唁母喪

某叩頭泣血，罪逆哀苦，無所告訴，特蒙台念，遠賜誨言，雖在哀迷，實知感咽。昨大禍倉卒，不知所歸，遽來居潁，苟存殘喘。承賜恤問，敢此勉述，其諸孤苦，不能具道。秋序已冷，伏冀順時，爲國自重，哀誠所望！

※王安石上張樞密書謝唁親喪

某惷陋褊迫，不知所向，在京師時，自以備數有司，而閣下方斷國論，故非公事未嘗敢以先人之故，私請左右，修子姪之禮。及以罪逆扶喪歸葬，閣下方以醫藥自輔，哀疚迷謬，闕於赴告，凡此皆宜得疏絕之罪者也。然閣下拊循顧待，既久而加親，追賜手筆，哀憐備厚。當是時某方纍然在喪服之中，無以冀於全存，故不能有所獻以謝恩禮之厚。今既除喪，可以敍感矣。然所能致於左右者，不過如此。蓋拳拳之心，書不能言。實冀寬大仁明，有以容而亮之而已。伏惟閣下以正直相天下，翊堯戴舜，功不世有，辭寵去寄，而退託一州，所以承下風望餘澤，非特門牆小人而已。伏惟爲國自重，幸甚！

※王安石生日禮物謝表

璽書加獎，台餽示優。屈使者之光華，發里門之榮耀。竊念臣才非秀穎，勢又羈單；方少也，臣父敎臣以爲己之方；及長也，臣母勉臣以許國之節。叨踰至此，稱效缺然。慈訓久孤，每感劬勞之日；恩頒荐至，更慚明盛之朝。此蓋伏遇　皇帝陛下，智臨方來，慈保臣庶，嘉以物多而禮備，使知意厚而盡心。敢不自竭斷斷之能，庶以少申惓惓之義。臣無任。

※蘇軾與彥正判官

古琴當與響泉韻磬並爲當世之寶。而鏗金瑟瑟，遂蒙輟惠，報賜之間，赧汗不已，又不敢遠逆來意，謹當傳示子孫，永以爲好也。然某素不解彈，適紀老杜道見過，令其侍者快作數曲，拂歷鏗然，正如若人之語也。試以一偈問之：「若言琴上有琴聲，放在匣中何不鳴？若言聲在指頭上，何不於君指上聽？」錄以奉呈，以發千里一笑也。寄惠佳紙名荈，重煩厚意，一一捧領訖，感怍不已！適有少冗，書不周謹。

※王守仁與王公弼

老年得子，實出望外。承相知，愛念勤惓若此，又重之以厚儀，感愧何可當也。兩廣之役，積衰久病之餘，何能堪此，已具本辭免，但未知遂能得允否耳。來書提醒良知之說，甚善甚善！所云困勉之功，亦只是提醒工夫未能純熟，須加人一己百之力，然後能無間斷，非是提醒之外，別有一段困勉之事也。

※俞樾上曾滌生爵相

金陵晉謁，小住節堂，一豫一游，叨陪末座。窮園林之勝事，敍觴詠之幽情，致足樂也。憶袁隨園上尹文端啓事云「日落而軍門未掩，知燈前尚有詩人；山遊而僚屬爭看，怪車後常攜隱者。」樾以山野之服，追隨冠蓋之間，頗有昔賢風趣。而吾師勳業高出文端之上，奚啻倍蓰；則樾之遭際，亦遠隨園矣。至於玄武湖上，麟趾洲邊，屈使相之尊嚴，泛輕舟之容與，紅衣翠蓋，掩映其間，此樂尤爲得未曾有。每欲作小詩記之，而竟不成，亦見詩脾之濇也。幕府諸賢，未識誰工繪事；能傳之丹青，以識雪泥蹤跡否。樾已於十四日抵滬，即擬還蘇。敬奉箋陳謝，不盡萬一。

十一、論學

※司馬相如答盛覽作賦之法

合纂組以成文，列錦繡而爲質，一經一緯，一宮一商，此賦之跡也。賦家之心，包括宇宙，總覽人物，斯乃得之於內，不可得而傳。

※梁武帝答陶弘景論書書

鍾書乃有一卷，傳以爲眞。意謂悉是摹學，多不足論。有兩三行許，似摹微得鍾體。逸少學鍾的可知，近有二十許首，此外字細畫短，多是鍾法。今欲令人帖裝，未便得付，來月有竟者，當遣送也。

※皇甫湜答李生書

辱書，適曛黑，使者立復，不果一一，承來意之厚，傳曰「言及而不言，失人」，粗書其愚，爲足下答，幸察！

來書所謂「今之工文，或先於奇怪者」。顧其文工與否耳，夫意新則異於常，異於常則怪矣；詞高則出於衆，出於衆則奇矣；虎豹之文，不得不炳於犬羊；鸞鳳之音，不得不鏘於烏鵲；金玉之光，不得不炫於瓦石；非有意先之也，乃自然也。必崔嵬然後爲岳，必滔天然後爲海，明堂之棟，必撓雲霓；驪龍之珠，必固深泉。

足下以少年氣盛，固當以出拔爲意，學文之初，且未自盡其才，何遽稱力不能哉？圖王不成，其弊猶可以霸，其僅自見也，將不勝弊矣，孔子譏其身不能者，幸勉而思進之也。

來書所謂「浮豔聲病之文，恥不爲」者，雖誠可恥，但慮足下方今不爾，且不能自信其言也。何者？足下舉進士；舉進士者，有司高張科格，每歲聚者試之，其所取，乃足下所不爲者也。工欲善其事，必先利其器，足下方伐柯而捨其斧，可乎哉？恥之，不當求也；求而恥之，惑也。今吾子求之矣，是徒涉而恥濡足也，寧能自信其言哉？

來書所謂「汲汲於立法寧人」者，乃在位者之事，聖人得勢所施也，非詩賦之任也。功既成，澤既流，咏歌紀述光揚之作，作焉。聖人不得勢，方以文詞行於後，今吾子始學未仕，而急其事，亦太早計矣。

凡來書所謂數者，似言之未稱，思之或過，其餘則皆善矣。既承嘉惠，敢自疏怠！聊復所為，俟見方盡，湜再拜。

※王安石上人書

所謂文者，務為有補於世而已矣；所謂辭者，猶器之有刻鏤繪畫也，誠使巧且華，不必適用；誠使適用，亦不必巧且華；要之以適用為本，以刻鏤繪畫為之容而已。不適用，非所以為器也；不為之容，其亦若是乎？否耶。然容亦未可已也，勿先之，其可也。

※蘇軾答謝民師書

所示書教及詩賦雜文，觀之熟矣。大略如行雲流水，初無定質，但常行於所當行，常止於不可不止，文理自然，姿態橫生。孔子曰「言之不文，行之不遠」，又曰「辭達而已矣」。夫言止於達意，疑若不文。是大不然，求物之妙，如繫風捕影，能使是物了然於心者，蓋千萬人而不一遇也，而況能使了然於口與手乎！是之謂辭達。辭至於能達，則文不可勝用矣。

※曾國藩與彭雪琴

僕觀作古文者，例有傲骨，惟歐陽公較平和；此外皆剛介倔強，與世齟齬。足下傲骨嶙峋，所以為文之質，恰與古人相合；惟病在貪多，動致冗長。可取國朝二十四家古文讀之，參之侯朝宗、魏叔子，以寫胸中磊塊不平之氣；參之方望溪、汪鈍翁，以藥平日浮冗之失。兩者並進，所詣自當日深，易以有成也。

十二、家書

※袁宏道家書

天下奇人聚京師者，兒已得遍觀，大約逐利者如沙，趨名者如礫，趨性命者如夜光明月，千百人中，僅得一二人；一二人中，僅得一二分而已矣。三哥頗爲同儕所推許，近日學問益覺長進。昨梅中丞邀請數次，因塞上苦寒，尚未及行。梅眞好漢也！兒恨不識其人。三哥識有餘，而膽氣未充，正是多會人廣參求之時，想故鄉一片地，橫是麟鳳塞滿，眞不必令其在家也。

※曾國藩稟父母

男國藩跪稟

父母親大人萬福金安：九月十七日，接讀家信，喜

堂上各位老人安康，家事順遂，無任歡慰！男今年不得差，六弟鄉試不售，想　堂上大人不免內憂，然男則正以不得爲喜。蓋天下之理，滿則招損，亢則有悔，日中則昃，月盈則虧，至當不易之理也。男毫無學識，而官至學士，頻邀非分之榮。

祖父母、父母皆健康，可謂盛極矣！現在京官，翰林中無重慶下者，惟我家獨享難得之福，是以男慄慄恐懼，不敢求非分之榮，但求　堂上大人眠食如常，閤家平安，即爲至幸！萬望

祖父母、父母、叔父母，無以男不得差，六弟不中爲慮，則大慰矣！況男三次考差，兩次已得；六弟初次下場，年紀尚輕，尤不必罣心也！

同縣黃正齋，鄉試當外簾差，出闈即患痰病，時明時昧，近日略愈。男癬疾近日大好，在京一切，

自知謹愼。

男謹稟（道光廿六年九月十九日）

※曾國藩致弟書

澄侯四弟左右：頃接來緘，又得所寄吉安一緘，具悉一切。朱太守來我縣，王劉蔣唐往陪，而弟不往，且其見怪。嗣後弟於縣城省城，均不宜多去。處茲大亂未平之際，惟當藏身匿跡，不可稍露圭角於外，至要！至要！

吾年來飽閱世態，實畏宦途風波之險，常思及早抽身，以免咎戾。家中一切，有關係衙門者，以不與聞爲妙！

（咸豐六年九月初十日）

※曾國藩諭子紀澤

字諭紀澤兒：爾於十九日自家起行，想九月初可自長沙挂帆東行矣。船上有大帥字旗，余未在船，不可誤挂；經過府縣各城，可避免者，略爲避開，不可驚動官長，煩人應酬也！余日內平安，沅叔及紀鴻等在金陵亦平安。

（同治二年八月十二日）

※歐陽修與十二侄通理書——皇祐四年

自南方多事以來，日夕憂汝。得昨日遞中書，知與新婦諸孫等各安，守官無事，頓解遠想。吾此哀苦如常（時公丁內艱）。歐陽氏自江南歸朝，累世蒙朝廷官祿，吾今又被榮顯，致汝等並列官裳，當思報效。偶此多事，如有差使，盡心向前，不得避事（時通理任象州司理）！至於臨難死節，亦汝榮事，但存心盡公，神明亦自祐汝，愼不可思避事也！

昨書中言：欲買朱砂來，吾不闕此物，汝於官下宜守廉，何得買官下物？吾在官所，除飲食物外，不曾買一物，汝可安此爲戒也！已寒，好將息，不具。

※袁宏道寄舅父龔惟長書

「無官一身輕」，斯語誠然。甥自領吳令來，如披千重鐵甲，不知縣官之束縛人，何以如此。「不離煩惱，而證解脫」，此乃古先生誑語。甥宦味眞覺無十分之一，人生幾日耳，而以沒來由之苦，易吾無窮之樂哉！計欲來歲乞休，割斷藕絲，作世間大自在人，無論知縣不作，即教官亦不願作矣。實境實情，尊人前何敢以套語相誑，眞是煩苦無聊，覺烏紗可厭惡之甚，不得不從此一途耳，不知尊何以教我？

※左宗棠與壻陶少雲書

學業才識，不日進則日退，須隨時隨事，留心著力爲要！事無大小，均有一當然之理，即事窮理，何處非學？昔人云「此心如水，不流即腐」；張乖崖亦云「人當隨事用智」；此爲無所用心一輩人說法。果能日日用心，則一日有一日之長進；事事留心，則一事有一事之長進；由此累積，何患學業才識不能及人耶？

作官能稱職，大不容易。作一件好事，亦須幾番盤根錯節而後有成。昔人事業到手，即能處措裕如，均由平常留心經驗，能明其理，習於其事所致；未有當前遇事放過，而日後有者成也。

第二章 慶弔文

第一節 慶弔文之淵源

慶弔文指祝賀文與弔祭文而言。國語越語云「弔有憂，賀有喜。」對親朋友好，休戚相共，故憂患之事，互相弔慰；喜慶之事，互相祝賀；當今國際相交，亦以此爲友誼之津梁。周禮春官大宗伯之職，「以喪禮哀死亡」，「以弔禮哀裁禍」，「以饗燕之禮親四方之賓客」，「以賀慶之禮親異姓之國」。古昔已將慶弔之禮，列入政治法典，是以形成禮俗，代代沿傳，以爲處世不可忽略之事。後漢書王充傳謂，充作論衡，「閉門潛思，絕慶弔之禮。」荀爽傳謂爽幼而好學，「耽思經書，慶弔不行。」言其爲治學而慶弔要事，亦不暇顧，猶之發奮忘食，其用心之苦，使人訝異也。今世風淆薄，雖有人視慶弔爲虛僞應酬之事，然而喜樂相共，患難相恤，溝通感情，民德歸厚，故慶弔之禮，未能廢也。有其禮，則有其文，慶祝文字，如祝壽、婚嫁、添丁、新張、遷移等，所用之文聯詩詞簡帖等是也。弔祭文，如祭文、誄辭、哀啓、行狀、輓聯、訃聞等，是也。

雖云古有「婚禮不賀」之說（禮記郊特牲），然嫁娶總爲喜事，親友道賀，情所必然，如抱朴子疾謬篇，記新婚鬧房之俗，「酒客酗醟，不知限齊。」已足見賀客盈門之盛況。漢書盧綰傳謂：「高帝與綰同日生，里中持羊酒賀兩家。」足徵賀生子之禮流行已久。顏氏家訓風操篇云「江南風俗，兒生一朞（週歲），爲制新衣，盥洗裝飾。男則用弓矢紙筆，女則刀尺鍼縷，並加飲食之物，及珍寶服玩，置之兒前。觀其發意所取，以驗貪廉智愚，名之爲試兒。親表聚集，致讌享焉。自茲以後，二親若在，每至此日，常有酒食之事耳。無教之徒，雖已孤露（幼而喪父），其日皆爲供頓，酣暢聲樂，不知有所感傷。梁孝元年少之時，每八月六日載誕之辰，嘗設齋講，自阮修容（元帝生母）薨歿之後，此事亦絕。」由此可以想見齊梁間關於生子燕賀及慶祝生辰之禮俗。禮記檀弓，晉獻文子成室，張老致頌辭，後世賀宮室落成者，每好引其美哉之詞。慶賀之禮，經史所載，可以考其梗概。

慶賀之旨，在對喜事助歡悅之興，故其文詞以讚頌爲主，文心雕龍頌讚篇謂：頌「所以美盛德」，讚者「嗟歎以助辭也，故漢置鴻臚，以唱拜爲讚。」後世又以讚爲稱人之美，如三國志許褚傳「帝思褚忠孝，下詔褒贊。」於是頌讚二義，遂相通矣。頌贊之詞，多爲詩歌、詩經關雎、夭桃、鵲巢等篇，爲贊美婚嫁之詩。螽斯、麟趾，爲贊美生子之詩。天保、鴛鴦，可謂祝壽之詩。泮水、閟宮，可謂賀宮室落成之詩。

弔祭之禮，禮書所載尤詳。弔祭之旨，在表悲傷之情，文內必述死者生平行誼，故亦須有頌贊之詞。姚鼐、曾國藩俱以詩經之頌及二子乘舟與黃鳥等篇，爲哀祭文之祖。哀弔死者之文，自漢始有其目，如賈誼有弔屈原賦，司馬相如有哀秦二世賦，東漢杜篤有祭延鐘文，而晉陶潛之祭程氏妹文、祭從弟文及自祭文，其文之格式，後世沿用，以迄於今。又，古有誄辭，如魯哀公誄孔子，柳下惠之妻誄其夫，漢武帝誄公孫弘。禮記曾子問「賤不誄貴，幼不誄長。」注「累列生時行迹，讀之以作謚。」按曹植有武帝誄，潘岳有世祖武皇帝誄，後之作誄者，不限於禮記所云。又有哀辭，爲表達哀思之意，如曹植之行女哀辭，仲雍哀辭是。而班固之馬仲都哀辭，與張衡之司空陳公誄，以及王粲之弔夷齊文，阮籍之孔子誄，皆爲贊頌之語，無大差別。蔡邕之濟北相崔君夫人誄，則與後世之祭文無異。是以今在應用方面，誄辭與哀辭，歸併於祭文之內矣。又古有輓歌，輓亦作挽，曲禮「助喪必執紼」，紼者，引棺索也，執紼挽柩之歌，名曰輓歌，後世以哀死者之詞曰輓，今之輓詩輓聯，即本乎此。

慶弔文之淵源，略如上述，茲就現在所通行者，簡敍如下：

一、壽序

序爲文體之一，陳述作者之意趣者也。如易序、詩序、太史公自序之類。壽序由贈序而來，姚鼐古文辭類纂序，以爲贈序由贈言而來，如史記孔子世家，老子贈孔子以言；禮記檀弓，顏淵贈子路以言；及國策梁王觴諸侯，魯君擇言而進。贈言所以致敬愛陳忠告之誼也。後世將贈言敍之於文，是爲贈序。晉傅玄、潘尼文集內俱有贈序，至唐漸盛，韓昌黎每好作此文。爲表達愛敬，除贈序而外，亦有贈詩者，如詩經燕燕篇，爲衞莊姜送戴嬀之詩；渭陽篇，爲秦康公送舅氏之詩；此爲贈詩之始。祝壽之禮，由祝生辰而來，古人於生辰有紀念，而未必祝賀。北史隋高祖紀「六月十三日，是朕生日，令海內爲武元帝元明皇后斷屠。」唐貞觀二十年，太宗謂長孫無忌曰「今日吾生日，世俗皆以爲樂，詩云哀哀父母，生我劬勞。奈何以劬勞之日，更爲歡樂乎！」開元十七年八月五日，玄宗生日，宴百官於花萼樓下，張說等表請是日爲千秋節，佈於天下，咸令晏樂。自此人君生日，羣臣上表祝賀，沿以爲例，上行下效，於是以文字祝生日，至宋而益盛，雲齋廣錄，宋錢勰尹京府，生日，楊偕畫老子出關圖，並題詩以贈。又宋陳執中，遇生日，親族多獻老人星圖，姪世修獨獻范蠡遊五湖圖。倦遊錄，王荊公生日，光祿卿鞏申以大籠貯雀鴿以獻，復一一放之，每一放叩齒祝曰「願相公一百二十歲」。謂之放生。故蘇軾詩云「記得金籠放雪衣」。玉局文宋哲宗元符三年十二月十九日東坡生日，置酒赤壁下，進士李委作鶴南飛曲以獻。朱晦庵有祝母壽詩。楊萬里有賀皇太子生辰詩。曾國藩云「壽序非古」。壽序蓋自元朝始興，當時虞集每好作此文。此後祝壽有贈詩者，有贈序者，亦有詩與序兼用者。如明李東陽有壽左都御史閔公朝瑛七十詩序，開端云「閔公朝瑛壽七十；同年進士之在朝者……各賦詩一章，會賀其家；謂東陽宜序首簡。……其詩則以齒爲次。」壽序蓋至清而益盛，名家文集中，幾皆有之。壽序之內容，述壽者生平之行誼及當前之佳況，而加推崇之議論與贊頌之詞，其文本爲表慶賀之意，助歡樂之情，故詞句以典麗爲尚，因而作者每喜用駢體，然妙手以散文爲之，筆意委婉，辭采雋逸，亦多佳品。不惟壽序如此，凡應酬文字，大都不外乎此則。

二、徵啓

啓者，開陳其事也；徵者，求也。有所徵求之啓事曰徵啓。喜慶或其他方面，皆可有徵文啓事，而徵壽文壽詩，尤所必用。內容陳述壽者生平行誼，以供作者之資料，最後頌揚其年高德劭，今某月某日爲六十或七十華誕，發起人等，敬求親朋友好，贈以詩文，以作紀念。其格式與書信同，惟此爲公開信，無固定之對象而已。子孫亦可爲其尊親徵壽文壽詩，而自撰「事略」，寄諸親友，以供參考。喪事有哀啓，又名「行述」，爲死者子孫之語氣，故開端寫「哀啓者」，內容陳述死者生平之事蹟，及病歿之經過，附於訃聞中報告親友，以作哀輓誄銘之資料。此文宜率眞切實，以散文爲宜。

三、祭文

周禮春官，掌六祝之辭，以祈福祥，祝辭即祭文之淵源。祭文包括告祭鬼神祖先之文字，班固之祀濛山文，爲祭神之文；蔡邕之宗廟祝嘏辭，爲祭祖先之文；其文之格式，與今之祭文同。文心雕龍祝盟篇云「祈禱之文，必誠以敬；祭奠之楷，宜恭且哀。」祈禱之文，如古人之祈年祈雨，有祭山川鬼神之文；哀祭之文，用以奠祭，表示哀悼。有用以追祭古人者，如謝康樂有祭禹廟文，梁元帝有祭顏子文。有用以祭親屬者，如王羲之有祭（父母）墓文，顏延之有祭弟文。有用以祭戚串者，如孔稚珪有祭外兄張長史文，韓昌黎有祭從子壻張給事文。有用以祭師友者，如李翺有祭吏部韓侍郎文，歐陽修有祭石曼卿文。有用以祭殉難將士者，如梁簡文帝有祭戰亡者文，江淹有蕭驃騎祭石頭戰亡文。有用以爲團體公祭者，如蘇轍有代三省祭司馬丞相文。哀祭之文，內容爲頌念死者，述其行誼，以寫哀情。對親屬之祭文，固宜樸實率眞，然自晉以來之祭文，多好用四言韻文，韓昌黎、歐陽永叔，雖皆以散文名家，而其撰祭文，則多用韻文，蓋以其語句叶韻，易於動人也。

四、行狀

狀，形態也、情況也。又陳述也，故凡陳述事實之文字曰狀。行狀者，敍述死者之行誼及其世系爵里生卒年月，一切狀況也。狀與傳同，古時惟史官可以爲人作傳，非史官則只可作狀。其實狀與傳，內容相同也。述死者之生平，以供史館之採擇，漢時謂之狀，六朝之後謂之行狀。爲求人作墓誌碑表，恐作者對死者之生平不詳，死者之親屬可撰行狀（亦稱事略），供作者以資料。行狀固可由死者之親屬撰寫，然以親屬不便品評死者之言行，亦不能贊譽死者之子孫，故他人代作則可將死者之事功及一切狀況，如實寫出，加以品評，以供史家立傳之資料。行狀、行述、事略，其體裁大致相同，惟行狀與行述多用於死者，而事略則兼可用於生者而已。

五、墓銘誌

誌者識也，記述也。銘爲文體之一，古多刻於器物，如湯之盤銘，正考父之鼎銘。秦漢而後，或刻於石，如班固燕然山銘，蔡邕郡掾吏張玄祠堂銘。銘文之詞，或箴規，或勖勵，或紀事功，或表頌揚。爲恐陵谷變遷，墓地破壞，後人不知誰氏之墓，因而爲墓誌銘，埋之壙中。其制用正方形石兩片，一刻銘文，一刻死者之姓氏爵里，兩石一作蓋，一作底，上下相合，平放於柩前，加土掩埋，使後人有所稽考。誌文似傳，銘文似詩，此制始於漢而盛於唐。古之有誌者，不必有銘；有銘者，不必有誌。惟誌與銘兼用者較多。銘誌有係二人分撰者。銘詞三言四言七言，或長短句不等，總之以韻文爲主，亦有用騷體或散文者。典論論文云「銘誄尚實」，故誌文宜樸實謹嚴，銘詞宜精鍊簡潔。

六、墓表

表者，表揚死者生平之事蹟也；爲墓碑之異名。普通墓碑只刻死者與後嗣之姓名，及生卒年月日。又有所功德事業較有成就者，乃爲文鐫於豐碑，立於墓前，以作表彰，其文即傳，與墓誌銘大致相同。又有所謂神道碑者，神道者，墓前之道路也，後漢書光武十王中山簡王傳云「詔大爲修冢塋，開神道。」注「墓前開道，建石柱以爲標，謂之神道。」集解惠棟曰「神道之稱始於西漢。」霍光傳「光夫人侈大其塋制，起三幽闕，築神道。」集古錄，漢楊震碑首題「太尉楊公神道碑銘。」可知神道起自西漢，而神道碑則與自東漢也。碑版廣例云「墓表與神道碑，異名而同物，故墓表之有銘者亦多。」世之神道碑，亦有不立於墓前之神道，而立於通衢路旁者，蓋墓表立於墓前，非有心弔古者，未必不憚煩勞詣墦間觀讀，神道碑立於墓前之大路，往來行人，隨意舉目，便可瞻仰也。

第二節　慶弔文舉例

一、壽序祝辭

※壽存齋張公七十序　　袁宏道

山有色，嵐是也；水有文，波是也；學道有致，韻是也。山無嵐則枯，水無波則腐，學道無韻，則老學究而已。昔夫子之賢顏回也以樂；而其與曾點也以童冠詠歌。夫樂與歌詠，固學道人之波瀾色澤也。江左之士，喜爲任達，而至今談名理者必宗之，俗儒不知，叱爲放誕，而一一繩之以理；於是高明玄曠清虛澹遠者，一切皆歸之二氏，而所謂腐濫纖嗇，卑滯扃局者，盡取爲吾儒之受用，吾不知諸儒何所師承，而冒然以爲孔氏之學脈也。

且夫任達不足以持世，是安石之談笑，不足以靜江表也；曠逸不足以出世，是白蘇之風流，不足以談物外也。大都士之有韻者，理必入微，而理又不可以得韻，故叫跳反擲者，稚子之韻也；嬉笑怒罵者，醉人之韻也。醉者無心，稚子亦無心，無心故理無所託而自然之韻出焉。由斯以觀理者，是非之窟宅，而韻者大解脫之場也。

郢諸生張五教從余遊，的然以孔顏之樂爲學脈，而　尊人存齋公，少困膠序，老爲邑博士，未期月掛冠去，皈心禪悅，棄家蔬食，有如毗尼弟子。蓋白首於泮宮黌舍之間者，一旦捨其窟宅而逃虛無恍惘之鄉，公之心殆醜夫腐濫纖嗇之儒，故欲去而遠之；而不知孔門之儒非也。顏之樂，點之歌，聖門之所謂眞儒也。使公早知高明玄曠之爲眞儒，亦何必去而遠之爲快？然世之所謂儒固若此，公雖欲不去，何可得也。公今年七十，當吾夫子從心之年，從者縱也，縱心則理絕而韻始全，公若不信，則呼稚子醉人而問之。

※周秋汀八十壽序

歸有光

吾崑秋汀周先生，今年八十，鄉大夫士，多爲歌詩文章祝之。先生之子通判君，設廣室，大會賓客。余輩九人者，辱交先生父子間，得坐下坐，目瞻盛擧，心竊慕之。客有洗爵壽先生者，問曰：「先生之壽有道乎？」先生曰：「有，老子曰：『逸則壽』，又曰：『知足之足常足』，蓋造化鈞畀，萬物大小厚薄，各有品限，故安其分則心泰，泰則百疾不作，故壽。愚者弗察，覬覦生焉，得失觸焉；心擾而害隨之，惡乎壽？故吾見人之富，不多其財，而薄田敝廬，足於陶朱；見人之貴，不侈其爵，而青氈絳帳，榮於金紫；見人有時名，不高其聞，而陶情詩酒，放懷歌舞，老焉益壯，若將終身；吾不知有餘在人，不足在我，嬉嬉然若與得意者等。吾之壽，或者在此乎？」客未對。余笑曰：「達哉！先生之論也，其有得于莊子逍遙之旨乎哉，其曰大鵬萬里，鷦鷯一枝，各適其適，不相企慕，則羨欲之累可以絕，累絕則悲去，悲去則性命安，是故壽於人則爲彭祖，壽於物則爲大椿，達者能得之，則先生其人也。今而後，呼先生爲逍遙公可乎？」先生聞之喜，卒爵而歌，頹然就醉。余因拾問答之辭，合而爲序。

※陳仲鸞同年之父母七十壽序

曾國藩

天之生賢人也，大抵以剛直葆其本眞，其回枉柔靡者，常滑其自然之性，而無以全其純固之天；即幸而苟延，精理已銷，恒幹僅存，君子謂之免焉而已。國藩嘗采輯國朝諸儒言行本末，若孫夏峯、顧亭林、黃梨洲、王而農、梅勿菴之徒，皆碩德貞隱，年登耄耋，而皆秉剛直之性，寸衷之所執，萬夫非之而不可動，三光晦，五岳震，而不可奪。故常全其至健之質，躋之大壽而神不衰，不似世俗孱儒豎子，依違濡忍，偷爲一切，不可久長者也。同年生陳君仲鸞，與余交十餘年，每相與議論，平生慷慨不撓，或品第當世人倫，意所不可，睥睨譏切，無所復忌。同人或謂仲鸞居吏部曹司，身處卑冗，更事未深，宜其嚚嚚不詘。若移置要地，稍稍練習文法，亦且破觚而爲圓矣。既而仲鸞果以考第，入直軍機，而戇直發憤，芒角森然，曾不減其曩者之舊。吾乃私怪生民剛直之性，其稟之有厚有薄，未可以一概度量也。閒輒與仲鸞語家世之詳，及太公太母之行，仲鸞爲余言，封翁蔭召先生，生而伉爽，屢經艱險，履之如夷。遇人有心所不許，雖豪貴人必唾棄之。即心之所許，雖孤嫠卑賤，必引而翼之。愈窮阨，愈禮敬與鈞，自親族州閭，皆服其誠信。遠近紛難，就之決遣，凡所論斷，久而輒應，封母高太恭人，祇順惇篤，尊尚節義，蓋皆有剛直之風，然後知仲鸞之激烈不阿，雖受性獨厚，亦其稟之庭闈者，歲漸月染，涵濡之久而不自知也。人固視乎所習，朝有媕婀之老，則羣下相習於詭隨；家有骨鯁之長，則子弟相習於矩矱；倡而爲風，效而成俗，匪一身之爲利害也。今年八月，爲先生暨太宜人七十生日，年家之子，同官之良，咸稱觴仲鸞之邸第，作爲詩篇，以祝難老，屬國藩爲之序，余乃略述平昔，與仲鸞言論大指，以著先生之節概，因推國初諸儒，以剛直而享大年者，爲先生致善禱之誼，亦使世之君子，聞之而有所警焉。

※范母余太宜人七十壽序　張之洞

皇帝御極之元年壬戌，舉會試，吾師鶴生先生，以中書舍人爲同考官，得士鴻遠湘南等十一人。明年癸亥，舉恩榜會試，吾師以宗人府主事，復受命爲同考官，得士子錫之洞等十一人。明年甲子，吾師之母余太宜人，年七十矣，十月之吉，吾師張宴合樂於京師私第，爲太宜人壽，鴻遠等亦得從賓客之後，帨韝鞠跽，奉觴而前壽太宜人。或曰「三代以來，其尊尙高年至矣，考小戴記王制諸篇，其於養老之膳羞冠服，若豆登之屬，縞玄之別具列焉，然優其禮安其躬而已，不聞有文辭，近今數百年，始有壽辰作爲之文字以致頌禱之事，歸熙甫嘗以爲非古不足法，而訾之矣；子能徵之禮乎？」之洞進曰：他壽則無矣，爲母壽有之，案毛詩閟宮第七章曰「魯侯燕喜，令妻壽母。」鄭君箋曰「壽其母爲之祝慶也」。夫爲之祝云者，從乎人之辭也，既已播之聲詩，見采於宣聖，是固爲壽而作文字之所自昉。歸氏之言，無乃未達已乎？竊惟宋歐陽文忠公、蘇文忠公，並以道德文章，萬流宗仰，著稱於後世，而皆有賢母之敎，勖之殖學厲志，而後能然，母敎之不可以已也如是。師少稟太宜人敎，蚤有聞譽，通學令範，論者咸謂宜居館閣，顧以庶吉士改官，士論惜之。兩爲同考官，每得一卷，握玩鈎擿，常至再三，若唯恐不得一當者。壬戌會試，得之洞卷，閱薦被落，師憤惋累日。與人言輒稱道之洞，常過其實。及之洞於翁曾源榜成進士，仍出師門下，師乃大憙，賦詩以紀其事。如之洞誠錄錄不足言，然而朝野士大夫，不能不以此多師之能好士也。師之改官也，以書白太宜人，請進止，復書曰「若爲貧仕耶？以官爲利，無論不可必得，吾不願汝有此行也。若欲有所建樹，顧此時汝之力恐不能勝，一不稱職，祇取辱耳。京官固窮約，可幸無過，度能居居之，不然計歸可矣。」師遂受敎。嗟夫當今士君子，平日敦尙名節，以出處廉恥自厲，一旦仕宦，或務膏腴，或汲汲於進取於量入之義，貿貿然以此敗其所守者多矣。若太宜人之言，其視歐蘇之母相去果何如耶？聞之老子知足不辱，知止不殆，可以長久；太宜人之自處如是其弇約也，所以敎子如是其貞廉也。吾知垂裕之遠，而福祿之未有艾也。昔唐楊於陵自鎭入覲，其子嗣復率門生迎之，置酒新昌里第，時人爲歌詩以美之，然則愛敬其師，而因以愛敬其師之親，古誼固然。吾屬於師各有知己之義，固宜體師孝養之誠，以爲太宜人祈眉壽於無窮，而況不才而被非常之遇如之洞者，又烏容已於言也。謹述太宜人所以敎子致福之大端，吾師娛親之道，與夫吾屬祝釐之恉，使得有辭於當世通經知禮之君子焉。

※陳子才五十壽序　顧雲臣

予行年五十矣，猶憶歲在戊辰，東遊海上，獲交陳君子才。君與予皆己丑歲生，年既相若，相得亦甚歡。已而予供職春明，旋又視學楚南，越三年，甫東歸乞養，又一年，五十初度，與君分張，幾一星終矣。自念僕僕數千里，碌碌十餘年，無毫髮有裨於世，至是始守拙家園，而君以服政之年，澹於榮利，予滋愧焉。昔君家逸民，年五十，益淡泊無所繫私，自言將漁於山而樵於水，或疑其誕，逸民曰：樵於水志豈在薪，漁於山志豈在魚？其胸次超然物外，直與造化爲師友，君豈其苗裔耶？何隱然若相慕效也？君有丈夫子二，其伯氏已名噪黌序間，文孫八齡。復嶄然見頭角，瑤環瑜珥，蘭茁其芽，知方興未有艾也。想見春秋佳日，里黨過從，則元方將車，季方持杖，長文幼小，載坐車中，當如君家太邱故事，而太史奏老人星見，又奚啻五百里內賢人聚也？「百年方半歷，衆美似兼該。」羅仲升語，即以爲君頌可矣。

※鹽城鄭母壽言　顧雲臣

淮海之濱，郁郁慈雲。婺星有耀，光茲射陵。懿矣賢母，德象難名。歲在著雍，堂開眉壽。西河女子，菖蒲實豆。東海婦人，靈芝拂袖。琯綽銘成，壽人曲奏。通錄臚祥，璚篇覘秀。竊惟母德，無取華辭。願陳閫範，以表女師。賢母之生，禮儀之門。聽從婉娩，母敎必遵。幼而恭敬，長而溫仁。撤環用孝，提筐習勤。三星既詠，百輛載迎。歸我鄭公，清門右族。置驛垂聲，司農播馥。窗草延青，庭松蔚綠。無違夫子，上侍尊嫜。竺棐在室，榛栗承筐。鷄籌未報，櫛徙不遑。牛眠既卜，蘋藻恆香。既修婦職，亦詳家政。女布男錢，鉤稽必愼。計米支鹽，盈虛無紊。組紃躬親，鈲摫自任。有子勗之，折薆教正。有婦率之，挽車申敬。侮甬知恩，僮奴效順。數十年來，家聲聿振。賁巨程羅，富埓猗頓。銀鹿兒孫，金鉤富盛。內外稱賢，惟母之政。中遘閔凶，離鸞永賦。子舍風淒，雙摧鴛樹。藐矣孫枝，煢煢孤露。慈烏善乳，令伯以存。孫曾遞衍，世哲流芬。如彼崔駰，永侍慈幃。如彼孟郊，遠戀春暉。和承五福，慶連九閏。應隆頤養，歡燕重闈。猶持儉素，履盛不矜。惡奔擱服，豆飯藜羹。惟殷任卹，陰德占星。澤流三黨，恩逮六姻。善心爲窈，信而有徵。惟善致祥，惟仁延慶。彤史掞張，紫泥掩映。某等幼行，夙欽女則。匏繫京華，躋堂未克。遙祝金萱，貴壽無極。銀管三千，待書有秩。

※王處士友竹先生五旬壽序

連橫

我臺三百年間，以文學鳴海上者，代不數睹。桑海之際，士之不得志於時者，始競爲詩歌，以寫其抑鬱不平之氣。於是而南有南社，中有櫟社，北有瀛社，各集徒侶，肆爲吟詠。而橫亦奔走其間，得與諸君子相晉接；最後，乃獲交新竹王君友竹先生。

先生古之嶔崎人也。其爲人也，冲而澹，狂而簡；其爲詩也淵而穆，宏而肆；其論詩也，放而微，廣而約；其出而與世接也，縱懷自任，適可而止，不以利害動於中而富貴易其節。蓋士之所處雖不同，而樂天任性，無往而不自得也。先生少孤，處境困，節母吳太夫人，敎之嚴，學乃日殖。弱冠，入北郭園吟社，與鄉先達相唱和，嶄然露頭角；顧不屑爲帖括家言。或勸赴試，不應；醉以酒，迫使言，始軒眉而語曰「公等以吾爲不樂仕宦乎？吾自顧菲才，無益於世。顧世人一服儒巾，反厭厭欲死，公等將使我爲木偶乎？」又進而言曰「今世界交通，競爲藝術，海疆有事，則臺灣必先被兵；公等幸毋以士自囿！」方是時，太平日久，文恬武嬉；士之出入庠序者，爭以八比博高第。聞斯言者，莫不笑之。顧未幾，而法人猝犯臺，基隆、澎湖，次第淪沒；草草議款而罷。先生又語鄉人曰「公等毋以息兵而自喜也！臺灣孤懸海上，富殖久聞於外；利之所在，人所必爭。苟不早圖自衞，必貽後悔！」及甲午之戰，而臺灣竟割讓矣。當是時，戎馬倥傯，蒼頭特起；先生知事不可爲，恝然遠去。將避地泉州，途遇盜，傾其資。嗣再東渡，居故廬以奉先人之丘墓。陳孺人者，先生之德配也；淑婉知大義，相依於患難困苦之間，志不稍挫；未幾而逝，先生哭之慟，誓不再娶，以酬其義。先生既屢遭世變，益隱居不出，所居曰「如此江山樓」者，藏書萬卷，坐臥其中，愈肆力爲詩。取從前所作而删之曰焚餘集。又以其餘力撰臺陽詩話上下卷，刊諸世。凡所採摭，多一代名作；而論詩論人，不爲谿刻之語，其裨益於臺灣文獻者不少。前輩鄭香谷先生愛其品學，延入北郭園；四方來游之士，苟及新竹無不知有詩人王先生者。嗟乎！如先生者，豈甘以詩人自老耶！使出其少年豪爽之氣，稍稍與世推移，豈不足以建一功，立一業，爲鄉族交游光寵；而貧困以約之，患難以阨之，疾病以苦之，使之不得不以詩酒自娛，動心忍性，增益其所不能。蓋其所拂者人，所全者天也。

始辛亥之春，橫過新竹，主北郭園，與先生相見，握手道生平，縱論古今文史及當代人物，歷兩晝夜不倦。臨行語曰「我臺開闢以來，得古文眞傳者，唯子；他日誌墓之文，亦唯子！」越四年，橫歸自大陸；先生以書來曰「吾碌碌無所表長，今年且五十，兒輩謀上壽，願得子一言，以爲光。」嗟乎！以橫不文，何足以壽先生，顧念先生結交多豪傑，乃不求之名公巨卿，而獨眷眷於南鄙之一士，是知橫可與言詩矣。國風不作，大雅淪亡！士之稍涉唐宋人語者，輒翹然以詩自豪；其甚者，且竊詩人之名以自憙，亦多見其不自量耳。先生之詩雖不多，而信爲必傳之作；是先生之壽，且將與金石而並久，豈但爭得失於一朝一夕間哉！

先生今年才五十；人生百歲，僅及其半。願努力加餐，含蓄而張皇之，以爲吾臺文界之光；則橫尤願執管以從其後。

鄉愚弟連橫頓首拜撰。

※考試院賈前院長煜如先生八秩壽序　成惕軒

沁水賈韜園（煜如）先生，於余有忘年之契，雖參幕職，實伍吟朋，樽酒追陪，前塵如昨，寥天鶴去，八見春星，風景不殊，山丘增感。猶憶先生大耋之歲，長白莫柳忱院長，屬爲儷辭，以介眉壽。原稿嗣經改削，迄未刊行，而外間流傳，頗涉訛誤，爰錄誌於此，用存其眞，亦以徵定論於蓋棺，報閬仙之知我也。

柳侯乃河東之望，文學炳於甲科；晉國則天下莫強，山州鬱其佳氣，地靈無閟，邦俊代興，前考試院院長今總統府資政沁水賈煜如（景德）先生，起家師儒，爲國幹輔。飛狐上黨，記兒時游釣之鄉；老鳳朝陽，贊海甸臥嘗之業。己亥夏正七月二十三日，欣屆八秩覽揆之辰，某等規忝曹隨，交叨晏久，萃同官於邸舍，進介壽之壺觴；禮也。粵臚卓行，允備休徵，式揭宏綱，用告惇史。世之稱美先生者，多以兔罝之化，實始於野人；鳳雛之才，或慊於邑令。一方所寄，百里爲尊。先生頻領雷封，特敦風教，試栽花之手，寒谷俱溫；堅拔薤之心，強宗自肅。生聚亟袪其菜色，謳歌紛起於棠陰。旋膺五馬之榮，益溥萬家之澤。孟嘗居郡，人還合浦之珠；陸績去官，舟載鬱林之石。百城春滿，兩袖風高。迄今名重龔黃，愛留海岱。雖十年秦火，半作遺黎；而九點齊煙，猶傳治譜。追念神君之績，合書循吏之篇，此一事也。長雲出岫，偏戀太行，良馬涉途，暫歸代郡。桐葉分封之國，政尚更新；梓桑必敬之身，義難獨善。則有閻侯百川，緇衣好士，束帛招賢，位以賓師，居之幕府。先生乃殫忠竭智，獻可替否，想與綢繆陰雨，開啓山林。育橫舍之英才，宣齊民之要術。使彼汾一曲，克底於鏡平；王屋諸峯，直臻於甌固；

而有山西模範省之稱焉。英年賈傅，具王佐之才猷；都督閻公，寬將軍之禮數。龍雲互濟，魚水交歡。彼樊川之於奇章，少陵之於嚴武，匪資籌策，但侈篇章，烏足以語此哉，此又一事也。綜茲二端，曠若希有。然而知遇僅酬於氣類，勳華纔被於方州，譬驥足之初馳，等牛刀之小試。而先生之深謀碩畫，鉅業膚功，則固別有所在也。遜清光緒癸卯，先生中式舉人，翌年連捷成進士，鵬海程寬，鳳池春好，蓋已學圖上達，志切維新。博觀有用之書，默贊共和之局，閱三十餘稔而受命國民政府，綜掌考銓行政，聿彰厥效，始沛其施。其爲銓敘部部長也，力持久大之圖，盡洗因循之習，手訂人事管理條例，上之樞府，頒於國中。門閥破除，賢於九品官人之法；事權專壹，無取十銓分主之方。嚴厥程期，課其殿最。激揚清濁，黜陟幽明。腐草蕩於疾風，苞苴絕於暮夜。廉同傅翽，則吏莫能欺；敏若胡廣，則事無不理。是曰以祿閣通經之士，作山公啓事之人，其政必達。其爲考試院院長也，增進考試技術，則有科學測驗之採行；改善人事制度，則有職位分類之籌畫。他山可借，遠羅歐美之良規；往轍堪尋，不廢漢唐之成憲。或因或革，無黨無偏，中間曾兩任高等考試典試委員長，藻鏡生明，朱繩表直，歐陽知學，致多士於廟堂；范質登科，傳老夫之衣鉢。明珠不遺於海澨，良藥咸備於籠中。是曰以金門射策之身，膺木天掄才之職，其道彌光。明試所以公選拔，銓注所以愼登庸。令甲通行，捷於流水。典章周備，粲若列星。先生所爲草創之者，大都事類裨諶；其或畫一之者，抑且功侔漢相已。昔顏駟爲郎，嗟龍鍾之不遇；隴西善射，屈猿臂以難封。而先生早登玉堂，晚量玉尺，建立百年之規制，陶鑄一世之英豪，位稱其才，用符所學。履天門於佚蕩，極暮景之飛騰，環顧羣流，允推獨步。至其痌瘝在抱，喉舌斯民。扶翼人綱，發皇聖學。子雲之視雕篆，壯夫不爲，樂天之爲歌詩，老嫗都解。作新壇坫。增美湖山，則又見賢者之用心，徵雅人之深致焉。神皋撥亂，正資黃髮之謀；仁宇延年，寧假丹砂之術。會徵同甲，長踏國者二齡；日數生申，後萊公者九旦。炳靈嵩華，生有自來。蕩穢河湟，期當非遠。雄關遙度，待占杜史之青牛；采筆常新，更續漢廷之朱鷺。

※沈成章先生八秩壽序

周紹賢

嘗聞懷服政之才者，未必嫻軍旅之事；有奮伐之勇者，未必兼致治之功；求能知兵善謀，齊民有術，德侔前修，勳耀當代，如　沈公成章先生者，屈指斯世，有幾人哉！公家學淵源，天賦穎睿，束髮治經史，弱冠舉秀才，文采蘊富，少年成名。當有清之季世，睹外患而憂心，乃投筆從戎，矢志革命，明恥教戰，訓新兵於鄂都；博學宏達，習海軍於日本。虎鈐龍韜之略，簡練精微；乘風背水之謀，指揮若定；贊武昌起義，輔民國成功。嗣後或參謀戎機，或統帥艦隊，歷任海軍要職二十餘年，主管東北海防，捍禦疆埸勁敵，鏖戰同江，擊敗俄寇，敉平邊釁，保衛主權，功業輝煌，聲威丕著，固已盡人皆知矣。言及為政，則歷任農林銓敍二部之長，及領齊魯浙江兩省之牧，豐功盛績，片言難詳，而某等曾親覩公任青島市長，政治之美矣。青島為華北之重鎮，居魯東之邊陲，市內工商密集，人多事繁；鄉區煙村荒蕪，民貧地瘠；公勞心圖治，躬親勸課，三月而政立，二年而化行，輔裕民生，實業興盛；創辦學校，文教普施；撫恤老弱貧孤，則踋救濟院，俾免饑寒之虞；化育煙犯游氓，則設習藝所，教以謀生之道。以及實施鄉村建設，推行地方自治，開闢交通，加強警衛，市廛雍穆，商場繁榮。德業相勸，田野有桑麻之樂；禮俗淳美，閭閻無狗盜之驚；善政畢舉，亮采惠疇；庶績咸熙，無微不至。市衢縱橫，前臨大海，海濱荒涼之地，延袤十餘里，而因勢施工，種花植樹，浪橋水閣，站臺曲檻，修成綺麗之芳園；鄉村崎嶇，環繞勞山，山巘崴峨之峯，突兀萬仞高，而鑿路開徑，斬棘芟荊，茅亭石磴，古刹叢林，造出清幽之佳境；居民遊眺以適性，旅客登臨而暢情。政清吏肅，近悅遠來，化洽羣心，人歌樂土。忽而七七事變，戰禍爆發，烽煙緊急，國難沸騰。青市倭寇，積極挑釁，乘機爲患，　公臨強敵而不懼，處大事而善謀，乃嚴佈軍防以遏其蠢動，引據公法以杜其亂萌，使彼之兇燄難逞，而我之外交不敗。敵之威脅失效，詭計已窮，乃下旗撤退，整隊還歸。然而封豕長蛇野心未已，鯨濤毒浪捲土重來，及我全面抗戰，　公奉命遷防，毅然焚燬敵寇財賄，消滅侵略資源，九大紗場，一炬灰燼，斷其經濟之根基，懲其掠奪之幻想，此又　公軍事策略之明決也。

公體道居貞，敷政以德，其門如市，其心若水，王偉臺之清廉，官皆自勵；韓延壽之慈惠，民不忍欺；是以政教所施，衆心向化；仁風溥被，有口皆碑。召伯多恩，人敬其樹爲遺愛；陸機去職，民畫其像以追思；前後映輝，今古媲美焉。今夏曆十月廿七日爲　公八秩華誕，寶島生輝，朱門煥彩，琴瑟和鳴以受賀，玉樹拜舞而怡顏。曼倩貢桃，葉帶瑤池之露；麻姑進酒，香分太液之漿；某等忝爲舊屬，叨附末光，欣逢懸弧之慶，愈篤拱辰之心，仁者多壽，大德永年，彭祖八百，安期三千，鞠躬登堂，獻洪範五福之頌；虔誠奉爵，歌天保九如之篇。

※祝男壽通用文

蓋聞壽介期頤，洪範陳康寧之福；德隆戩穀，周詩歌天保之章。舞鶴羽於階除，仰松姿於巖岫。羨門羔棗，揭箕斗而挹漿；浮丘獻丹，來嵩嶽以陳寶。希韝溢慶，進爵傾忱。恭維　某公某某先生，幼重彝倫，孝友篤於天性；長敦道範，知行根自古人。風神瀟雅，識量寬和。博文約禮，聲華早重於士林；懷瑾握瑜，才氣直搏夫雲路。而乃寄情山水，詠左太冲招隱之詩；託跡煙霞，愛陶元亮歸來之句。花間投轄，時集嘉賓；松下攜琴，常招野鶴。徜徉悅志，比迹於商山；笑傲抒懷，並肩夫洛社；恬怡若此，何樂如之。其果養志庭闈，著斑衣而進舞；連床花萼，擁長枕以吹塤。闔儀媲美於梁孟，德容相莊；友誼追隆夫雷陳，故舊同仰。恤幼撫孤，盧節度錢俸拯厄；扶危濟困，范公子麥舟助貧。凡茲陰德之頻施，自爾仁人之必壽，所以亭亭玉樹森蔭參天，靄靄蘭枝菲芳滿畹；佇看前程接武，社會騰聲，耀華彩於門庭，震功名於寰宇，今某月某日，爲 公〇秩華誕，庚星呈瑞，海屋添籌，弧輝映日，觴賀盈庭，某等，才非繡虎，技類雕蟲。歌杜公之句，慶耆老之大年；獻魯頌之章，祝眉壽之純嘏。聞仙樂於緱嶺，參盛宴於雲階，聊藉駢辭，以佐兕觥，謹序。

※祝女壽通用文

某年某月某日爲

某夫人〇旬榮慶，緊維青鳥傳訊，迎崑母之西來；紫雲顯祥，延麻姑之東降。金閨益算，寶婺騰輝。時則日暖花原，靜看畫梁燕舞；風輕柳岸，頻聞小苑鶯歌。景物方妍，良辰逢吉，恭維 夫人名家世胄，華閥賢媛，幼秉慧心，少成淑性，風傳林下，謝道韞之詩才；秀顯閨中，鮑令暉之藻思。迨夫于歸君子，配匹同心，鴻案相莊，抱孟光之懿德；鹿車共挽，踵桓少之賢聲。事舅姑則執節虔恭，處妯娌則秉心和順。聽鷄鳴而戒旦，嘉耦交修；候鷑喚而條桑，女紅無曠。幽閒貞靜，有德皆臻；言德容工，無美不備。況復麟趾應關雎之化，螽斯叶崧嶽之祥。姻婭雍和，戚黨懷其淑慎；門庭嚴肅，僮婢服其恩威。彤管揚徽，幽蘭比德。茲逢設帨佳辰，洵宜稱觴祝賀，挹仙露爲漿，早熟醽醁之酒；奏雅樂而舞，韻叶鈞天之聲。筵前獻王母之桃，紅霞正麗；座上進安期之棗，紫玉齊香。欣看芝蘭寶樹皆爲國器，自爾慈壼賢母宜享遐齡。某等忝屬世誼，素欽母儀，裁桃花之箋，誌美嘉典；濡秋翰之筆，略述懿型。爰表忭慶悰悃，恭頌福壽無疆。謹序。

※祝崔公六秩壽文

繄維我

公，齊魯耆英，早年苦學，卓著令名。興學毓才，啓新風於海右，忠誠爲國，拔多士於膠東。展開文化事業，振救世俗愚蒙。推廣新聞，建官報民營之制；支援抗戰，倡自願捐獻之風。更復潛心經濟之學，致力理財之功，闡述宏論，座客常滿；實試精策，勝算不空。昔日參加制憲，獻高議於國會；而今職膺立法，陳時臬於明庭。至於堅持正義，磊落懿行，拯顚救阨，嘉惠後生，尤爲衆口所頌，片語難傾。今當清秋佳節，爲　公六秩大慶，登堂拜賀，虔心致敬，謹獻頌曰：

大德昭範，多壽之徵，遐齡純嘏，與日俱增。
避地海外，寶島寄踪，經霜不老，南山之松。
時維仲秋，丹桂香生，花甲周算，瑞耀長庚。
恭獻俚頌，進爵稱觥，拜手三祝，福壽雙榮。

※祝龔先生六十壽詩並序

金風送爽，玉露凝輝。天孫織錦，高懸百壽之圖；仙客晉觴，齊賦九如之頌。恭逢我　公，覽揆佳辰，花開周甲，星耀長庚，極婻合德而增光，芝蘭呈祥而挺秀，茀祿爾康，齒德益壯，洵堪慶也。

賢欲申賀忱，愧無所獻，聊措俚俗之詞，竊效華封之祝。

聲華文采著桑梓，共仰鄉賢德業隆，矍鑠精神壽者相，雍容雅量古人風。
良辰初度雙星樂，純嘏遐齡五福同。佳景清秋天顯瑞，丹楓笑映醉顏紅。

※祝賈院長八十壽詩

庚同渭叟展鷹揚，齒德俱尊煥國光，曾贊樞衡勤政略，更操冰鑑典文章。
儒宗一代聲華遠，椿壽千年歲月長，閬苑仙翁增甲子，衣冠多士晉霞觴。

※祝王夫人九十壽詩

華堂設帨祝良辰，桂酒飄香秋色新。敎子成名垂母範，齊家有道敦彝倫。
蟠桃果熟三千歲，萱草花開九十春，彤管揚芬傳淑德，遐齡勁節比松筠。
桂開玉蕊映華筵，設帨稱觴頌母賢，以德相夫昭懿範，從戎敎子著先鞭。
萱花香永添新彩，慈竹壽高享大年，九秩遐齡慶覽揆，瑤池晉酒奉金仙。

※秦上將夫婦雙壽

仙侶古稀雙壽榮，霞光瑞靄照蓬瀛，將星不老聲威壯，寶婺騰輝天府明。
五色祥雲徵景福，九疇雅頌祝長庚，芝蘭玉樹當庭秀，冠蓋盈門獻兕觥。
海岱鍾靈昭耆賢，雙星初度古稀年，將軍汗馬著勳績，王母瑤池列壽筵。
弧帨聯輝鶴算永，極婻並耀蟾光圓，枌榆子弟齊心祝，獻頌恭呈天保篇。

※洪主任夫婦雙壽

洪鈞旭日顯曈曨，陸海潘江耀浙東，鴻案齊家偕壽考，鶴琴常伴舞清風。
右軍書法傳眞訣，庾信文章老更雄，喜看賓朋來祝嘏，童顏笑映紫霞紅。
一林紅樹送佳氣，千歲蒼松映壽眉，三世篤慶家室樂，雙星永顯神仙姿。
黃公親授長生術，絳帳高論杜老詩，橘酒蟠桃玄圃供，稱觴早約祝期頤。

※祝壽詩

從來大德必多壽，人瑞祥徵天上星，海屋添籌增景福，潭門懸綵祝遐齡。蟠桃桂酒開嘉讌，玉樹芝蘭鍾秀靈，恭頌九如歌戩穀，南山松柏萬年青。（通用）

瑤池賢母壽無疆，錦帳綺筵呈彩光，歐荻柳丸垂世訓，芝蘭玉樹滿庭芳。浮來滄海遊仙島，行駕慈航返故鄉，預祝明年當此日，二勞山下晉霞觴。

玉沼蓮開映錦帳，瑤池桃熟獻金仙，柳丸歐荻肅家訓，竹節松貞昭母賢。八秩遐齡懸彩帨，九如妙頌慶華筵，神州光復有祥兆，寶婺騰輝照大千。

海屋添籌日，萱堂設帨辰，琪花明益壽，慈竹茂長春。

四德揚輝久，三多錫嘏純，稱觴恭獻頌，仙樂奏天鈞。（以上女壽）

華堂綵帨祝良辰，桂酒香飄秋色新，教子成名垂母範，齊家有道敦彝倫。蟠桃果熟三千歲，萱堂花開九十春，彤管揚芬傳淑德，遐齡勁節比松筠。（王節婦九十壽）

蓬島勝境，河山鍾靈，篤生賢母，女宗典型。

天賦至性，淑慧純誠，共姜早寡，矢志守貞。

柏舟苦節，梁媛高行，幸有哲嗣，相依爲命。

畫荻督課，教子成名，俊才英發，士林蜚聲。

初在菲島，掌教黌宮，繼因國難，投筆從戎。

歷艱犯險，馳騁效忠，庭訓有素，母氏之功。

天姥峰高，慈竹長青，芝蘭玉樹，瑞靄滿庭。

設帨佳辰，荷香艷紅，恭獻祝詞，福壽兼隆。

（丘太夫人八十五壽詞）

弧帨同懸綵，華堂列壽筵，椿齡榮八百，桃熟歲三千。德博滋多福，籌添不老仙，耆英慶覽揆，恭頌九如篇。（雙壽）

齒德正同渭叟年，精神矍鑠地行仙，呂臯學術儒門業，韓柳文章法制編。閱盡滄桑存古道，廣栽桃李啓羣賢，忻逢七秩懸弧日，恭祝先生福壽全。（法界兼教育）

名重士林仰耆賢，雙星初度古稀年，儒門事業天人策，憲法新論政治篇。弧帨聯輝增瑞彩，衣冠華祝獻詩箋，春來寶島多佳氣，恭祝極婾福壽全。（法界雙壽）

名震士林齒德尊，光風霽月照儒門，鐵肩擔道闢邪說，苦口教人闡正論。幸有中流砥柱在，共慶斯世靈光存，遐齡八秩雙星顯，君子萬年福祿繁。（教育界雙壽）

磻溪釣叟是同年，齒德俱尊仰大賢，韓柳文章教化論，馬班史學春秋編。雍容雅度無量壽，矍鑠精神不老仙，七秩榮慶增甲子，稱觴恭頌九如篇。（文學家壽）

齒德俱尊仰耆賢，香山九老列同年，忠心浩氣一身壯，文績武功衆口傳。高壽八旬天錫嘏，清風兩袖地行仙，重陽佳節慶初度，恭獻華封多福篇。

高齡八秩德譽隆，百歷艱辛此一翁，屢率義軍剪勁敵，更爲政界樹廉風。良辰覽揆三秋樂，純嘏康寧五福同，佳節重陽開壽宴，醉顏笑映丹霞紅。

經文緯武展忠謀，豪氣崚嶒射斗牛，劍撫青霜彈雅韻，書傳共石運奇籌。詩聲清遠春常在，壯志古稀勇不休，行掃烟塵光故國，逍遙樂訪赤松遊。

少年立志早從戎，爲國干城勳業隆，虎帳談兵操勝算，銀河洗甲不居功。英名煊赫軍猷壯，雅度雍容儒者風，欣値良辰開壽宴，奉觴獻頌蓬萊宮。

誓心爲國作干城，儒將從來善治兵，運策決勝有政略，整軍教戰著勳名。揮旂指顧烟塵靜，憑軾揚威海宇清，齊魯鄉邦諸父老，共看霖雨濟蒼生。

少年勵志習戎謀，意氣軒昂射斗牛，劍耀青霜摧勁敵，書傳黃石運奇籌。老當益壯馬新息，雅量共欽陳太丘，八秩高齡仁者壽，恭呈俚句祝千秋。（以上軍職壽）

精神矍鑠氣崚嶒，不老將軍齒德增，勳業輝煌班定遠，政聲剛簡傅中丞。一官高潔廉如此，兩袖清風足爲徵，蓬島祥光開壽域，天門旭日正東昇。（祝沈主席壽）

名著士林齒德尊，清譽亮節照儒門，曾從護法贊軍府，更主監台掌政論。庾信文章今世尠，杜陵詩句古風存，欣逢九秩懸弧日，恭祝先生福祿繁。（張監察院長壽）

古稀神叟駐蓬瀛，秉鐸亞東蜚駿聲，伊甸樂園聞大道，帝宮寶籙注長庚。修成善果承天寵，廣佈福音濟衆生，華誕良辰恭獻頌，德同南極壽星明。（田主教壽）

琪花瑤草滿庭芳，福壽佳辰獻瑞光，笑祝主人增甲子，預知大耋有禎祥。運籌早習計然策，讀史深明貨殖方，行看鷁舟同復國，東萊此日樂稱觴。（某商人壽）

蒼松不老，鬱彼高岡，紅梅初放，香盈錦堂。
懿歟林公，德昭衆望，花甲榮慶，福壽而康。
琴瑟靜好，室家和祥，芝蘭玉樹，英姿倜儻。
覽揆良辰，祝嘏稱觴，爰獻清頌，天保佳章。（林公六十壽）

東萊仙境，不夜之城，天生人傑，川嶽鍾靈。懿歟李公，幼禀至性，家世清儉，苦學成名。獻身爲國，勤勞忠貞，五十年來，勳績彪炳。神州變色，四海沸騰，流亡學子，陷溺待拯。公發慈憫，嘉惠後生，解厄濟急，陰騭楙功。今逢良辰，丹桂花馨，公與夫人，七秩雙慶。琴瑟在御，芝蘭盈庭，三世同堂，福壽祥禎。吾儕後輩，受德感銘，恭獻頌詞，三祝致敬。（文登李公雙壽）

登州山川秀，渤海浪花灣。之罘仙島裡，張公之家園。公生而穎異，淳篤雅量寬，讀書明古道，更悟貨殖篇。妙習計然策，集義作懋遷，樂善故好施，慈惠爲心田。德隆衆望歸，令譽口碑傳，民意之代表，煙市共推賢。紅羊造浩劫，赤燄烽火連，數千鄉子弟，顛沛苦堪憐。公乃率流離，避地來臺灣，扶植諸後輩，各得其所安。欣逢古稀歲，諸生設壽筵，芝蘭玉樹茂，此老福壽全。稱觴齊祝嘏，美酒醉童顏，鶴算祉方永，陶然樂彭年。（煙臺張代表壽）

※賀友人婚

清秋占吉日，嘉禮喜筵開，祥彩籠金屋，艷詞詠玉臺。花榮連理樹，酒進合歡杯，遙獻新詩句，爲兄祝福來。

※賀周劍武女于歸

粵稽我周氏，出自元聖宗，平公襲父爵，誥命受榮封。

本支慶繁衍，同族徧國中，代有賢者出，纘續先人風。
飄泊來海外，欣得遇劍公，談述同宗誼，心情兩相融。
公年命花甲，伉儷比梁孟，子女皆隨侍，老境篤餘慶。
有女曰慧強，天性自淑貞，俊才兼力學，賢媛著令名。
今已配佳壻，雙璧正芳齡，于歸叶其吉，喜氣照雀屏。
我來赴喜宴，歡樂中心生，聊寫此詩句，以表祝賀情。

※賀晚年生子

秋月桂花得意榮，慈心陰騭瑞光呈，鳳毛麟角英姿發，玉樹芝蘭盛世生。
此日懸弧叶吉夢，他年發迹早成名，承先啓後人中傑，丕顯聲華錦繡程。

※賀某商人新居落成

晏平仲棲居鬧市，不避塵囂；范少伯到處爲家，未妨創業。我鄉某先生，善與人交，媲美晏子之風；懋遷貨殖，熟諳范蠡之策。今就舊寓，改建新舍，元龍之樓百尺，凌霄之觀三層，有賞月之高台，敞迎風之繡闥，祥光繞戶，瑞靄盈庭，盆中琪卉，應歲序而吐華；架上鸚鵡，隔簾櫳而學語。且有今圖書，珍册盈箱，名流字畫，琳琅滿目。先生業餘之暇，優游此中，對窗臨帖；凭檻賞花。養金鱗於瓷盆，可識化機；畜芳草於石盂，閒觀生意。兼以琴瑟靜好，室家團圓；欣接魚書，知佳兒遠報喜訊；正品仙茗，有縉紳來話經綸；家僮迎賓而掃徑，良朋把酒以談心；此雅人幽居之勝況，亦異鄉作客可愜慰者也。爰爲銘曰：

崝嶸樓宇，美奐美輪，君子攸居，百福並臻。
室家之慶，樂哉天倫，書畫陶情，花鳥怡神。
罇有旨酒，座有嘉賓，此中佳趣，妙適性眞。

※又

嘗聞猗頓問術於高人，而富雄當代；陸驗貸金以服賈，而家積素封。精心創業，有志竟成，昔賢盛事，今人曷讓。吾鄉某先生，生有異禀，年未弱冠，即隨親友赴吉林濱江習商業，諳練貿易，善識贏縮，既精會計之方，復悟懋遷之理，共稱闤闠妙手，早成商界雋才。及日寇侵入東北，三省淪陷， 先生不肯屈伏於敵勢之下，乃轉赴天津上海等處營業，民國三十八年，神州變色，先生乃率同事二人渡海來臺北，開設五金商行，端木雅度，善與人交；雍伯嘉猷，能操勝算，因而事業丕隆，積資益富，乃復經營〇〇麪粉公司，本愈固而枝愈茂，源益深而流益長，繼之又開營〇〇機械廠，創業阜財，裕國便民，今朝野咸知先生爲企業鉅子，商界曙星，此誠吾魯之榮光也。現興建住宅於某處，弘景之寓三層，迎青雲之旭日；元龍之樓百尺，挹綠野之清氛，明窗繡闥，蘭室月臺，輪奐壯觀，堂奧幽靜，先生乃於焉燕居，於焉歌唫，於此叙天倫之樂，於此宴賓朋之懽；今當落成，敬爲祝頌：

陶朱事業，夙學有成，避地來臺，駿業益隆。
建此高樓，氣象恢閎，崇宇傑閣，聳雲插青。
錦堂精舍，珠簾銀屏，吉祥之宅，君子攸寧。
富人福地，媲美樊重，敬獻此詞，是祝是頌。

※雷鳴遠紀念館擴建誌慶

雷聲送雨濟蒼生，鳴鐸傳經化八紘，遠播福音開正路，紀宗大道篤虔誠，念懷基督朝天國，館設岱員仰玉京。擴室閎廳講聖典，建言進德集羣英，誌於壬戌端陽日，慶祝靈光萬世明。

二、結（訂）婚證書

※訂婚證書

某姓名某省某縣人現年若干歲某年某月某日某時生
某姓名某省某縣人現年若干歲某年某月某日某時生

今雙方同意，於某年某月某日上、下午在某處舉行訂婚禮。吉士賢媛，良緣嘉偶，此日秦晉之盟，山海同固；來時室家之樂，琴瑟永諧。此證。

訂婚人　某姓名
　　　　某姓名
證婚人　某姓名
　　　　某姓名
介紹人　某姓名
　　　　某姓名
主婚人　某姓名
　　　　某姓名

中華民國某年某月某日

※結婚證書

某姓名某省某縣人現年若干歲某年某月某日某時生
某姓名某省某縣人現年若干歲某年某月某日某時生
今　經
某某
某某　先生介紹於民國某年某月某日在某處結婚
恭　請
某先生證婚。從此良緣固結，嘉偶相諧。花好月圓，兆室家之禎祥；夫唱婦隨，作綱常之表率。琴瑟肅雝以合德，詩禮敦睦而齊家。看此日鸞鳳和鳴，百年盟好；卜將來螽麟衍慶，五世克昌。此證。

結婚人　某姓名
　　　　某姓名
證婚人　某姓名
介紹人　某姓名
　　　　某姓名
主婚人　某姓名
　　　　某姓名

中華民國某年某月某日

※賀婚詩

孔雀屏間列喜筵，錦堂佳偶結良緣。楊生巧獲藍田玉，謝女妙吟白雪篇。莫把新婚移少慕，洵知可貴是芳年，好將一管畫眉筆，寫出東萊博議編。

※又

負笈歸來喜氣揚，華筵樂賦關雎章，鴻才落筆千言策，佳偶畫眉七寶粧。琴瑟相諧歌好句，椿萱並茂在高堂，芳春欣酌合歡酒，連理花開滿院香。

三、誄辭祭文

※弟蒼舒誄（蒼舒即曹沖幼慧早殤）　　曹丕

惟建安十有五年，五月甲戌，童子曹蒼舒卒，嗚呼哀哉！乃作誄曰：

於惟淑弟，懿矣純良，誕豐令質，荷天之光。既哲且仁，爰柔克剛，彼德之容，茲義肇行。猗歟公子，終然允臧，宜逢介祉，以永無疆。如何昊天，凋斯俊英，嗚呼哀哉！

惟人之生，忽若朝露，役役百年，亹亹行暮。矧爾夙夭，十三而亡，何辜於天？景命不遂。兼悲增傷，侘傺失氣，永思長懷，哀爾罔極。貽爾良妃，襚爾嘉服，越以乙酉，宅彼城隅。增邱峨峨，寢廟渠渠，姻媾雲會，充路盈衢。悠悠羣司，岌岌其車，傾都蕩邑，爰迄爾居。魂而有靈，庶可以娛，嗚呼哀哉！

※散騎常侍劉府君誄　　劉琨

爰自上葉，帝堯之胤，堂堂漢祖，豁豁高韻。茂載孝景，克紹前訓，穆矣靖王，開國作鎮。惟祖惟父，乃光有晉，積行累仁，世篤忠順。是用感和，誕育奇偉，淑質英挺，金聲玉振。嗟乎君侯，乃寢斯疾，命不可延，中年隕卒。衢飈摧華，閬風彫實，如可贖兮，人百其質。存若燭龍銜曜，沒若庭燎俱滅，搢紳頹範於高模，邦國彌悴於隕哲。

※四川督軍蔡松坡誄詞　顧履桂

民國五年十一月八日，蜀省督軍蔡公松坡，以疾卒於日本，訃電來滬，凡吾邦人，莫不震悼。夫自民國多故，政令紛更，帝制猖張，公憤乃烈。公以英邁之姿，振神武之略，脫幽繫於京城，奮義師於滇中，大纛高騫，四方響應，共和恢復，實首元功。何圖天不假年，遽奪其祿，悲哉！公靈柩返國，歸葬於鄉，道經滬上，我滬各公團，於十二月十四日，開會追悼。履桂廁在末座，感懷功德，乃陳誄詞曰：

趣駕兮來瀛海，淼淼兮送行。甚哉病兮莫能興，摧國柱兮壞長城。蒼莽莽兮神州，除專制兮復自由。民權復兮居不留，國前途兮誰與謀？靈輀兮遄返，霜雪霏兮歲晚。迓靈旗兮浦濱，空巷人兮千萬。衡山兮嶽嶽，歸期兮可卜。乞靈爽兮少留，將陳辭兮致告。告君兮有聞，生爲英兮死爲靈，福我國兮利吾民，九原兮可與，亦將感兮吾文。

※金瓠哀辭　曹植

金瓠予之首女，雖未能言，固已授色知心矣。生十九旬而夭折，乃作此辭。辭曰：

在襁褓而撫育，尚孩笑而未言，不終年而夭絕，何見罰于皇天？信吾罪之所招，悲弱子之無辜。去父母之懷抱，滅微骸于糞土。天長地久，人生幾時？先後無覺，從爾有期。

※余石民哀辭　方苞

自余有知識，所見士人多矣，而有志於聖賢之學者無有也。蓋道之喪久矣，人紀所恃以結連者惟功利；而性命所賴以安定者惟嗜欲。一家之中，未有無亂人無逆氣者；一人之身，未有無悖行無隱慝者；吾不識周孔復生，其尚有以轉之否與？

康熙壬辰，余與余君石民，並以戴名世南山集牽連被逮，君童稚，受學於戴，戴集中有與君論史事書，君未之答也。不相見者，二十餘年矣，一旦禍發，君破家遘疾死獄中，而事戴禮甚恭。先卒之數日，猶日購宋儒之書，危坐尋覽。觀君之顛危而不懟其師，是能重人紀而不以功利爲離合也。觀君之垂死而務學不怠，是能絕偷苟而不以嗜欲爲安宅也。

始吾語君，「所以處患難之道，信得矣；雖然，子有老母，毋以嗜學忘憂。」君默默無言，而卒以膈噎，蓋其內省自苦者，人不得而識也。君提解，傾邑父老子弟出送郭門外，皆曰「余君乃至此」！今君破家亡身，而不得終事其母，吾恐無識者聞之，愈以守道爲禍而安於邪惡也，於其喪之歸也，書以嗚吾哀。君諱湛，字石民，生於順治某年月日，卒於康熙壬辰四月十六日，其辭曰：

履道坦兮危機伏，人禍延兮鬼伯促。母遙思兮望子歸，子瘐死兮母不知。身雖泯兮痛無涯，夫人也而使至於斯！

※祭禹廟文　王僧孺

惟帝稟圖上昊，貽則下民。五聲窮德，四乘兼往。輕璧惜景，既捨冠履；愛人忙我，不顧胼胝。下車以泣，事深罪己；憑舟靡懼，義存拯物。盛業方來，遺神如在。愛彼昆蟲，理有好生之德；事安菲素，固無厚味之求。是用黍稷非馨，蘋蘩以薦。克誠斯享，憑心可答。

※釋奠祭孔子文　　陸　倕

於惟上德，是曰聖眞。克明克峻，知化窮神。研幾善誘，藏用顯仁。利同道濟，成俗敎民。導尊功倍，德薄化光，離經辨志，濟濟洋洋。

※祭薛中丞（存誠）文　　韓　愈

維元和九年月日，某官某乙等，謹以清酌庶羞之奠，祭於亡友故御史中丞贈刑部侍郎薛公之靈：公之懿德茂行，可以勵俗，清文敏識，足以發身。宗族稱其孝慈，友朋歸其信義。累昇科第，亟踐班行。左掖南臺，共傳故事；詩人墨客，爭諷新篇。羽儀朝廷，輝映中外。長途方騁，大限俄窮。聖上軫不憖之悲，具僚興云亡之嘆。況某等忘言斯久，知我俱深。青春之遊，白首相失。來陳薄奠，詎盡哀誠。嗚乎！哀哉！尚饗。

※祭河南李少尹文　　沈亞之

維

長慶四年五月十七日，福建等州團練副使沈亞之謹遣部吏李權奉酒殽之奠，敬祭于

故河南少尹李公之靈：夫哲智之達塞兮，繫其時之難通，故孔子厄而周公隆；管遇齊而卒業，賈遭漢而不終；嗚呼！哀哉！古昔所思，所思惟時，謨不我進，綱不我維；民不得濟，道安得施！雖富且貴，夫何用爲！夫子之道沒矣，今將遺誰？卷清明之特達，歸壞厦而藏之。哀哉！尚饗！

※祭丘運使母夫人文　　陸　游

昔先大夫，懷寶里閭，沒世不耀。乃以其孤，屬之夫人，道德是詔。故河圖公，文學政事，望在廊廟。榮養五鼎，眉壽百年，其德彌劭。高識超然，朱門畫戟，視若蓬藋。再入都城，曾未溫席，翩其歸

旐。方歲之惡，公私交病，冀寬賦調。而河圖公，遽以憂歸，道路相弔。我登門闌，情均甥侄，宜送宅兆。官守所縻，矢辭悲傷，薦此清醥。

※弔國殤文　張說

北伐兮東胡，邈遼陽兮孤竹。偏師兮覆衆，在崇山兮峽谷。露芃芃兮蔓草，風蓁蓁兮拱木。見馬血兮夜燃，聞殤魂兮雨哭。君王接金鼓而氣憤，撫珠鈴而淚滋。橫萬里兮抽恨，弔羣山而寫悲。懟凶將兮我辱，悼勇夫之狄槼。彼前鑒兮未遠，何後來兮不追。對死地兮出陣，臨傷門兮用師。軍奪師兮虹食壘，車脫輹兮火焚旗。有欒黶兮愎矣，無范宣兮愧之。命窮迮兮短兵錯，膚鈍刃兮血染鍔。旅殘潰兮棄組練，山猶號兮谷餘戰。殪原野兮奈何！違君親兮不見。於戲！何天命之奄忽，俾仁義之治兵，爲蠻夷之俘骨，醜六校之飛將，鎮五營之勁卒。吾見出兮不歸，噫！名存兮身歿。

※祭墓文　王羲之

維

永和十一年三月癸卯朔，九日辛亥，小子羲之敢告　二尊之靈：羲之不天，夙遭閔凶，不蒙過庭之訓。母兄鞠育，德慚庶幾，遂因人乏，蒙國寵榮。進無忠孝之節，退違推賢之義。每仰詠老氏周任之誡，常恐斯亡無日，憂及宗祀，豈在微身而已。是用寤寐永歎，若墜深谷。止足之分，定之於今。謹以今日吉辰，肆筵設席，稽顙歸誠，告誓先靈，自今之後，敢渝此心，貪冒苟進，是有無尊之心而不子也，子而不子，天地所不覆載，名教所不得容，信誓之誠，有如皦日。

※父喪祭文

維

中華民國五十二年某月某日，不孝○○等，謹以香花酒醴之儀，哀祭於
父親大人之靈前曰：嗚呼！我　父竟捨不孝等而長逝矣！兒此時泣已淚竭，哭已聲嘶，罔極之恩，未報萬一，呼天搶地，心痛首疾。我　父早年之遭遇，兒曾略聞一二。溯自家門不幸，先祖棄養，伯叔相繼逝世，我
父不得已而輟學，與　先祖母支持家計，門庭融融，溫飽無虞。我　父中年不幸，復丁內艱，固爾傷心哀痛，憂心慱慱，然而素日孝養無間，　先祖母享年九旬有餘，亦可稍慰風木之憾。我　父生平熱心公益，正直無私，外則捐資興學，樂善好施；內則治家謹嚴，義方敎子，培育兒輩，各能自立。兒蒿目時艱，畢業軍校，離家從戎，爲國宣勞，我　父訓曰「祖傳世業，家道足贍，戮力報國，勿我爲念！」兒秉庭訓，忠職心安，馳驅四方，枕戈待旦，北伐成功，繼而抗戰，定省久疏，中心疚慚。敵匪交加，故鄉淪陷，家園樓宅，被匪強佔，我　父仇疾國賊，滿腔憂憤，忍痛割愛，舉火一焚，廬舍成墟，亡命逃身。及乎重慶相聚，父子團圓，而兒則依然勞身戎馬，未暇承歡膝前，敵寇投降，繼之戡亂，國運當厄，赤禍蔓延，神州失色，飄泊臺灣，兒兄兒弟，遠隔關山，悵望大陸，骨肉分散，我　父痛心，暗中潸然。而兒又遭逢不良，運遇屯邅，致我　雙親抑鬱寡歡。方期反攻復國，還歸故園，躬奉菽水，以娛晚年，詎料閔凶遽降，我
父歸天，不孝等泣血漣漣，肝腸欲斷，生未能以禮養，歿不能以禮葬，緜緜此恨，地久天長！今異地寄居，姑厝我　父於碧潭山陽，待家鄉光復，必移葬我

父於祖墓之旁。嗚呼！言有盡而意無盡，淚愈灑而心欲傷，敬設清筵，奠酒焚香，我父有靈，來格來享！嗚呼！哀哉！尚饗！

※公祭趙將軍之母

維

中華民國某年某月某日某等，謹以香花酒醴之儀，致祭於　趙太夫人之靈前曰：嗚呼！瑤池曜彩，泰嶽鍾靈，篤生賢母，女宗典型。幼嫻內則，淑愼貞正，孝慈溫恭，天賦至性。以德相夫，齊家叶慶，蘋蘩敦禮，閭鄰仰鏡。更特著者，母儀尊榮，義方訓子，爲國干城。邦家多難，教子從戎，畫荻刺字，古人比隆，是以嗣君某公，篤學治兵，敵愾戡亂，戰史揚名。鴻材美勳，庭訓之功，母德若此，舉世欽崇。方期國難速靖，海宴河清，遐齡永慶，安享昇平。不意寶婺星光，遽隱洪蒙，天姥辭世，駕返雲宮。秋風淒淒，秋雨濛濛，薤露悲歌，彌增哀慟。束芻斗酒。敬獻清供，虔心奠祭，聊表寸衷。嗚呼！哀哉！

尚饗！

※適楊長女哀辭（有序）　顧震福

哀辭之作，始自曹植，瓠女夭折生十九旬耳，子建尙爲文哭之。吾女翊徽之歿，視金瓠益可哀矣！是烏能已於言。女字伯彤，幼而穎異，授經史地志女誡諸書，過目即貫澈。先大夫愛之甚，笑謂曰：「他日學成，必吾家不櫛進士也。」稍長，與諸兄旅滬，已復返里，從林女士遊，又觕通泰西文藝，性好古，家故有藏書，七略粗備，女枕葄其中，至忘櫛沐，尤肆力詩書文辭，日手一編，質疑難，多前人所未發，予或纂述忘故事，詢之立應，否必檢書詳所出。暇時課弟妹書數，嫂氏亦樂與問字，愛敬如良師然。近十年來，世風丕變，閨門之內，恃才好異，宕越不循繩墨者，往往而有，女性孝友有遠識，不隨俗爲好尙，甘儉約，能忍讓，治事勤謹，以禮自防，躬躬如也。問名者踵門，頗難其匹，泗州楊氏有子毓瓚年十八，畢業高等實業學校，能承家學，佳子弟也，以戚畹作合，遂妻之。歲庚戌十一月，行婚禮於蘇州，時予客都門，往媵之，既于歸得威姑歡，伉儷尤篤，定省之暇，道古今，談家國，擁書共讀，娓娓忘倦。今歲孟春歸甯淮上，腹疾增劇，寖成瘵，以四月十七日卒，年十有七。方女之臥病也，姑若壻，扶持調護，寢饋不安者三閱月，女感且歉，心益痛苦，既知不起，索予小像注視良久且泣，謂乃姑乃母曰：「兒不肖，不能上侍，又重累焉，罪滋甚矣！犬馬之報，期來生耳！」壻問有無遺囑，泫然曰「敬事堂上，善自衞，勿以爲念，命盡旦夕，得相見，千金一刻，景光殊可愛也。」聞者無長幼皆泣下，女熟讀古今名大家詩，既彌留，猶諷誦不已，語細不可辨，但聞有「離離原上草」句，蓋爲其壻詠與訣別云。作詩不多，然得句輒不加點，著有熙春閣詩稿，病革欲焚去，壻婉勸乃已。稿中有詠紙鳶五古，記其警句云「雖有萬丈高，猶恨一絲牽，何如脫羈絆？直上青雲巔。」世間千萬事，誰不如斯？然達識如此，殆詩讖歟？予之返淮，距其死五旬矣，既哭之慟，又恐其久而無聞也，爰序其事略，且爲詞以抒予哀，詞曰：　悲飄風之折蕙兮，心軫結而若痗。豈中情其信芳兮，非長生之根器。胡蕣華之與伍兮，羌朝榮而夕頹。思之子之嬋媛兮，被明月而佩瑤琨。抉雲錦以爲裳兮，糝瓊屑以爲飧。陋斥鷃之嚇鵷雛兮，嘆蕭艾之冒荃蓀。紛既有此內美兮，宜蹇修以爲理。信兩好其必合兮，施蔦蘿於君子。鸞鳳將將以和鳴兮，曰百年其伊始。夫何鶗鴂之先聞兮，蘅芷爲之不芬。腸一夕而九廻兮，尙拳拳乎舊恩。終遺世而遐舉兮，招離魂於何許。捐余玦於江淮兮，涕泏瀾其如雨。已矣哉，緬姱修兮徒窈窕，生如寄兮塵棲草。骨有朽時兮心未槁，齎長恨以終古兮，天同老。

※祭長妹伯彤文

顧翊辰

年月日期功兄翊辰謹以清酌庶羞之奠，致祭於長妹伯彤之靈曰：嗚乎！噫嘻！汝長往矣！聰慧之質，孝友之行，宜若享大年者，曾幾何時，而變幻一至是耶！方汝四齡，吾憩書齋，汝來問字， 先大父過門外聞聲，呼汝命誦所習，竟卷無訛，喜告 先曾祖母，啖以梨棗。六歲同事陳師秉人，書過目即成誦。夜入味燈軒，戶外風聲、犬吠聲、聲柝聲，與書聲相和，數年如一日也。嗚乎！使汝材識庸闇，未必力學若是，或不至早夭，則汝之慧質， 父母所鍾愛者，轉以是爲汝累也。九歲汝閱黑奴籲天錄，至意里賽受虐，夜娃憐恤事，輒汪然出涕語曰「生爲奴隸，不幸甚矣！而其主又虐遇焉，務速其死，一若可任人犬馬刀俎者，獨有夜娃能體上天好生之德，而又蚤世，痛矣！」嗚乎！孰知汝歿之年，亦與夜娃相若耶！汝曩從吾旅滬，習別國方言，每休沐輒一見，縱論古今事，或出詩古文辭相質，嗣吾與仲弟侍
 父如京師，汝亦去滬歸，學日益進，詩多警句，有得則函錄索和，吾雖在北，數日每得汝書，絮絮道家事，見書如見汝也。今書猶有在吾側者，而汝之音容已渺，不可復覩，嗚乎痛哉！去年夏吾侍父回里，汝方讀周秦諸子，及漢魏樂府，吾以畫扇囑題，操筆立成，汝嫂於文墨微缺，吾多在外，不暇敎，常師事汝，學以稍進，今而後更從何處問汝耶？十一月汝歸楊氏，吾 父媵汝蘇州，歸告汝得堂上歡，伉儷亦篤，吾色然喜，後聞患復疾，以爲人所恒有，未始以爲憂。今正歸甯，病日劇，吾以學校事至京師，辭家之日，汝坐榻上以被自擁，曰「兄行乎？歸當暑矣！」吾以爲年俱少壯，雖暫離別，相聚正長，詎意汝竟沒而不獲再見乎！誠知如是，則雖在萬里猶當馳歸訣汝，不使吾終身抱此無涯之戚也。今吾歸，聞汝棺在三界寺，既往哭汝，且奠酒食以陳悲，魂而有靈，尚其來饗！嗚乎哀哉！

※同鄉會公祭孫松齋

維

中華民國五十一年某月某日山東同鄉會代表某等，謹以香花酒醴之儀，致祭於孫公松齋之靈前曰：嗚呼！星沉箕尾兮，輝光隱淪。人歸太古兮，芳徽永存。惟　公天性純篤兮，幼以孝聞；豁達大度兮，胸懷慈仁。慕陶朱之業兮，有計然之經綸。既貨殖而致富兮，更積德以潤身。涉世深遠兮，忠信以為本，憐貧拯急兮，解義囊而不吝。昔懋遷於東北兮，駿業柢固而根深；遭時局之板蕩兮，乃來臺而避秦。凡足迹之所至兮，惟和祥之得人。何期不幸兮，陽壽遽盡；人琴俱亡兮，返樸歸眞。桑梓淒楚兮，親友悲軫。爰設奠祭兮，焚香獻樽，公魂有靈兮，來鑒此忱！嗚呼！哀哉！尚　饗！

※學生祭師文

維

中華民國五十二年某月某日學生某某等，謹以香花清酒之儀，致祭於某公諱某老師之靈前曰：嗚呼！文星夜沉，少微隱光。教壇不幸，良師突喪。緬維吾　師，溫恭謙讓，讀書明道，夙著令望。多年執鐸，啓迪有方，吾輩何幸，得列門墻！循循善誘，嘉言孔彰，智愚咸化，教澤深長。人生如夢，好景不常，何期一旦，大雅云亡！梁木忽摧，高山失仰，嗟予後生，淚灑絳帳。招魂無術，敬奠酒漿，難止哀悃，聊表心腸！嗚呼！哀哉！尚　饗！

※祭陣亡烈士文　　抗戰勝利後，著者作於青島。

嗚呼！七七事變，倭寇瘋狂，欲逞兇暴，滅我家邦。惟我　同志，忠懷激昂，羣起殺敵，為國爭光，骨肉生離，背井離鄉，枕戈待旦，效命疆場。正以制邪，柔以克剛，屢挫敵鋒，予以重創。敵寇桀驁，世界之強，我國積弱，卵石難當。惟我　同志，英姿颯爽，不畏強暴，殺伐鷹揚。或衝鋒肉搏，與敵偕亡；或被俘不屈，慘死刑桁。或粉骨陣前，暴露風霜；或馬革裹屍，山野藁葬；壯烈犧牲，忠魂飄蕩，烽烟緊急，祭悼未遑。精神不死，浩氣悲壯，幸託靈庇，羣醜攸降。殺身成仁，榮為國殤，勳列竹帛，名垂天壤，緬懷烈蹟，永世難忘，死者已矣，生者慟傷。爰擇良辰，敬設祭堂，哀悼致禮，聊表心腸。春釀既熟，春花芬芳，虔誠奠祭，伏維　尚饗。

※祭朱監委乃洪文　　民國三十七年，著者作。

嗚呼！大野霜飛，河山縞素，嶗峯雲黯，草木淒悲。痛德星之遽沉，傷哲人之忽萎。惟　公秉彝獨厚，天性慈祥，幼學壯行，齊家有則，待人接物，和藹肅莊。十年致力敎育，栽滿一鄉桃李；八載從事抗戰，歷盡千重冰霜。迨夫勝利贏到，敵寇投降，任市府科長，黽勉勞瘁；陞監察委員，早孚衆望。而案牘之暇，又為社會公益以奔忙。既長勞山小學，兼理校政；而勞山中學亦賴　公以贊勷。方期德以徵年，屏藩永依；何意天不佑善，典型遽喪；某等叨在至誼，惄然心傷，斗酒隻鷄，難挽修文於上闕；素車白馬，徒令負痛以無疆，聊設奠儀，恭酹酒漿，敢佈鄙忱，伏維尚　饗！

※子祭父

痛念我　父，德性淵懿，幼秉庭訓，虔守禮義。好學慎修，鄉里共譽，長學警政，畢業京都。立志報國，學優登仕，黽勉為公，清廉克己。抗戰軍興，從戎殺敵，八年奔勞，艱苦備歷。敵寇雖滅，紅羊為災，率我母子，流亡來臺。困厄多端，飄泊海外，我　父傷心，為何如哉！爰復舊職，服務警界，夙興夜寐，未敢稍懈。責任心重，公務繁集，勞瘁惕厲，竟爾致疾。痛苦經年，輾轉床第，一朝不幸，溘然長逝！兒等突然失怙，徬徨無依，泣血哀咽，如顛如痴。竊念我　父生平，敎育子女，諄諄訓誨，勗以自立。我　父辭世，我母在堂，兒等自當竭反哺之誠，以盡孝養；自當勵奮發之志，以期不負我　父之所望；遺言所示，永矢弗忘，告慰我　父，安息泉壤！

※妹祭兄

嗚呼！我　兄，孝友天性，寬宏仁藹，持身嚴正。雁序居長，篪塤和雍，手足情切，友愛篤恭。自幼習商，辛勤經營，深藏若虛，創業有成。嗣以寇災，服賈東省，貨殖有方，富而不矜。樂善好施，扶危濟傾，鄉黨親友，莫不感頌。大陸淪陷，赤燄縱横，渡來寶島，慘淡謀生。妹命苦薄，所天早亡，攜兒率女，避難流浪。幸賴我兄，劬勞扶將，家庭骨肉，甘苦共嘗。視甥猶子，訓誨慈祥，幼者以立，弱者以強。方期國運轉復，山河重光，大亂平息，偕返故鄉。詎料一旦，竟罹劇恙，醫藥罔效，魂升窘蒼。昊天不弔，突降斯喪，舉家哀慟，痛欲斷腸。雖則永訣，相隔陰陽，音容宛在，刻刻不忘。佳城既卜，吉日安葬，敬設家祭，泣奠酒漿。我　兄有靈，來格來享！

※夫祭妻

維

某年某日忝夫某某率子女某某等，謹以香花酒醴之儀致祭於　先室某女士之靈位前曰：悲夫天道叵測兮，人生如夢；死別永訣兮，誰能學太上之忘情。維　卿出自儒門，素性溫恭，自幼好學，天賦慧聰。畢業於上庠，研習教育之理，而於數學繪畫亦心好而兼通。思想銳敏，處事愼重，對人謙和，有林下之風。是以結褵以來，與我甘苦相共，室家和樂，倡隨雍雍。顚沛流離，憂患迭經，生活拮据，從無不怡之容。雖有子女勞累，而勤苦治家，儉樸節用，事無大小，必躬身執行。對子女之教導，則寬嚴兼施，俾良好習慣自幼養成。總計廿餘年來，避難海外，生涯艱窘，未得一日安適之境。今兒女皆已長大，方幸有可欣之遠景，而詎料突患目疾，憂苦交縈，恙及軀體，醫藥無靈，遂厭絕塵世，溘然而長終！嗚呼！哀哉！勞瘁生計，病之所鍾，言念及此，愧疚余衷！　卿得解脫，余心憂痛，往事歷歷，盡成泡影。覩代余謄寫之文稿，字迹猶新，此後何人助余勘正？覩竈鑪衣橱，黯然失色；此後已淪爲冷落之家庭！覩子女哭母之悲哀，呼天搶地，更增余中心之愴慟！嗚呼！言有盡而意無盡，緣已罄而思無窮，謹設奠祭，焚香致敬，魂兮有靈，來鑒此誠！嗚呼哀哉！尚　饗！

※祭同學

嗚呼！人生如夢，世事無常，修短隨化，天道難詳。

緊維我

兄、德性溫良，謙遜大度，出言有章。自幼力學，負笈四方，器宇淵曠，讜議軒昂。弟等何幸，得同門墻，輔我以仁，切磋相將。誼如手足，風雨同堂，舊情緜緜，懷允不忘。抗戰軍興，各奔戎行，爲國敵愾，效命疆場。
兄辦軍報，聲譽輝煌，口誅筆伐，士氣鷹揚。
勝利之後，神州板蕩，移軍海外，服務國防。
方期共濟時艱，前途有望，喪亂平靖，攜手還鄉。
詎料一旦，二豎爲殃，昊天不弔，德星遽喪！
壽夭何憑？空問穹蒼，撫柩慟哭，涕泗沾裳。
身後之事，弟等共襄，泉台安息，勿戚勿惶！
敬設祭禮，奠酒焚香，魂兮有靈，來格來享！

※祭同鄉李君

嗚呼！嚴冬凜冽兮，大野飛霜；朔風哀號兮，寒景悽愴；鵬鳥宵臨兮，箕星潛光；伊人長逝兮，親友慟傷！公秉性彝純，志氣高昂，雍容宏度，言行肅莊；當學成之年，値國難之板蕩；奮發英勇，效忠家邦；黽勉盡職，令譽孔彰。及夫神州變色，避地台陽，獻身教界，訓導有方。何期不幸，二豎爲殃，溘然長逝，人琴俱亡；念舊誼之淵遠，嘆人生之無常，空懷悲忱，招魂何方？敬設祭儀，恭奠酒漿，公有靈兮，來格來享！

四、碑銘行狀

※衞尉張儉碑　孔融

其先張仲，實以孝友左右周室。晉主夏盟，而張老延君譽於四方。君稟乾綱之正性，蹈高世之殊軌，冰潔淵清，介然特立；雖史魚之勵操，叔向之正色，未足比焉。中常侍同郡侯覽，專權王命，豺虎肆虐，威震天下。君以西都督郵，上覽禍亂凶國之罪，鞫沒贓姦，以巨萬計。俄而制書案驗部黨，君爲覽所陷，亦章名捕逐。當世英雄，投命殞身，以籍濟君厄者，蓋數十人，故克免斯艱。旋宅舊宇，衆庶懷其德，王公慕其聲，州宰爭命。辟大將軍幕府，公車特就家拜少府，皆不就也。復以衞尉徵，明詔嚴切，敕州郡，乃不得已而就之。銘曰：

桓桓我君，應天淑靈，皓素其質，允迪忠貞。肆志直道，進不爲榮。赴戟驕臣，發如震霆。凌剛摧堅，視危如寧。

※故御史周君（子諒）碣　柳宗元

有唐貞臣汝南周氏，諱某字某，以諫死，葬于某。貞元十二年，柳宗元立碣于其墓左。在天寶間，有以諂諛至相位，賢臣放退，公爲御史，抗言以白其事，得死于墀下，史臣書之。公之死，而佞者始畏公議。於虖！古之不得其死者衆矣，若公之死，志匡王國，氣震奸佞，動獲其所，斯蓋得其死者歟。公之德之才，洽於傳聞，卒於不試；而獨申其節，獨能奮百代之上，以爲世軌。第令生於定哀之間，則孔子不曰未見剛者；出於秦楚之後，則漢祖不曰安得猛士。而存不及興王之用，沒不遭聖人之歎，誠立志者之所悼也！故爲之銘。銘曰：

忠爲美，道是履，諫而死，佞者止。史之志，石以紀，爲臣軌。

※太府少卿知處州事孫公墓表　范仲淹

論者曰：春秋無賢臣，罪其不尊王室也。噫！二百四十年，天地五行之秀，生生不息，何嘗無賢乎？當東周之微，不能用賢，以復張文武之功；故四方英才，皆見屈於諸侯霸者之所爲，而王道不興，與無賢同，故論者傷之甚矣。公諱鶚，字齊賢，富春人也。按舊誌，公以奇文遠策，見吳武肅王，署越州大都督府文學，歷郡縣幕府，改臺憲，爲郎官，判鹽鐵院，持禮入貢，授少監，終于太府少監，領縉雲郡，享年八十，葬于會稽之南山。今山陽守沔，即公之曾孫也。在御史府，無所廻避，有聲朝廷，近過閭里，掃墳墓，求故老，索遺文，得太府之清芬，訪余郡齋以道之，旣而歎曰：唐季海內支裂，卿材國士，不爲時王之用者，民鮮得而稱焉。皇朝以來，士君子工一詞，明一經，無遠近，直趨天王之庭，爲邦家光。吾搢紳生宜樂斯時，則深於春秋者，無所譏焉。因追惜太府公奇文遠策，而終於霸臣，丁彼時也，豈徒一人而已乎？故弔而表之。

※孫處士墓表　章炳麟

濬縣孫處士諱晚山，字振清，少果敢，稍長，長六尺，盼睞有威。年十六就學，縕袍蔬食不厭，漸習騎射輒工，補縣學武生，旋去爲商。爲人精明慷慨，善識發斂。兄弟分產，取其薄。所居瀕衞河，北賈天津，水行二千里，以賤易貴，輙操其盈虛。嘗曰「貨殖無他道，如兒童舉紙鳶，持之牢，縱之遠耳。」然每一事，處士爲之輒獲利，他人百計效放，終不逮也。從事二十年，有田二千畝，屋宇相連半街巷，旋罷去，振人之阨，雖千金無所惜，族黨藉其力，得以長養子孫者以十數。處事儆敏，無巨細皆就班，鄉里倚以爲重。自有大度，橫逆不較也。嘗有醉人詈於門，闔戶不與辯，子弟恥之，處士曰「曲在我，詈當受之；曲在彼，何傷？」其達如此。晚歲蒔花縱酒，常牽狗行里陌間，乍見不知其爲千金翁也。民國某年，年五十三卒。其孫至誠爲次行事，曰「鄉里所稱，未足盡吾祖。雖然，如范蠡不遭勾踐，亦以賈人老耳。」旣而請表其隧，余曰「人貴有補於世，何必仕宦？濬於七國，魏地也，白圭在魏，未嘗仕，自謂治生若伊尹呂尚之謀，孫吳用兵，商鞅行法，至今莫能易其道。若處士者，其有白圭之風者歟！」

至誠所述文質略具，故就爲删略立於墓，使濬人觀焉。

※故贈左屯衞大將軍李公神道碑銘

王安石

宋故贈左屯衞大將軍李公墓，在河中府，河東縣，陶邑鄉，仙觀里，紫金山北。初，咸平二年，公以東班殿侍隨彰國軍節度使康保裔部，軍于高陽關，契丹內侵，眞宗狩于魏，大將恃城，千里閉逃。保裔以其屬出，公提少卒，所戰輒破。寇搏我疾，孤堅弗支，舉軍陷焉，乃以義死。當是時，十二月五日也，公年四十六，有詔賻卹，錄公子樞以爲西班殿侍，蓋六十九年而樞以行治勞烈，積官至皇城使賀州團練使，而嘗一再辭賞，以求追榮其父母，天子亦數推恩以及朝士大夫之親，而公九贈官，自太子左清道率府副率至左監門衞大將軍。逮今上即位，則再至三品，而公夫人朱氏，亦封錢塘仙遊永安縣太君。太君有美志純行，年六十三，以天聖七年六月六日，卒於其子之官舍。而以嘉祐六年十一月十一日，與公合葬。公幼而愿恭，長而敏武，涉書喜謀，將以有爲，而卒不克，知者傷焉。唯忠壯不屈，以詒祿于其後世，而團練君實能力承以大厥家，噫！其可銘也哉。李氏世家鄭之原武，公諱興，字仲舉，曾祖諱順，祖諱光，父諱元超，皆弗仕。公生一男二女，二女皆早死，孫六人，其二人早死，棐今爲尚書都官郎中，餘皆以父蔭仕，昌齡終三班差使，蕖今爲右班殿直，榮今爲左班殿直。銘曰：

李姓之始，聃周隱史，厥家鄭邦，代晦其光。公奮自田，啓蹟班行。匪熊匪羆，彼萬其旅，常徂伐之，孰致予武。操戈以先，所遇斃逃，曰敵可盡，其來滔滔。終沉于戎，唯義之濟，閔有傳祿，追榮以暨。誰無孫子，錫命在幽，我以吾功，克稱無羞，詒詩後觀，有石道周。

※保母墓志

王獻之

瑯琊王獻之保母姓李名意如，廣漢人也。在母家志行高秀，歸王氏，柔順恭勤，善屬文，能草書，解釋老旨趣，年七十，興寧三年歲在乙丑二月六日，無疾而終。仲冬季望，葬會稽山陰之黃閟岡下。殉以曲水小硯，交螭方壺，樹雙松於墓土，立貞石而志之。悲夫！後八百餘載，知狀之保母宮于茲土者尙焉。

※太常卿任昉墓銘　　沈　約

天才俊逸，文雅弘備。心爲學府，辭同錦肆。含華振藻，鬱焉高致。川谿望歸，巖阿待闕。幽光忽斷，窮燈黯滅。爾有令聞，蘭蕙無絕。

※華陽陶先生墓誌銘　　梁簡文帝

維大同二年龍集丙辰，三月壬寅朔，十二日癸丑巳時，華陽洞陶先生蟬蛻于茅山朱陽館。先生諱弘景，字通明，春秋八十有一，屈伸如恆，顏色不變。有制贈以中散大夫，諡曰貞白先生。遣舍人王書監護喪事，十四日巳時，窆于雷平之山。若夫眞以歸空爲美，道以無形爲貴。不知悅生，大德所以爲生；不知惡死，谷神所以不死；妙矣哉！物莫能測。既而岫開折石，天墜玉棺。銀書息簡，流珠罷竈。九節麗于空中，千和焚於地下。仙官有得朋之喜，受學振臨谷之悲。余昔在枌壤，早逢圯上之術；今篚元良，屢稟浮丘之敎。握留符而惻愴，思化杖而酸辛，乃爲銘曰：

無名曰道，不死爲仙。亦有元放，兼稱稚川。遁形解化，自昔同然。猗歟夫子，受籙歸玄，梨傳花吏，書因賈船。虎車照景，蜺拂淩烟。餘花灼爍，春澗潺湲。鬱鬱茅嶺，悠悠洞天，三仙白鶴，何時復旋。

※李元賓墓誌銘　　韓　愈

李觀字元賓，其先隴西人也。始來自江之東，年二十四，舉進士，三年登上第。又舉博學宏辭，得太子校書一年。年二十九，客死於京師，既斂之三日，友人博陵崔弘禮葬之于國東門之外七里，鄉曰慶義，原曰嵩原。友人韓愈書石以誌之，辭曰：

已虖元賓！壽也者，吾不知其所慕；夭也者，吾不知其所惡。生而不淑，孰謂其壽？死而不朽，孰謂之夭？已虖元賓！才高乎當世，而行出乎古人。已虖元賓！竟何為哉？竟何為哉？

※漢陽軍漢川縣令陳君墓誌銘　王安石

陳君之墓在某州某縣某鄉某所之原。以某年某月某甲子葬。陳君者，諱之祥，字某，家某州之某縣。其業進士，其中等以皇祐二年。其官滁州全椒縣主簿，漢陽軍漢川縣令。其為人，強於學，果於行，能使為之長者聽，為之民者思。其卒年三十有二，有一男一女，皆出夫人李氏。其葬，臨川王某為之銘：

芒乎既壯而能充，忽乎奚去而誰從？歸形幽隱兮竅土以為宮，聚封其上兮為記無窮。

※勅封孺人廖氏墓石銘　袁宏道

孺人廖氏，為先庶子伯修兄繼室，少庶子七歲。年十八乃歸，時伯修方為孝廉；既官翰苑，遂封孺人。隨伯修燕邸者十二載，家居前後凡五載，稱未亡四載，得年三十八，以萬曆甲辰八月十八日卒於寢。孺人性醇和貞粹，相夫子以義，畜妾媵以恩，伯修亡，意緒殆不欲生，持齋繡佛，日夜期地下。伯修甫襄事，遂命斲棺治鬼衣，若遠行之裝束，恬然安之，未及二年而逝。嗣子祈年，將以是年十一月一日安葬於先庶子墓傍，相距丈許，遂為之銘。

銘曰：原之右，為姑若夫，原之左，為子若侄。夜臺之聚首，勝白日之歔泣。性溫而貞，不愧姑也。操嚴而潔，不愧夫也。惟其不愧，是以含笑而歸，願佐夫子於黃壚。

※徐氏子墓誌銘　　張說

徐氏子者名巖，字某。司封員外郎堅之第四子也。驥子睨雲，鳳毛洗日。孝友因性，聰敏若神，置在膝前，已會星辰之氣，戲於床下，能記賓主之詞。及總角成童，精意好學，問一知十。升堂覩奧，下筆成章而倫要；發言爲論而卓詭；識者咸謂增世構之崇蘊，益源流之洪潤，雖甘茂之孫十二飛辯，班彪之子九歲能文，不尚之也。天乎何辜！顏須無命，年十有三歲，大定元年九月遭疾而歿。嗚呼哀哉！琱月始生，不見其盈；瓊枝方秀，不見其茂；悲哉！銘曰：

生日何淺！死日何深！珠碎朓月，花殘稚林，哀哉父母，孰處其心！

※自撰墓誌銘　　王績

王績者，有父母，無朋友，自爲之字曰無功焉。人或問之，箕踞不對，蓋以有道於己，無功於時也。不讀書，自達理。不知榮辱，不計利害。起家以祿位，歷數職而進一階，才高位下，免責而已。天子不知，公侯不識，四十五十而無聞焉。於是退歸，以酒德遊於鄉里，往往賣卜，時時著書，行若無所之，坐若無所據，鄉人未有達其意也。嘗耕東皐，號東皐子。身死之日，自爲銘曰：

有唐逸人，太原王績，若頑若愚，似矯似激，院止三徑，堂唯四壁。不知節制，焉有親戚？以生爲附贅懸疣，以死爲決疣潰癰。無思無慮，何去何從？壠頭刻石，馬鬣裁封，哀哀孝子，空對長松。

※齊司空柳世隆行狀　　沈約

公稟靈華嶽，幼挺珪璋，清襟素履，發乎齠卯。及長風質洞遠，儀止祥華，動容合矩，吐言被律。時沈攸之狼據陝西，氣陵物上，而太祖登庸作宰，天歷在躬。攸之播封豕之情，總全荊之力，兕甲十萬，鐵馬千羣，水陸長騖，志窺皇邑。公抗威川涘，勇略紛紜，顯晦有方，出沒無緒。攸之乃返旆亙圍，親受矢石，增櫓乘埤，嚴衝駕雉，雲輣俯闞，地穴斜通，半藏晚湌，負戶晨汲。公乃綏衆以武，應敵以奇，靈鋒電曜，威策雲擧，事切三版之危，氣損九天之兢。殘寇外老，逆黨內摧，焚舟委甲，搦指宵遁。公風標秀徹，器範弘潤，茂乎辭彩，雅善鼓琴，擒純蔡之高芬，纂鍾嵇之妙曲。雖嬰拂世務，而素業無改。臨姑蘇而想八桂，登衡山而望九疑。七紆邦組，三臨蕩甸，五職瑞扇，一司百揆，固可以齊衡八凱，方駕五臣。

※汝州知州錢君行狀　顧炎武

崇禎十四年，二月辛亥，賊陷汝州，知州錢君死之。君諱祚徵，字君遠，其先吳越王裔，居池之青陽，國初遷於萊，爲掖縣人。君七歲，出嗣其從叔父一夔爲子，事其嗣大母杜氏，如其父母，大母之黨有煩言，君言於大母，施予諸姻屬甚周，以是大母安之。中天啓元年擧人，大母終，哀毀如父喪。署恩縣教諭，三年，除汝州知州。汝爲流賊出入孔道，又有土賊，聚至萬人，依山爲巢，百姓苦之。君至則簡鄉勇乕兵得千餘人，佯爲守城計，忽夜半開門出，從間道入山谷，步行抵其巢，賊方縱酒不爲備，急擊大破之。君策賊衆難盡誅。乃釋其俘招之，仍令民千家立一寨，有警相救，賊屢失利，其頭目魯加勒等，遂至州降。南召登封諸賊聞之，亦來降。君簡其驍健，送軍門效用，餘給牛種遣之，汝人少休。君守汝三年，多善政，及是年正月，賊陷河南府，遂犯汝州，君斬麾下之言款賊者以狥。率兵嬰城固守，賊攻城，君中流矢，力疾乘城，督戰數日。二月庚戌，大風霾，賊以火箭射城上，城上發礮應之，風逆火反，樓堞盡焚，賊乘之入，君被執，大罵不屈，被擊仆地，加以炮烙，一宿死，年四十七。弟祉徵從子青，僕十餘人皆死，無一還者。巡撫臣高名衡以聞，奉旨下部議恤，未覆。子大受，縣學生；痛父節未表於先朝，懼後世之沒而無傳也，乃質言其事，以告於余而爲之狀。

五、柬帖

祝壽請帖

○月○○日爲 家嚴（慈）○旬壽辰潔治桃樽
恭候
某某鞠躬
光臨
恕邀 席設：○ ○上（下）午○時入席

附註：一、請帖係壽者本人出名，則「壽辰」二字，改爲「生辰」。
二、有預祝壽辰者，則寫「謹詹某月某日爲家嚴○秩預慶敬治壽筵……」。

祝壽送禮單帖

謹具
壽幛全軸
壽酒兩罎
壽屏全堂
壽糕全盒
奉申
祝敬
某某鞠躬

領謝帖

謝領
敬使若干
○○○率子○○鞠躬

附註：以錢與來使曰敬使。敬使二字或寫台力、力金、茶敬均可。

壁謝帖（不受禮物）

謝
壁
○○○率子○○鞠躬

半領半謝帖

謝
壁
餘珍謹
○○○率子○○鞠躬

冥壽請帖

○月○○日爲　先嚴慈○旬冥誕治齋候
光
追慶子○○○率男○○鞠躬
齋設○○○　時間上下午○時

冥壽送禮單帖

謹具
祭筵一席
仙醴盈樽
壽燭成對
神香一炷
奉申

祭
敬

○○○鞠躬

普通請酒帖

謹訂於○月○日○時潔樽候

教

假座○○○

○○○謹訂

結婚請帖

謹詹於國曆（農曆）○○月○○日爲小兒（小女）○○○○舉行結婚典禮敬備喜筵

恭請

光臨

席設○○○

時間上（下）午○時觀禮○時入席

恕邀

○○○○○○鞠躬

附註：子女多者可按排行稱謂，如長男長女，或次男次女等。

請證婚人帖

謹詹於某月某日爲長男（次女）○○○○在某處舉行結婚典禮恭請

台端福證

寶施光蒞喜堂增輝

德星照臨良緣戩穀

敬祈

俞允爲禱

○○○○○○鞠躬

賀婚送禮帖

謹具

喜幛一軸

喜儀〇〇圓

奉申

賀敬

〇〇〇鞠躬

婚嫁受禮謝帖

敬啓者：前日為小兒〇〇授室承蒙
小女〇〇于歸

厚貺，拜受之下，感銘五內，敬致謝忱！

〇〇〇率子〇〇鞠躬

生子女彌月請帖

某月某日某時為小兒〇〇〇〇誕生彌月潔治湯餅
小女〇〇〇〇

恭候

光臨

席設本宅
某處

〇〇〇鞠躬

訃帖：此第一式訃帖，摺爲四頁，正面於正中上半段寫「訃」字。左下邊寫喪主住址。內首頁寫訃文。次頁寫喪主及所有孝眷稱謂名字。

先考○○府君
妣○○太夫人痛於民國某年某月某日某時壽終正寢（內寢）距生於○○年
○月○日○時享年○十有○歲不孝○○親視含殮遵禮成服謹擇
於某月某日某時設奠領帖某日某時發引安葬於某地叨屬

姻
鄉
世誼哀此奉
族
學

聞

孤哀子○○○泣血稽顙
期服孫○○泣稽顙
齊衰五月曾孫○○泣稽首
期服侄○○抆淚頓首
功服侄孫○○抆淚頓首

附註：主喪者之稱謂，按照與死者在親屬方面之關係而定。稱謂之上冠以喪服等差之名號，喪服分五等：一、斬衰，其服三年（子對父母或承重孫對祖父母用之）。二、齊衰，有杖期、不杖期及五月三月之別。三、大功，其服九月。四、小功，其服五月。五、緦麻，其服三月。　父死稱孤子，母死稱哀子，父母俱死，稱孤哀子。（至於孤哀子上有加「繼慈侍下」者，則子爲前母所生也。如爲繼母所生，則加「慈命稱哀」。庶出而生母死，則加「奉嫡慈命稱哀」。庶出而嫡母先死，則加「生慈侍下」。庶母死，則稱「杖期嫡子」。若出繼而有本生父母則加「本生嚴慈侍下」。出繼而本生父母死，則稱「降服孤哀子」。兼祧則稱「兼祧孤哀子」。）祖父母死，稱承重孫。妻死稱杖期生，或杖期夫，或齊期生（若用於父母在者，則稱不杖期夫）。妾死稱袒免生。子死稱反服生或反服父（禮記檀弓「有舊君反服之禮」，故父對子喪亦稱反服）。其他可按照五服之制類推。

訃文中逝世年月上加「痛於」用於長輩。加「悼於」、「不幸於」用於妻室及卑輩。六十歲以上而死，稱「壽終」。未滿六十歲稱「疾終」。如記死所，男稱「正寢」，女稱「內寢」。卑幼稱「寢右」。又計年數，六十歲以上稱「享壽」，不滿六十，稱「享年」。三十以下稱「得年」。關於死者之稱謂，對父母稱顯考妣，對祖父母或稱顯祖考妣，按禮記祭法，顯考爲高祖，則此稱未當也。故對父母稱先考妣，對祖父母稱先祖考妣較妥。

訃帖第二式

先父○○公／先母○○夫人諱○○於某年某月某日病歿於○○距生於某年某月某
日某時享壽○○歲茲定於某月某日某時開弔某月某日某時發引
殯於某處謹此訃
聞

孤子／哀子○○○哀啓

團體具名之訃聞

某某先生於某月某日某時在某地寓所逝世享壽○十有○即日移靈
於○○殯儀館治喪茲定於某月某日某時大殮同日某時舉行公祭
除另行擇期安葬外謹此訃
聞

○○○先生治喪委員會啓

祭奠送禮帖

謹具
輓聯一副
輓幛一軸
花圈一架
清香一炷
奉申
奠敬
〇〇〇鞠躬

喪家謝帖

先嚴〇〇府君
慈〇〇太夫人之喪辱蒙
尊長親友賁臨弔唁　寵錫輓章隆儀
雲情高誼歿榮存感謹此叩謝
伏維
矜鑒
棘人〇〇〇叩首

第三節　雜　啓

※男壽徵文啓

竊維歲紀靈椿，衍八千之上壽；福臻錫範，陳九五之洪疇。德以永年，傳爲盛事，不有騷客宣揚之筆，文人歌頌之詞，其何以歡溢錦堂，輝增玉杖乎！月之某日，爲某某先生幾秩懸弧大慶，國家耆宿，福壽完人，凡屬葭莩之姻親，與夫鄉閭之故舊，允宜躋公堂而酌酒，製句獻歌；祝海屋之添籌，賦詩成什。某某等，隨班晉祝，禮所當然，然而俚蕪之語不工，側豔之辭未習。所願詞壇碩宿，藝苑文人，頌效岡陵，寫瓊章而祝嘏；歡增斗畢，佐藻語以稱觴。聊作弁言，用作喤引，謹啓。

※女壽徵文啓

竊維蟠桃獻瑞，早登王母之盤；玉液傾香，宜醉麻姑之酒。祥開綵帨，慶溢慈幃，其足彰淑德而表芳徽者，端賴賦陽春而歌天保也。月之某日，爲某母某夫人幾旬設帨華誕，鍾型郝範，歐荻孟機，寶婺騰輝，煥中天之光曜；璇閨式訓，增女界之榮華。凡屬桑梓後生，絲蘿戚好，允宜晉公堂而上壽，祝海屋之添籌也。某某等，素仰坤儀，愧無藻思，所願文壇學士，藝苑騷人，揮箇管之毫，宣揚令德；裁桃花之紙，頌題嘏詞，幸錫瑤章，敢爲喤引。謹啓。

※又

敬啓者：本年某月某日，欣逢〇母〇太夫人〇秩誕辰，同人等與哲嗣〇〇先生誼屬知交，夙欽令德，爰徵鴻文，以光帨席。敬蘄邦國碩彥，朝野名流，勿吝金玉，藉伸祝禱之忱；幸惠珠璣，用紀康寧之實。俾仁厚之德，見美於邶風；壽愷之歡，重歌乎魯頌。晉瑤觥以永福，期寶婺之長輝。是爲啓。

※雙壽徵文啓

竊維康寧叶吉，五福爲好德之徵；極婺齊輝，雙星乃休時之瑞。古者因事致敬，則相與爲辭以誌不忘，故凡彝鼎標題，敦盤款識，每多祈永命萬年之文。月之某日爲某某先生暨德配某夫人幾旬雙壽令誕，弧帨同懸，映交柯之玉樹；琴瑟和奏，引比翼之彩鳳。凡我葭莩姻親，桑梓友好，均宜捧觴上壽，頌百福而侑雙杯。然而未習謳歌，何有華祝；不工頌禱，莫獻嘏詞。某某等，共欽美德，願附後塵，惟蘄文壇碩宿，賦新詩而壽祝岡陵；藝苑詞人，製麗句而輝增玉杖；庶幾賡天保九如之什矣。用申微言，以彰盛德，拋磚引玉，幸錫佳章。謹啓。

※又

敬啓者：本年某月某日，即農曆某月某日，爲某公某（名）先生暨德配某某女士○秩雙慶，同人等訂於是日上午十時至下午一時，在某處擧行酒會，以資慶祝，茲謹檢具先生暨女士行誼槪述一份，詩文書畫箋一幀，祈惠賜鴻文，以祝鶴算，亦即奉觴豆於國叟，結翰墨之良緣云爾。謹啓。

※吳子玉將軍謝壽啓

夏曆三月七日，爲鄙人五十九歲生辰，微聞昔年袍澤，海內知交，將推愛我之深情，寵以延年之美意，既滋慚感，尤切悚惶！當茲天災流行，國難未已，哀鴻遍野，愧無壽世之方，胡馬揚塵，忍拜酌觥

之賜！親朋車騎，敬謝光臨；錦繡文章，概辭盛貺。由衷之語，並非故意矯情；相知已深，當荷愛人以德。特伸悃忱，統維

亮詧！

※男喪徵文啓

某公某某先生諱某，世籍某縣人，天性純篤，識量寬和（述生平行事）。先生終歲操勞，家事公務，蝟集一身，卒致病機隱伏，膏肓攻達，藥石不瘳。於民國某年某月某日某時卒於家，享年幾十有幾，熱心任事之善人，自此一瞑長逝，與世永辭，友鄰戚族，靡不聞訊隕涕，玆擇期於某月某日某時，開會追悼，以誌不忘，邦人諸友，其有與 先生私交相契，公義相孚者，尚希 錫之詩文，以飾盛儀而彰潛德， 先生之光，亦友好之義也。用陳短言，以爲喤引。謹啓。

※女喪徵文啓

夫瓊樓風冷，塵埋寶婺之光；瑤闕雲寒，彩失靈萱之影；女宗凋謝，閫範云亡，聽落葉於空林，鳥啼興感；嘆斷旌於夜月，蟲吟增悲。誠以淑德難忘，遽失青紗之令範，坤儀是式，足揚彤管之芳徽已。況其名門賢媛，習婉娩而無愆；繡閣清姿，擅才華而有譽。女箴識於早歲，婦道備於厥躬，女界津梁，於焉先導；閨閣規範，此後誰傳？是不特詠絮才高，聲名夙著；眞所謂遺梧痛切，感嘆同深者也。如某母某夫人者，系出高門，長歸望族，雞鳴戒旦，羣高德耀之賢；鴻案相莊，直媲少君之美；羹湯手作，上侍舅姑；蘋藻心虔，能供祭祀；子女承其敎養，母道無虧；戚鄰被其恩施，人言無間。綜玆大要，卓爾可傳，奈何南國之母儀共仰，西池之仙使遽邀，遂使慈竹凋零，壺型頓失，企山妻之高行，人識巨源，知賢母之清風，吾逢陶侃。則是采風有紀，載史乘而不磨；允宜寫月無聲，誌篇章以爲述者也。所願

儒林學士，巾幗高才，證明月之前身，對梅花而寫照，各噓烟墨，同振詞葩，或采錯乎十華，或源傾乎三峽，庶俾藍田淑範，傳述乎文林，黃絹新辭，章明乎女史，灑筆端之垂露，化作慈雲；播林下之芳風，永傳母德。謹啓。

※父喪哀啓

哀啓者：先嚴〇〇公諱〇〇天賦穎敏，秉性篤厚，少讀書，慧心妙悟，有神童之目，（述生平行事）遽於某年某月間，患〇〇之症，醫藥罔效，延及〇月〇日〇時，竟棄不孝等而長逝！不孝等，侍奉無狀，罹此鞠凶，泣血椎心，百身莫贖，竊念　先嚴一生遭遇迍邅，未得建顯赫之功，而立身行道，廉介之風，亦或可供史傳儒行之採歟？苫塊餘生，語無倫次，謹述梗概，伏維矜鑒！

棘人〇〇泣叩

※恤孤勸捐啓

幼而無父，情已堪憐；窮莫能歸，事尤可憫。茲有　某公者，家貧喪偶，今春攜其十二齡稚子來粵，謀館未就，一病而亡，顧此煢煢，伶仃孤苦，沿街乞丐，無以爲生。同鄉某目擊此情，不忍坐視，自捐銀兩，先葬死者，復矜孤兒，欲充資斧，覓人挈返家園；俾免餓莩，使彼投依舅氏。起一生於九死，慰一脈於九泉，此眞再造之恩，奚啻二天之戴。扶念足下善心爲寶，一視同仁，敢祈量力扶持，解囊協助，倘得成人於異日，重來運柩以還鄉，死者固切啣環，生者更當焚頂矣。謹啓。

※賑濟勸捐啓

竊念天未厭禍，民迺多災，數載惟荒，兆民鮮飽，鳩形鵠面，望萬井以蕭然；萇楚苕華，嗟米菽之不給。南有箕而北有斗，奚慰蒼生？夏無麥而秋無禾，痛慈黎庶；鄭監門之不作，孰繪流圖？汲內史之已亡，誰來發粟？某某等，旣乏點金之術，登殘孑於春台；不憚告糴之勤，起仳離於夜壑。所冀貴官富宦，以暨樂善士女，誼殷桑梓，念切痌瘝，贈麥而來，指囷相助，好施出於慷慨，賙卹不計有無，賴茲仁粟之咸周，補彼泛舟所未逮，庶俾窮鄉僻壤，均沾涓滴之波；弗使啼饑號寒，莫訴獨煢之隱。宏施仁恤，慨諾毋辭。謹啓。

※爲清寒教員身後募捐啓

敬啓者：本校英文教師勾紹文先生，天性惇厚，素有善士之目；熱心教育，早著良師之名。在本校執教已十餘載，不幸兩年以來，患心臟病，猶勉強支持，力疾奉公，本月十五日上午，來校上課，途中病發暈厥，及舁至醫院，已回生乏術，長謝人間，善人云歿，已可痛矣！而況身後蕭條，妻孥五人，孤苦無依，子女幼弱，窘境堪憐，同爲天涯淪落之人，宜有憂患相恤之情；

台端仁人樂善，惻隱爲懷，敬祈

慨解義囊，薄捐廉俸，發慈悲之心，濟涸轍之鮒，則歿者感恩於九泉，生者戴德於無窮，恭奉捐册，請

列台銜！

※爲貧苦學生勸捐啓

竊以苦學可嘉，青年有達材之志；施惠種德，賢者重樹人之功。有學生某某者某省某縣人，流亡來臺，孤苦無依。晝爲傭工，夜則就學，茹蘗含辛，黽勉不怠，去年高中畢業，復考入某大學，既無作工之暇，又乏厚蓄之資，修業一學期，現槖囊已空，饔飧難繼，某等念其艱苦堪憫，失學可惜，爰發起捐助，濟其困厄，素仰

台端推恩慈幼，扶植後生，定必　慨解義囊，賜予玉成也。

※幼稚園募捐啓

原夫培養國脈，首造端於兒童；啓廸後昆，必藉重夫教育。展富強之謨，應早儲才；鞏復興之基，先自幼教。同人等，爰本此旨，成立純德幼稚園，作兒童之福地，亦當急之要務。惟熱誠洋溢，而基金缺如。平地築山，非一夫之力；聚沙成塔，賴衆人之功。久仰
台端熱心教育，樂善好施，懇祈
慷慨捐助，廣爲勸募，俾義粟兼金，早日醵集，庶兒童樂園，速可完成。行見學童逐隊，爲俎豆禮讓之嬉；桃李滿園，作邦家濟時之材，勝事共襄，大名永頌，恭奉捐册，請
列台銜！

※濟南千佛山徵求花木啓

濟南千佛山，遙連泰岱，平挹鵲華，古佛千尊，石堦百級。仰依巖岫，矗碧落而雲飛；俯瞰垣城，送青光於雨後。宜高瞻而遠矚，或覽勝以來遊。每當修禊三春，登高九日，氣清天朗，霞流曲水之觴；宇澄秋高，風落龍山之帽。斯誠怡神之佳境，雅集之名區也。惜乎花木稀疏，山林冷落，冬嶺之孤松獨秀，夏雲之奇峯空多，爰思點綴之方，用作徵求之擧。願乞十方供養，亂散天花；欲尋半畝清陰，多栽佳木；聊修寸啓，佇望分光，無論魏紫姚黃，春蘭秋菊，和靖之梅三百，子猷之竹萬竿，布施隨心，遷移得地。菩提之樹，高拂雲霄；蓮池之花，香凝甘露。添錦屏之春色，滿目芳菲；噓閬苑之和風，等身功德。勿使玄都觀裏，桃花之千樹笑人；定看靈鷲山中，金粟之三生選佛。恭候
雅賜，竭誠懽迎！此啓。

第三章　聯　語

第一節　聯語之淵源

聯語以張貼於楹柱之上，故名楹聯，又名楹貼；又以張貼於門上，故名門聯，又名門貼；又因門聯爲年節新春而張貼，故名曰春聯；又因聯語之詞句必爲對偶，故又名曰對聯，俗稱對子；以至於用之於劇臺者名戲聯，用之於應酬祝壽者名壽聯，用之於賀婚者名喜聯，用之於弔喪者名輓聯。對聯爲中國文藝中文體之一，都市之中，僻鄉之間，處處可以見到，在文藝中佔相當地位，茲略談其淵源：

聯語乃由古時之「桃符板」及「宜春帖子」演變而出；古代神話傳說有神荼鬱壘兩位神，能制伏一切惡鬼，所以民間每逢新年佳節，用桃木板兩頁，繪畫此兩位神像，或書寫其名字，懸掛在門之左右，用之以鎭妖邪；一年一度，除舊換新，名曰桃符。考之山海經，桃符起於黃帝時，古人以桃乃鬼所怕之物，周禮夏官戎右：「贊牛耳桃茢」。注：「桃鬼所畏，茢苕帚，所以掃不祥。」漢書禮樂志云：「東海中有度朔山上有二神，一曰神荼，一曰鬱壘，主閱領鬼之惡害人者，執以葦索，而用食虎。」梁朝宗懷荊楚歲時記云：「正月一日，繪二神貼戶左右，左神荼，右鬱壘，俗謂之門神。」馬鑑續事始云：「玉燭寶典曰：元日造桃板著戶，謂之仙木，以鬱林山桃，百鬼畏之，即今之桃符也，其上或書神荼鬱壘之字。」可知桃符之意義乃用之以禦凶袪邪者。在大陸未變色之前，鄉村年節，仍有寫神荼鬱壘分貼門旁者。「宜春帖」自南北朝時已有之，荊楚歲時記云：「立春日寫宜春二字，貼於門楣柱。」宜春帖又名春書，唐段成式酉陽雜俎云：「北朝婦人常以立春日進春書」。其時婦人所進之春書，即將宜春二字，用彩紙雕鏤成藝術字，而獻於帝王達官，以表示祝福之意。唐崔道融詩云：「欲剪宜春字，春寒入剪刀。」宜春帖在唐時已普徧盛行，「宜」者適合也，即頌祝新春以來，一切都順利；即招祥取吉之意；大陸未變色之前，華北鄉間年節，仍有用彩紙寫宜春二字貼於門上者，招祥取吉，比禦凶祛邪爲更進一步之希求，於是桃符板遂不僅可寫神荼鬱壘之神名，而更可寫迎福納祥種種語詞，便愈有意義矣。

桃符正式變爲門聯，從五代時開始，黃復休茅亭客話載：『孟蜀太子自題策勳府桃符云：「天垂餘慶，地接長春。」又蜀檮杌云：「蜀未歸宋之前一年，歲除日，昶令學士辛寅遜題桃符板於寢門，以其詞非工，自命筆云：「新年納餘慶，嘉節號長春。」後蜀平，朝廷以呂餘慶知成都，而長春乃太祖誕節名也」』。蜀檮杌所以記載此事，其用意是在表明讖語靈驗，天命有歸，而不料竟可做後世研究門聯之參考，有人謂門聯創自蜀主孟昶，亦即以此事爲根據。

以上所述孟蜀之對聯，其修辭對偶，已成爲極工整之詩句。宋時此風已盛，藉桃符板寫嘉言吉詞，以慶新年，既含祛邪納祥之意義，又可以點綴門楣，於是文人學士在文藝中又增添一種運用才思之文體矣。神荼鬱壘變而爲迎祥納福之文詞，此時之「宜春帖」亦擴大宜春兩字之範圍，變而爲五七言詩句，名曰「春帖子」。宋史歐陽修傳記載，歐陽公「在翰林日，仁宗一日見御閣春帖子，讀而愛之問左右，對曰：歐陽修之詞，乃悉取宮中諸帖閱之。」宋時，翰林必寫春帖子詞，於立春日張貼於宮門，以表頌祝之意。宜春帖子之意義，既與桃符有關，於是後來乃合而爲一，於新年節張貼，張子容除日詩云：「拾樵供歲月，貼牖作春書。」宜春帖子在宋時已變爲雅麗之詩詞，歐陽修之內制集，司馬光之溫國文正公集，其中皆載有春帖子詞。晚近仍有按照廬舍之風景，或個人之志趣，選擇古詩一首或多首寫於彩紙，貼於門上，左右兩幅，其詞句字數不必相同，亦不必爲對偶，其形式亦非門聯，此又後來春帖子之變態。

墨莊漫錄載：蘇軾在黃州戲題王文甫桃符云：「門大要容千騎入，堂深不覺百男歡。」此乃既用桃符，而又書寫納祥之語意。春帖與桃符混而爲一，其中之詞句，除一部份仍保留招福納祥之意而外，又形成詩文中一種專體，文人之才情，往往於此表現。宋時趙庚夫歲除即事詩云：「桃符詩句好，恐動往來人。」桃符詩句爲對偶體裁，即成爲聯語、對聯，對聯之價值在乎其佳句雅趣，供人欣賞，於是其作用，便不在乎桃符及春帖之原義矣。及元時新年之聯語尙有仍寫於桃符板者，費著歲華記麗譜云：「桃符置門而納慶，葦繩羅戶以祛災。」但此後聯語不固定寫在桃符板，亦不一定必用之於新年，樓閣亭臺園林廟宇，皆可寫聯語以點綴幽勝。聯語既成爲詩體之一，可作應酬文字題贈於人，亦不限於題贈於門楹之上，可以書之於華箋綺絹懸於室內，於是聯語之用途愈以擴大。

可用之以祝壽，宋時孫奕示兒編載：黃耕叟夫人三月十四日生，晚年慶壽，吳叔經作聯云：「天邊將滿一輪月，世上還鍾百歲人。」此爲最早之壽聯。

可用之以弔唁，宋時葉夢得石林燕語載：韓康公在慶曆年間，由鄉試而會試、殿試，皆列第三名，後在熙寧年間爲相四遷，卒時，蘇子容輓云：「三登慶曆三人第，四入熙寧四輔中。」此爲輓聯之最早者。

可用之以贊頌，蔣平仲山房隨筆載：韓康公宣撫陝右，太守設宴招待，蔡司理持正作聯語，貼於招待館門上云：「文價早歸韓史部，將壇今拜漢淮陰。」韓讀之大喜。

可用之以表達學問情趣，宋時眞德秀題蒲城粤山學易齋聯語云：「坐看吳粤兩山色，默契羲文千古心。」朱子題滄州精舍云：「日月兩輪天地眼，詩書萬卷聖賢心。」

可用之以表達對人謙恭之語，朱子題滄州精舍云：「道迷前聖統，朋誤遠方來。」某先達題客室云：「才短自知能事少，禮疏常覺慢人多。」

可用之以潤色居處環境之雅趣，朱子贈漳州某學士云：「東墻倒西墻倒，窺見室家之好；前巷深後巷深，不聞車馬之音。」

可用之以題宮闕廟宇，三國志載：「梁鵠字孟皇安定人，善八分書，魏宮殿題署，悉鵠書也。」當時其所題署宮殿之文字，即類乎後世題宮殿之聯語，本爲點飾莊雅，並非桃符之義，此種聯語不與春聯同源，在漢時已有萌芽。惜乎梁鵠所題之詞，今已失傳。元時趙子昂題宮闕聯用三都賦成句云：「日月光天德，山河壯帝居。」（濯纓筆記載爲明時解縉所題）。蘇軾題廣州眞武廟聯語云：「逞披髮仗劍威風，仙佛焉耳矣；有降龍伏虎手段，龜蛇云乎哉。」此爲題廟宇最早之聯語。

春帖傳至元時，已具體變爲門聯，而一般人仍呼之曰春帖，楊瑀山居新話載：「趙子昂爲奎章閣屬官時，題寓舍春聯云：「光依東壁圖書府，心在西湖山水間。」至明時春聯之風大盛，陳雲瞻簪雲樓雜說載：「春聯之設自明太祖始，帝都金陵，除日傳旨，公卿士庶門上須加春聯一首，帝親微行出觀，以爲樂，偶見一家獨無之，詢知爲醃（閹）豕苗者，尙未倩人耳，帝爲大書曰：『雙手劈開生死路，一刀割斷是非根。』」又列朝詩集載：明太祖贈學士陶安門帖云：「國朝謀算無雙士，翰苑文章第一家。」皇帝提倡春聯，春聯於是普徧於民間，所以有人說春聯由明太祖所發起，其實來源已古，不過從明朝開始，每逢年節，家家張貼春聯，始成爲一種普徧風俗而已。明末福州屠夫徐五自作春聯云：「仗義半從屠狗輩，負心多是讀書人。」又云：「金欲兩千酬漂母，鞭須六百撻平王。」籍聯語以述心情，足見其胸懷磊落，後竟因明亡投水殉國。狂士歸玄恭與顧炎武相善，時人稱之爲「歸奇顧怪」，炎武自題門聯云：「行己有恥，博學於文。」此乃用格言作聯語，以自勉。玄恭自題門聯云：「入其室空空如也，問其人囂囂然曰。」又云：「兩口居安樂之窩，妻太聰明夫太拙；四鄰接幽冥之地，人何寥落鬼何多。」此則藉聯語以述家庭狀況，並足見其奇怪之口吻。

聯語發展到明朝，其文體之作用益廣，明太祖嘗用之以考試進士，隨意擧出一語，作爲上聯，等於文題，令被試者答其下聯，所答者與上聯成爲對偶，恰爲一付聯語，名曰「對對兒」（上一對字爲動詞，次對字爲名詞。）當面考試，限制時間，與現在之口試一般。往往以答對之優劣作參考，以定考試成績名次之先後。相傳明時莆田林環應試時，成祖試之云：「兩條燭燼，燒殘擧子之心；」林應聲對云：「三篇文成，驚破試官之膽。」成祖又云：「千里爲重，重山重水，重慶府；」林又對云：「一人成大，大邦大國，大明君。」榜發，林環名列第一。中山王徐達曾撰一長聯，只作前聯，懸賞徵求後聯，應徵之佳者，得獎賞，此又等於今日之作文比賽，嘉靖時世宗信奉道教，時常擧行齋醮焚修之禮，當時詞臣爭作頌揚祈禱之「青詞」，（李肇翰林志：凡太清宮道觀薦告詞文，用青藤紙朱字，謂之青詞）。青詞有用駢文者，亦有用聯語者，各盡其妙，徐階。嚴嵩俱以善作青詞而得寵。沈德符野獲編載有此項聯語云：

洛水靈龜初獻瑞，陽數九，陰數九，九九八十一數，數通乎道，道合元始天尊，一誠有感；

岐山威鳳兩呈祥，雄聲六，雌聲六，六六三十六聲，聲聞於天，天生嘉靖皇帝，萬壽無疆。

此聯曾得帝之重賞。

及至清時聯語仍繼續發達，考試場中，或文人娛樂集會之中，所產生之妙對佳話，不勝枚擧。乾隆時大宗師紀曉嵐嘗言：「天下事無獨有偶，文詞尤然。」任何詞句，必有其對偶，可以隨意即景措詞以成對句，如「遷椅倚桐同玩月；點燈登閣各攻書。」「風吹不響鈴兒草；雨打無聲鼓子花。」可以隨意取成語以作對，論語「子曰如之何如之何？」恰對「佛言不可說不可說！」可以隨意以笑話作對，士人趙玉桂應試，曉嵐問其暫寓何處？趙答云：「暫居茶䕷庵」，曉嵐不禁掩口失笑，事後左右問其故，曉嵐云：「趙玉桂暫居茶䕷庵；恰可對潘金蓮大鬧葡萄架。當時此語一現心頭，所以不禁失笑。」似此隨意信口便成妙對，左右逢源，此固爲曉嵐之天才超常，然亦可見當時聯語風尚之盛。清時聯語之運用更廣，用之以測驗文才，用之以競賽文藝，用之以調笑，用之以作酒令，用之以作希望獎勵之贈言，用之以沚尊敬親愛之情誼，用之以感化人心，湖南師範學生爲膳事鬧學潮，譚組庵撰一聯語寫於黑板云：「君試觀世界何如乎？橫流滄海，突起大風潮，河山帶礪屬誰家，願諸君臥薪嘗膽，每飯勿忘天下事；人多爲環境所累耳，咬定牙根，方是奇男子，公侯將相本無種，思古人畫粥斷齏，立身端在秀才時。」學生讀之感動，學潮乃息。聯語之用途如此其廣，所以曾國藩將聯語專列一類，載於文集中，李篁仙並以善作聯語，而名爲專家，於是聯語在詩文中已形成獨立之地位。

聯語既有獨立之地位，成爲詩體之一種，其短小者，若四字一句，則上下兩句，共八字；若五字一句，則共十字；若七字一句，則共十四字；此可謂最短之一種小詩。長聯則多至數百字，可謂長篇詩。劉大白白屋聯話云：「聯語是律體的文字，是備具外形的律聲文字，它具備整齊律，參差律，次第律，抑揚律，反覆律，當對律，和重疊律，凡是中國詩篇的外形律，它無一不可以具備，所以單就外形而論，它實在可以說完全是詩的。至於它的內容，雖然一部份是教訓式的格言，和頌揚式的諛詞等，但大部分是寫景和抒情的，和詩篇的內容一致；所以總不出詩的範圍，可以說是詩篇的一種」。如此評定聯語，可謂允當。聯語之作法，完全與詩相同，格言式之聯語等於宋朝的理學詩；純講詞句工巧之聯語，等於六朝之雕琢體；凡詩中所有之作法，如巧對、集句、嵌字等，應有盡有，與詩同道，所以多有利用詩中之成語以作聯語者，愈富有詩意之聯語，愈能動人而爲上品。

聯語之格律既與詩相同，可知佳作之不易；短小者區區十餘字，而如王叔遠所刻之核舟一般，精緻奧妙，內藏無限之美趣；長者數十字，或數百字，而風雲變態；花草精神，引人入勝，如武陵漁人遊仙境，忘路遠近，不嫌其冗長。明時徐文長題靈澤夫人（漢昭烈帝之夫人孫氏）祠聯云：「思親淚落吳江冷；望帝魂歸蜀道難。」短短兩語，對偶之精，意思之切，是何等耐人尋味。俞曲園題彭玉麟祠聯，朗朗三百餘字，海之波瀾，山之嶙峋，是何等迭宕壯觀。韋痴珠自輓之聯語：「一棺付身，萬事都已；人生至此，天道難論。」（用成語集成）是何等令人悽惻。左宗棠自輓之聯，情詞纏綿，百餘字，是何等慷慨悲壯（見一八〇頁）。無論文詞長短，第一在用意恰當，第二在措詞精切；取意恰當，而又巧逢成語，則更爲有趣；例如有人用鄭燮詩句作園圃門聯云：「一番春雨瓢兒菜；滿架秋風扁豆花。」隨園詩話所載集宋人詩句作戲台聯云：「古往今來皆如此，淡裝濃抹總相宜。」張謇集四書句作南通博物館聯云：「設爲庠序學校以敎，多識鳥獸草木之名。」王闓運訪其夙年愛姬秋雲之墓，集唐人詩句作聯弔之云：「竟夕起相思，秋草獨尋人去後；他鄉復行役，雲山況是客中過。」此聯既用成語，並爲嵌字體，中嵌秋雲之名字。此類聯語，用語恰切，妙語動人，詢爲上品。

聯語之作用在點綴雅趣，引發詩意，至於純粹格言之聯語，則另有意義。純取吉祥意味之聯語，如「一門天賜平安福；四海人同富貴春。」之類以及商店之聯語，多用發福生財等等字樣，大抵千篇一律，成爲俗套，則仍爲桃符春帖之遺風，不可與純詩之聯語同論。聯語變爲純詩，民間只於年節用之以點綴門面，已忘却桃符之原義；文人隨意書寫，取意甚廣，不但可以與桃符無關，而且名爲春聯，往往與春亦無關。有仍含桃符之義者，如「瑞氣常鍾君子室；福星高照吉人家。」有破除桃符之義者，如「里有仁何須木鐸；思無邪不用桃符。」有純爲寫景者，如「春風新燕子；香月古梅花。」「黃昏花景二分月；細雨春林一半烟。」有取意富麗者，如「江山千古秀；天地一家春。」「春風楊柳鳴金馬；晴雪梅花照玉堂。」有取意雄壯者，如「袖裏虹霓衝霄色；筆端風雨駕雲濤。」「意氣元龍高百尺；文章司馬壯千秋。」有取意勗勉者，如「百鍊此身成鐵漢；三緘其口學金人。」有取意策勵者，如「五福源頭歸德積；六經注脚在躬行。」有狀述居舍環境者，如「宅近青山同謝朓；門垂碧柳似陶潛。」有自述抱負者，如「得志當爲天下雨；論交要有古人風。」有自述情趣所尙者，如「松風臨水朝磨劍；竹影當窗夜讀書。」有述其所景慕者，如「千頃波濤黃叔度；一船書畫米襄陽。」有述說感想者，如「不作風波於世上；自無冰炭在胸中。」有集經典格言以作規訓者，如「持其志，勿暴其氣；敏於事，而愼於言。」有純取對偶工巧者，如「拳石畫摩黃子久；膽瓶花插紫丁香。」有取成句之巧合者，如：「翁之樂者山林也；客亦知夫水月乎。」有無甚意義之語，而只取其輕鬆者，如「一百五日寒食至；二十四番花信風。」「江村竹樹多於草；古縣棠梨也著花。」聯語本源自「桃符」及「宜春帖子」，歷代演變，傳至於今。其措詞取意之範圍如此其廣，於是已成爲一種獨立之詩體。

第二節　各類聯語舉例

※新春通用

三陽開泰；　　椒花獻頌；　　花開富貴；　　行道有福；

萬象更新。　梅萼呈祥。　竹報平安。　與德爲鄰。

山水含芳意；　淑氣騰佳節；　楊柳春風第；　江山增潤色；
風雲入壯圖。　和風拂早春。　芝蘭玉樹階。　桃李艷春光。

瑞日芝蘭光世澤；　春風捲映千門柳；　春回禹甸山河外；　萬里和風生柳葉；
春風棠棣振家聲。　清潤縈紆十里花。　人在堯天雨露中。　五陵春色泛桃花。

龍飛鳳舞昇平世；　里有仁風春色溥；　爆竹二三聲人間改歲；　春風鼓太和又是一年芳草綠；
燕語鶯歌錦繡春。　家餘德澤吉星臨。　梅花四五點天下皆春。　淑氣毓佳景依然十里杏花紅。

※家庭

士食舊德；　登仁壽域；　道德齊今古；　德門膺厚禮；
農服先疇。　納福祿林。　詩書教子孫。　仁里樂長春。

荊樹有花兄弟樂；　萬卷詩書教子弟；　善爲至寶一生用；　千古文章傳性學；
書田無稅子孫耕。　十年種樹起雲烟。　心作良田百世耕。　一堂孝友樂天倫。

眞學問從五倫起；　百年燕翼惟修德；　傳家有道惟存厚；
大文章自六經來。　萬里鵬程在讀書。　處世無奇但率眞。

※客廳

正欲清談欣客至；　莫放春秋佳日去；　宅對青山近謝朓；　得志當爲天下雨；
偶思小飲報花開。　最難風雨故人來。　門垂碧柳似陶潛。　論交饒有古人風。

一簾疏雨琴書潤；半榻清風翰墨香。
水能性淡眞吾友；竹解心虛是我師。
秋實春華學人所種；禮門義路君子之居。

※書室

伴我書千卷；可人花一簾。
詩書得古趣；風月暢眞情。
閒居爲養志；至樂在讀書。
讀書破萬卷；落筆超羣英。

細考蟲魚箋爾雅；廣搜草木續離騷。
輕研竹露臨唐帖；細爵梅花讀漢書。
風月一庭爲益友；詩書半榻是嚴師。
明珠翠羽黃初賦；紅葉青山白下詩。

著書不向時流說，得句難爲俗者知。
遠聞佳士輒心許；老見奇書猶眼明。
但將忠厚培元氣；惟有詩書發異香。

※園亭

水清魚讀月；樹靜鳥吟詩。
詩思竹間得；道心松下生。
風暖鳥聲碎；日高花影重。
風月資吟嘯；烟霞養性情。

春暖帶雲鋤芍藥；秋高和露種芙蓉。
縱横聯句常侵夜；次第看花直到秋。
雲吐石花生劍壁；風敲松子落琴牀。
千樹桃花百盞酒；兩間茅屋一溪雲。

水色山光皆畫本；花香鳥語是詩情。
盛世受一廛於焉耕鑿；小園開數畝可以遨遊。
春風放膽來梳柳；夜雨瞞人去潤花。

※祝壽聯（祝男壽通用）

南山欣作頌；北海喜開樽。

籌添滄海日；嵩祝老人星。

九如天作保；五福壽爲先。

松齡長歲月；鶴算紀春秋。

身似西方無量佛；壽如南極老人星。

手拋造物陶甄外；春在先生杖履中。

仙居十二樓之上；大壽八千歲爲春。

翠柏蒼松是壽者相；渾金璞玉有古人風。

紫氣望東方道德五千應秘授；壽星輝南極仙籌八百喜重添。

餐菊茹芝長生不老；握珍懷玉君子有光。

※紀曉嵐爲乾隆皇帝登極五十五年並祝八旬壽誕聯

龍飛五十五年，慶一人五數合天，五數合地，五星呈，五雲現，五代同堂，祥開五鳳樓前，五色斑斕輝彩帳；

鶴算八旬八月，祝萬歲八千爲春，八千爲秋，八元進，八愷登，八方從化，歌舞八鸞隊裏，八仙會繞詠霓裳。

※祝女壽通用聯

慈竹蔭東閣；靈萱茂北堂。

玉樹盈階秀；金萱映日榮。

瑤池春不老；壽域日開祥。

萱草凌霜翠；蘭英浥露香。

稱觴外醉延齡酒；設帨多簪益壽花。

輝騰寶婺三千丈；香發琪花十萬枝。

麻姑酒滿杯中綠；王母桃分天上紅。

恭儉溫良宜家受福；仁慈篤厚益壽延年。

彩鳳舞遙天銜來蟠桃瑤島春和開壽宴；青鸞傳吉語護持慈竹璇閨日永祝長生。

華幔雲深，一星輝寶婺；蘭閨日暖，百歲樂長春。

※紀曉嵐祝劉墉繼母九十壽聯

帝祝期頤，卿士祝期頤，合三朝之門下，亦共祝期頤，海內九旬眞壽母；
夫爲宰相，哲嗣爲宰相，總百官之文孫，又將爲宰相，山東八座太夫人。

※祝夫婦雙壽

星雲同獻瑞；
日月互爭輝。

椿萱欣並茂；
日月慶雙輝。

鴛鴦歌福祿；
麟鳳紀徵祥。

極媊齊顯彩；
松柏慶同春。

千歲桃開連理木；
萬年枝放合歡花。

鸞笙合奏華堂樂；
鶴算同添海屋籌。

雙棲珠樹千年樂；
三秀瓊田五色芝。

日月升恆重華復旦；
神仙眷屬不老長生。

山水怡情鹿門偕隱；
鳳凰娛志鴻案相莊。

學案齊眉俱無量壽；
奉觴繞膝皆不羈才。

八千歲爲春，天上碧桃駢枝結實；
九五福曰壽，雲間青鳥比翼飛來。

※李笠翁贈張半庵中秋雙壽聯

月圓人共圓看雙影今宵清光並照；
客滿樽亦滿羨齊眉此日秋色平分。

※李笠翁祝朱建三壽聯

七夕是生辰，喜功名事業從心處處帶來天上巧；
百花爲壽域，羨玉樹芝蘭繞膝人人占却眼前春。

※李篁仙祝李鴻章太夫人壽聯

福算晉八旬任多子多孫齊捧出王母碧桃麻姑仙草；
壽筵剛二月看難兄難弟正開到尚書紅杏宰相梅花。

※康南海祝吳子玉將軍五十壽聯

牧野鷹揚百世功名纔半紀；
洛陽虎踞八方風雨會中州。

※梁任公祝康南海七十壽聯

述先聖之言意齊百家之不齊入此歲來已七十矣；
奉觴豆於國叟介眉壽於春酒親受業者蓋三千焉。

※祝于總司令五五壽聯

虎符早佩，每擊倭寇必操勝權，百戰來，將軍懸弧開壽宴；
鴻猷建奇，定使神州迅速光復，五載後，耆年花甲慶大慶。

※鄭燮六十自壽

常如作客，何問康寧，但使囊有餘錢，甕有餘釀，釜有餘糧，取數葉賞心舊紙，放浪吟哦，興要濶，皮要頑，五官靈動勝千官，過到六旬猶少；
定欲成仙，空生煩惱，祇令耳無俗聲，眼無俗物，胸無俗事，將幾枝隨意新花，縱橫穿插，睡得遲，起得早，一日清閑似兩日，算來百歲已多。

※賀婚聯

齊家典則存三禮；經國文章在二南。

碧紗待月春調瑟；紅袖添香夜讀書。

鴻案相莊百年好合；鳳占叶吉五世其昌。

菡萏花開鴛鴦並立；梧桐枝穩鳳凰雙棲。

南國關雎成大禮；東萊博議著新書。

芙蓉鏡映花含笑；玳瑁筵開酒合歡。

霞蔚雲蒸芝蘭毓秀；國恩家慶麟鳳呈祥。

鳳輦護卿雲，今日喜天孫來嫁；鴛幃度蜜月，新詩詠君子好逑。

大雅歌文迎渭水；尚書敍禹娶塗山。

名駒逸足騰千里；彩鳳徽音叶二南。

淑女降瑤池粧閣試雙彩鳳；郎君臨玉樹蟾宮折一枝花。

坦腹此兒眞國士；齊眉之子宜家人。

畫眉筆帶凌雲氣；種玉人懷詠雪才。

※賀生子

麟書徵國瑞；熊夢兆嘉祥。

桂子呈祥多厚福；蘭孫毓秀兆嘉徵。

積德累仁先世栽培惟福善；降麟誕鳳後昆光耀顯門楣。

錦繡輝金屋；笙歌送玉麟。

荀氏八龍薛家三鳳；燕山五桂蜀國雙珠。

世德鍾麟趾；家聲毓鳳毛。

積德累仁自求多福；承先啓後生此寧馨。

謝庭嘉擢芝蘭秀；周雅欣賡瓜瓞篇。

以似以續克昌厥後；維熊維羆長發其祥。

※賀生女

繞庭已喜臨風玉；照室還看入掌珠。

中郎有女傳家業；道韞能詩勝弟昆。

兆叶鷄飛門前設帨；祥徵虺夢掌上擎珠。

綵帨懸門蘭質蕙心延美譽；明珠入掌柳詩茗賦毓清才。

※賀新屋落成

堅貞瞻柱石；鞏固慶苞桑。

地勢開華閥；天星換紫微。

瑞獻雲霞瞻棟宇，輝聯奎壁耀門庭。

潭第鼎新容駟馬；華堂鍾秀毓人龍。

氣象高宏共羨龍蟠虎踞；規模壯麗式瞻鳥革翬飛。

祥雲浮紫閣；喜氣繞朱軒。

門庭增氣象；堂構毓人龍。

五柳舊稱陶令宅；百花新構杜陵莊。

畫棟雕粱齊稱傑構；德門仁里共慶安居。

美奐美輪，大啓爾宇；肯堂肯構，聿觀厥成。

※賀遷居

燕喜開新第；鶯遷囀上林。

鶯遷金谷曉；花報玉堂春。

日月煥光華欣覩盈門凝瑞氣；山川鍾秀麗竚着奕葉啓人文。

里有仁風春日永；家餘德澤福星明。

大哉居乎移氣移體；愼其獨也潤屋潤身。

燕築新巢春正暖；鶯遷喬木日初長。

※輓聯（輓男喪通用）

事業已歸前輩錄；　龍隱海天雲萬里；
典型留與後人看。　鶴歸華表月三更。

殘月冷空山辟穀已隨黃石去；
寒雲低野渡東閤空悵素車來。

樽酒昔言歡燭剪西窗猶憶風度磊落；
人琴今已杳梅殘東閣祗餘月影橫斜。

君乃勇於義者爲公益熱心終歲勞人草草；
文固無如命也竟清貧沒世嘆今天道茫茫。

※（輓女喪通用）

慈竹當風空有影；　寶婺光沉天上宿；
晚萱經雨不留香。　蓮花香現佛前身。

夢斷北堂春雨梨花千古恨；
機懸東壁秋風桐葉一天愁。

相夫挽鹿課子丸熊淑德早標彤史範；
佛座拈花慈闈摧竹仙踪空溯白雲鄉。

※政界通過輓聯

玉帳空懸孰奠河山百二；
素琴長寂疇談禮樂三千。

鶴駕已隨雲影杳；　世事嘆無常空留塵榻；
鵑聲猶帶月光寒。　音容渺何處悵望人琴。

菊徑荒涼道山遽返；
蓉城縹緲仙駕難迴。

未弭前思頓成永別；　星暗遙天玉樓待記；
追尋笑緒皆爲悲端。　雲迷滄海金闕修文。

道其猶龍乎！劍水雲橫嗟去渺；
翁今化鶴矣，花庭月暗恨歸遲。

溫恭允著閨中則；　壺範垂型賢推巾幗；
淑愼堪傳閫內師。　婺星匿彩駕返蓬萊。

了無遺恨留閨閣；
自有餘徽裕後昆。

是壽母，是福人，厥德不回，其則不遠；
有賢孫，有孝子，雖死之日，猶生之年。

當代一人是潞國丰儀汾陽福澤；
大名千古有皋夔事業韓柳文章。

宦轍繼東坡黃葉早歸江上棹；
朋簪追北海白雲俄散座中賓。

梁木泰山哲人安仰；
召棠郇黍遺澤長留。

天壤懷故人關塞縱橫萬里遙情芳草綠；
史官傳循吏聲名洋溢千秋遺愛峴山青。

※軍界通用輓聯

天壤長城河山變色；
功稱大樹風雨驚秋。

天上大星沉萬里雲山同慘淡；
人間寒雨迸三軍笳鼓共悲哀。

夢入黃粱將星一夕天中隱；
動題青史劍氣當年塞北寒。

如此乾坤得臥龍而後定；
正當風雨失鳴鷄其奈何。

柳塞快談兵周亞夫功名於茲不朽；
峴山齊墮淚羊叔子遺愛至今未忘。

※學界通用輓聯

學富雕龍文修天上；
才雄倚馬星殞人間。

學者仰之北斗泰山高海內；
先生去也杏花春雨黯江南。

於學界稱人師桃李門墻宏化育；
為士林惜耆宿文章星斗黯光芒。

飄零斷藁殘編空餘手澤；
悵望白楊衰草盡屬哀思。

數生平文字之交春風並坐夜雨聯牀回首前塵悲若夢；
竟長謝人世而去鄰笛有聲遺琴掛壁傷心何處望歸魂。

※商界通用輓聯

噩耗俄傳井廛雲黯；　慷慨著德望合冶黃金鑄范蠡；　忠厚存心市廛咸欽盛德；

舊遊已渺闤闠風淒。　老成留典則驚看丹旐失靈光。　音容隔世經營空惜長才。

齒德兼尊猶執謙恭延後輩；居闤闠中落落然有儒生氣象豪傑襟懷求諸當今能有幾；

典型具在永留聲望在商家。於貿易外拳拳者惟一片熱心三代直道傷哉長別竟何堪。

※輓　幛

大雅云亡。　哲人其萎。　典型足式。　返歸道山。

返樸歸眞。　駕赴閬苑。　（以上男喪通用）

懿德長昭。　壼範永存。　寶婺星沉。　天姥隱輝。

駕返瑤池。　彤管流芳。　（以上女喪通用）

※曾國藩輓莫友之

京華一見便傾心，當時書肆訂交，早欽宿學；

江表十年常聚首，今日樽酒和淚，來弔詩人。

※曾國藩輓乳母

一飯尚銘恩，況抱負提攜只少懷胎十月；

千金難報德，論人情物理也應泣血三年。

※薛福成輓曾國藩

邁蕭曹郭李范韓而上，大勳尤在薦賢，宏奬如公，悵望乾坤一灑淚；
窺道德文章經濟之全，私淑亦兼親炙，迂疏似我，追隨南北感知音。

※張魯生輓沈葆禎夫人林敬紉

爲名臣女，爲名臣妻，江右佐元戎，錦繖夫人參偉事；
于中秋生，于中秋死，天邊圓皓魄，霓裳仙子證前身。

※方履中輓李鴻章

鑾輿未返，社稷粗安，大星忽隕五丈原，望京洛風塵，誰與擔當天下事？
十載同胞，一生知己，此別竟成千古恨，數江淮將相，不堪回首中興年。

※鄭辛樊輓唐景崧

保越大名垂，日記一篇，戰績早教敵膽落；
割臺遺恨在，諫書七上，孤忠惟有帝心知。

※梁鼎芬輓張之洞

爲學通漢宋，爲政貫中西，一代大師成相業；
其心質鬼神，其才兼文武，九州公論在人間。

※吳熙輓王闓運

文章不能與氣數相爭，時際末流，大名高壽皆爲累；
人物總看輕唐宋以下，學成別派，霸才雄筆固無倫。

※康有爲輓戊戌六君子

逢比孤忠，岳于慘戮，昔人尙爾，於汝何尤，朝局總難言，當隨孝孺先生，奮舌問成王安在？

漢唐黨錮，魏晉淸流，自古維昭，而今更烈，海疆正多事，應共子胥相國，懸目看越寇飛來。

※徐世昌輓惲毓鼎

卅年同榜漸凋零，問靑瑣前塵，誰續詞林掌故；

一夕御風歸縹緲，恰黃壚舊雨，忍聽燕市悲歌。

※梁任公輓康南海

祝宗祈死，老眼久枯，翻幸生也有涯，卒免覩斯民魚爛陸沉之慘；

西狩獲麟，微言遽絕，正恐天之將喪，不獨動吾黨山頹木壞之悲。

※淸室遺老輓隆裕太后

后亦先帝舊臣，本變法心傳，遂公天下；

禮爲故君有服，況共和手詔，尙在人間。

※輓淸室遺臣王垿

故國夢遙，曾聞潛龍飛翼北；

老臣淚盡，而今化鶴到遼東。

※左宗棠自輓

慨此日騎鯨西去，滿腔血灑向空林，七尺軀委殘荒草，問誰來歌蒿歌薤，按銀琶塚畔，掛寶劍枝頭，憑

弔松楸魂魄，憤激千秋，縱教黃土埋余，應呼雄鬼；

倘他年化鶴東還，一瓣香祝完本性，三分月悟出前身，願從茲爲樵爲漁，結鹿友山中，訂鷗盟海上，銷磨錦繡心腸，逍遙半世，惟恐蒼天厄我，再作勞人。

※俞樾自輓

生無補乎時，死無關乎數，辛辛苦苦，著二百五十餘卷書，流播四方，是亦足矣；
仰不愧于天，俯不怍于人，安安穩穩，數半生三十多年事，放懷一笑，吾其歸乎！

※親屬暨親友輓聯

未盡返哺恩，慈親忽爾謝塵世；
痛想承歡日，血淚滂沱呼蒼天。　親喪

淪落天涯，手足相依，何期一旦哭兄喪；
遙念故鄉，椿萱猶在，那堪二老盼兒歸。　兄喪

憶兒時同嬉堂前，鴒原相偕，吹壎讓梨成幻夢；
嘆壯年飄泊海外，雁行忽絕，淒風冷雨痛斷魂。　弟喪

君竟撒手歸陰，遺我寡婦孤兒，煢獨何託？
命也困人太苦，遭此險釁閔凶，天道安論。　夫喪

憶曩年亂離奔波，艱苦共嘗，牛衣對泣，淒切往事成幻夢；
痛今日横遭慘禍，幽明永訣，兒女哀號，死生彼此同傷心。　妻喪

天不憐窮人，清寒家室一朝破；
余眞苦命運，貧賤夫妻百事哀。　妻喪

妹命亦太苦，天涯流離，賴吾兄扶持孤弱，艱辛共歷；
甥輩已成人，涓埃未報，痛阿舅遽謝塵寰，涕泗銜哀。　妹輓兄

撤手忽歸陰，忍看侄兒痛喪母；
齊家有淑德，長留遺徽作壺型。 弟輓嫂

※　※　※　※

我父遘厲虐癥，痛厭病牀，慈顏怛化竟棄世；
兒輩未盡孝養，忽悲風木，血淚汍瀾恨終天。 輓父

亂世游子別庭闈，空懷反哺心，終日惟有思親淚；
失恃噩耗傳旅邸，痛蹈不孝罪，泣血難報慈母恩。 以下輓母

泣血哭萱堂，忍看慈雲散天闕；
傷心負母恩，難將寸草報春暉。

萱堂哭招魂，泣血難追慈母影；
蓼莪未盡孝，終生永慟寸草心。

栝棬澤猶存，詎料慈親歸太古；
庭闈悲冷落，空敎弱女哭高堂。 女輓母

嘆生死如在夢中，老境愴懷卿先去；
看兒孫號泣堂下，呼天搶地我何堪。 以下輓妻

廿餘載亂離奔波，艱苦共嘗，糟糠相安，悽惻往事成幻夢；
一霎時急疾怛化，無言而逝，兒女哀號，死生彼此同傷心。

結褵四十載，相伴教壇，棫樸共絃歌，君忽歸陰，鸞鏡孤影痛腸斷；
遺著千萬言，憂懷家國，兒女須訓誨，我當繼志，泉台有靈可心安。　以下輓夫

嘉耦結恩緣，與君同心齊家，方幸得遂偕老願；
良人忽謝世，遺我寡婦孤女，痛哭難挽離魂天。

自幼隨母侍翁，偉哉慈惠難忘，痛念往事成幻夢；
蒙公愛我如孫，悲天蔭依遽失，深愧今生未報恩。　輓外祖

自幼依姊提攜，每慚禾供徐勷粥；
從今辭世永訣，何時再聽女嬃箴。　輓姊

情同尊親，傷心遽失瞻依，空懷遺教；
誼猶父子，悲泣難忘叡訓，未能報恩。　輓義父

絳帳昔高懸，執經問難懷教澤；
黃泉今永訣，焚香致祭賦大招。　以下學生輓師

法學博通中西，愚生不忘受教澤；
後輩慟失典範，大師長逝謝塵寰。

憶昔年業就絳帳，永難忘慈暉懿德；
嘆今日雲潛寶婺，空悵惘瑤池霞光。　學生輓師母

大器方有成，遭此阨運慟短命；
英才忽凋落，慘然失望最傷心。　師輓生

壯猷振軍聲，英雄克難著盛績；
忠勇垂典範，將星慘淡隱鴻蒙。

以下輓各界親友

報國早從戎，戰績輝煌，英名應登忠勇傳；
與君爲知己，良朋忽喪，傷心痛賦招魂詩。

爲教育而勞瘁，早著令名，霽月光風留遺範；
嘆浮生兮若夢，從此作古，青天碧海悵招魂。

倡科學教育，格物致知，人才蔚起沾化雨；
痛宗師遽喪，招魂無術，枌榆慘淡失輝光。

清譽滿閭閻，憶當年爲宰桑梓，口碑載道；
耆彥謝塵世，痛今日往事雲烟，人鑑昇天。

知交在議壇，道誼相親稱至契；
耆賢謝塵世，陰陽邈隔慟傷神。

爲盡職而蒙難，最可恨莠徒兇殘，目無法紀；
痛捐軀於非命，更堪憐妻兒環泣，身後蕭條。

俠義熱腸，救厄扶顛，待我如同手足愛；
遘厲虐疾，死生永訣，傷心未報涓埃恩。

音容謝塵寰，魂返之罘尋舊夢；
德範昭桑梓，名著蓬萊列仙班。

昔年爲報界宿星，口誅筆伐奸類喪膽；
今朝痛鄉賢作古，人亡誼存親友傷心。
抗戰保鄉，毅勇効忠，回首往事成幻夢；
教育後輩，力疾盡職，傷心此夕隕文星。
哲嗣已成名，宏論藝文著盛譽；
良朋俱來弔，斜風細雨悵招魂。
往事化雲烟，猶記得故鄉抗戰，共歷艱險；
浮生如幻夢，最可嘆天涯淪落，抱恨長終。
詞曲名家，唱玉聯珠餘音在；
雅頌佳什，班香宋艷永世存。

輓詞曲家

耆宿歸道山，桑梓親友齊灑淚；
翼星隱鞠部，梨園弟子奏苦聲。

輓戲劇家

生平廣佈福音，普渡羣衆開大道；
今日修成正果，忽奉榮詔赴帝宮。

輓田主教

天上沉婺星，光顯菩薩證妙果；
人間喪賢母，我與吾友同銜哀。

輓友人之母此母信佛

興學惠後生，慈雲遺澤留蓬島；
歸眞證妙果，仙會應詔赴瑤池。

輓女校董

以下輓親友夫人

懿德咸欽，齊家相夫昭彤史；
壼範永在，淒風冷月殞婺星。

彤史著徽音，教子成名垂懿範；
白雲空悵望，招魂無術弔壼型。

以德相夫，有孟光賢風，令名應登列女傳；
持家教子，繼歐母懿範，遺訓可增內則篇。

鴻案相莊，寒夜鵑啼驚幻夢；
鸞儔遽散，靜園花謝泣斜陽。

奸與諜合謀陷害，大仇未報，卅載如幻夢，君在何處？敬賦招魂來享祭；
我隨兄連坐冤枉，備罹酷刑，九死餘殘生，今傍暮年，抱病悲痛恨難消。　（張敏之卅週年忌辰）

神明秉威權，賞善殛惡，奸慝難逃因果報；
我佛灑法雨，度厄消災，冤魂同登極樂天。　超度冤案亡魂法會

此老已登仙，永顯光風霽月；
大德必得壽，何分天上人間。　冥壽

※墓門聯

滿山靈草仙人藥；
一徑松風處士墳。　徐大椿自撰

山水鍾靈生玉樹；
子孫永世薦馨香。

※輓　詩

秋宵薤露倍淒涼，忽見耆星隕大荒，人鑑儀型垂德範，雲車風馭赴仙鄉。

經文緯武詩千首，棄世歸眞天一方，味筍齋翁長逝矣，傷心難再會華岡。（輓姚宗）

英年文武早稱名，護法討袁舉義兵，蒿目時艱任要職，素懷澹泊老儒生。

詩情雅正得眞樂，宦海風波恬不驚，大耋耆星從此隱，吟壇淒楚賦悲聲。（輓張維翰）

慈惠藹春風，返樸化身成仙去；

葭莩憶舊雨，傷心紈紼送君歸。

惠我溫存，實如手足相依，誼篤情深，那堪揮淚傷永訣；

招魂無術，惟祈泉台安息，生前心願，恭負全責答所期。

悵望高風，君去應爲蓉城主；　倏然撒手而歸，浮生叵測如幻夢；

空懷舊誼，我來悲賦蒿里歌。　無可救藥之症，天道竟忍厄善人。

生寄死歸，妙道玄通，君祿未終有來世；

鄉誼學友，海外凋零，我心忉怛倍傷神。

陽明山上景如舊，憶往年櫻花開矣，樽酒言歡，常隨芳踪暢遊興；

春旭樓頭月淒涼，痛今日蕙帳空兮，人琴俱杳，惟留塵榻紀餘哀。

一夕喪斯人，可痛冥數難留，頓教親友齊隕涕；　遠客方懷歸，正念舊情思舊雨；

百年原過客，所傷海外淪落，忍看妻兒泣寒風。　異邦聞噩耗，遙向故國弔故人。

蕙帳空兮，遽返道山賦歸去；
伊人杳矣，悲對遺影話生前。

曼倩雅諧，胸懷豁達，何期今朝長作古；
彥方高誼，鄉閭共稱，永留芳徽遺後思。

卅載爲至交，憶當年甘苦共嘗，往事不堪重回首；
一旦傷永訣，痛此後陰陽相隔，問君何處可招魂。

道義交深，憶數年學壇共事，最知己；
浮生幻化，痛一朝人琴俱亡，弔遺容。

報國早從戎，妙擅岐伯神技，濟世救人著盛德；
與君爲知己，忍見曼卿仙去，停雲落月倍傷情。

知兵善謀料敵如神，憶當年仗劍遠征，將軍運籌輒奏凱；
枕戈待旦同舟共濟，痛今日大星忽殞，故人揮淚賦招魂。

韜略早稱名，疆場奏功，此老應登忠勇傳；
耆英忽謝世，桑梓含泣，後生安仰磊落風。

兩世敦深交，夙承隆誼叨訓誨；
一旦傷永訣，空負提攜未報恩。

人世多憂患，不意厄運忽來，覆車無情惡作祟；
秋景正淒涼，痛念老成凋謝，寒泉流水助哀聲。

如斯善人，竟偪其投淵自盡，叔世惡風眞可畏；
多少憾事，無奈何殺身了責，滿腔孤憤痛難言。

一見即知心，幸海外識荊，訪道請業欣有託；
十載感麗澤，嘆人間如夢，落月招魂恨無窮。

百戰著英名，沙場奏功，銅馬赤眉皆喪膽；
一朝辭塵世，桑梓失色，碧海青天慟招魂。

德星隱鴻濛，白馬素車傷永訣；
人間喪耆老，青天碧海悵招魂。

※輓沈鴻烈

抗敵奏膚公，著百戰勳勞，乃當代儒將；
治民有善政，留兩袖清風，作後世官箴。

十載主政青市，召伯甘棠存遺愛；
一朝駕返玄圃，天門海國悵招魂。

治軍渤海，主政青魯，爲儒門名將；
啓駕道山，赴詔玉樓，是天上列星。

※輓書法家周鈞亭

魯公妙筆超俗傳神，早顯書法振藝苑；
曼卿高風有求必應，尙留墨寶在人間。

書法久蜚聲，碧落黃庭留至寶；
典型喪耆老，素車白馬賦招魂。

※輓張校長

奸慝恣暴行，使賢良蒙冤，天必有報；
人生本是夢，看兒女成器，君可慰心。

※輓石院長

精擘法學，早著榮名，博貫中西闡公理；
勞瘁教育，遽傷怛化，無數桃李泣秋風。

※輓節母

清節厲冰霜，事親盡孝，敎子成名，國史應修賢母傳；
浮生如幻夢，慈竹凋風，靈萱怛化，坤儀痛留內則篇。

柏舟勵清操，養親撫孤，皓髮蓋棺心事了；
桑梓頌懿德，返樸歸寂，素車弔客淚痕多。

※輓友人妻

悲吾友遽賦悼亡，蘭閨寂寂空遺恨；
聽諸兒相對哭泣，姮娥夜夜淒斷魂。

※輓宋哲元夫人

相夫君主政翼察，不喪權，不辱國，首舉抗戰義旗，忠貞威名耀宇宙；
敎後生報效邦家，有懿訓，有慈惠，備受栽培厚澤，壼範謝世哭雲天。

※輓某財政長官

昔年邑談經濟大計，偉乎宏論，互相辯難，志道契合，情愈篤；
今日頓喪麗澤良朋，悲哉永訣，空懷風儀，舊誼常存，思無窮。

※生輓師

敎澤猶存，不忘春風化雨；
德言頓杳，痛失文壇良師。

桃源避暴秦，幾歷秋風凜勁節；
杏壇傳儒學，遍灑春雨啓後生。

※師輓生

桃李成空花，目秀眉清，餘想像；
蓬萊屬幻境，雲車風馬，最傷情。

數載從遊，晴窗雪案憶舊夢；
一朝永訣，白雲紅葉弔英魂。

廿載師弟情深，風塵流離，憂患轗軻悲往事；
數月病魔苦難，醫藥罔效，傷心桃李成幻花。
終軍正少年，請纓待機，有志未酬，失足竟成千古恨；
靈均紀念日，划船憑弔，繼踪長逝，傷心最是五月天。
苦學著榮名，方期桃李英華成碩果；
秋風多悲感，那堪薤露蒿里賦招魂。
汝方正在強年，英勇有爲，慟不幸雋才拔萃早夭折；
我已飽經憂患，煩惱多端，更那堪老淚縱橫哭後生。

※輓同學

才氣冠同儕，萬里長風爲前導；世事太無常，傷心遽然喪益友；
浮生成幻夢，一夜無語返太虛。音容渺何處，痛君倏爾作古人。
幼同學，壯同行，邦家正多難，方期乘風歸去殺敵雪恥；
志未伸，才未盡，天道亦叵測，詎料凌雲不返抱恨終身。

※追悼陣亡將士聯

著者於抗戰時期，率游擊隊，與敵寇苦鬥，在戎馬倥傯中，對每次戰役之殉難烈士，皆未暇舉行悼祭。勝利後，乃在青島舉行追悼典禮，當時所作之聯語頗多，今搜得殘餘之稿數則，聊誌於此，撫今追昔，真不勝悲感也。

英風壯烈，敵寇寒心，痛憶抗戰時殺身成仁，爭得勝利；
春光駘蕩，河山生色，敬當清明節焚香致祭，聊慰忠魂。

國運多艱，憶當年外寇兇狂，慷慨捐軀，誓滅強敵；
忠魂有靈，睹此日內賊叛亂，怒憤切齒，大罵羣奸。

灑碧血爭取勝利，河山生色，強寇絕踪，浩氣不泯，應化作長城，永保邦祚；
痛黑暗瀰漫社會，蟊賊作亂，貪官誤國，忠魂有靈，當變爲厲鬼，以誅羣奸。

與敵奮鬪，拚大好頭顱，灑盡一腔熱血；
爲國捍患，願凜烈忠魂，化作萬里長城。

圖報效於邦國，榮辱不計，威武不屈，蹇蹇忠懷昭日月；
爲正義而犧牲，睢陽之齒，常山之舌，凜凜浩氣塞乾坤。

保衞魯東，艱苦抗戰，英名媲美檀道濟；　與強寇奮鬪，忠勇効命，危局獨支，作魯東柱石；
死守膠邑，見危授命，壯烈直同張睢陽。　被羣妖包圍，壯烈殉難，英靈不泯，爲天上將星。

羣賊如潮，寡衆難敵，將軍此死非戰罪；
大厄臨身，見危授命，英雄本色不苟生。

爲國家効命，胸懷奇韜，艱險備歷，精忠貫日敵寇伏；
遭豺狼惡刼，身受重創，慷慨自盡，氣節凌霜天地知。

英名震魯東，致使倭寇寒心，奸類喪膽；　艱苦抗戰，將星忽殞，萬頃滄海軍民淚；
將星歸天上，空聞寶劍飛鳴，戰馬長嘶。　壯烈殉難，英靈不泯，千仞勞山功德碑。

※祠廟聯　孔廟

觀於海者難爲水，道若江河，隨地可成洙泗；
譬如天之不可階，聖如日月，普天皆有春秋。
氣備四時，與天地日月鬼神合其德；
教垂萬世，繼堯舜禹湯文武作之師。

※孟廟

千里而來，何必曰利？亦有仁義而已矣；
百世之下，莫不興起，況于親炙之者乎！

※留侯廟

椎擊則剛，箸籌則柔，智勇在豪俠聖賢之間，豈獨項王莫能敵；
報仇而來，託仙而去，品節出富貴功名以外，自非漢祖所得臣。

※南陽臥龍岡武侯祠

巾扇任逍遙，試看抱膝長吟，高臥尙留名士迹；
井廬空眷戀，可惜鞠躬盡瘁，歸耕未遂老臣心。
立品於莘野渭濱之間，表請出師，兩朝勳業驚司馬；
結廬在紫峯白水以側，曲吟梁父，千載風雲起臥龍。

※關公廟

史官評余曰矜，妄矣！視吳魏諸人，直同豎子；
後世稱吾爲帝，敢哉？按春秋大義，獨是漢臣。

一戰剪黃巾，隸視孫權，鬼看曹瞞，浩氣至剛震今古；
三分延赤鼎，心輔蜀漢，節著荊吳，大義凜列本春秋。

浩氣塞天地，掛印封金，神武剛烈，視富貴如塵土；
大義秉春秋，扶漢抗魏，羣倫崇祀，上尊號稱帝君。（著者撰）

※張睢陽廟

男兒死耳又奚言，若論唐室元勳，四百載功名豈輸李郭；
父老談之猶動色，但顧揚州都督，億萬年魂魄永鎮江淮。

※岳武穆墓

青山有幸埋忠骨；
白鐵無辜鑄佞臣。

正邪自古同冰炭；
毀譽于今判僞眞。

※朱文公祠

刪定贊修，直千古同功，較漢唐訓詁諸儒，仰高山而倍切；
德性學問，原兩端並舉，任陸王紛紜異說，撼大樹以何能。

※濟南大明湖鐵公祠

湖尚稱明，聞燕子龍孫，不堪回首；
公眞似鐵，惟景皮方血，差許同心。

※袁崇煥祠

天命攸歸，萬里長城宜自壞；
人心不死，千秋輿論有公評。

※西湖于忠肅公祠

千古痛錢塘，並楚國孤臣，白馬江邊，怒捲千堆夜雪；
兩朝冤少保，同岳家父子，夕陽亭裏，堪傷兩地風波。

※鄭成功祠（一、唐景崧作。二、沈葆楨作。）

由秀才封王，拄撐半壁舊山河，爲天下讀書人頓生顏色；
驅外夷出境，開闢千秋新世界，願中國有志者再鼓雄風。

開萬古得未曾有之奇，洪荒留此山川，作遺民世界；
極一生無可如何之遇，缺憾還諸天地，是創格完人。

※梅花嶺史可法墓祠

殉社稷只江北孤臣，剩水殘山，尚留得風中勁草；風雪江天，弔古剩一輪明月；
葬衣冠有淮南抔土，冰心鐵骨，好伴取嶺上梅花。衣冠邱壠，招魂有萬古梅花。

※洪楊之亂揚州殉難將士祠

烽火話當年，看城邊楊柳千條，猶見將軍壁壘；
馨香隆奕祀，分嶺上梅花數點，傍依閣部祠堂。

※江南提督陳化成祠（陳殉難於洪楊之役，祠在吳淞）

昔時未讀五車書，雅量清心，溫如玉，冷如冰，是大將實是大儒，使天下講道論文人愧死；
此日竟成千載業，忠肝義膽，重於山，堅於石，忘吾生不忘吾職，任世間寡廉鮮恥輩偷生。

※石鐘山湘軍昭忠祠（一、曾國藩作。二、彭玉麟作。）

巨石咽江聲，長鳴今古英雄恨；
崇祠彰戰績，永奠湖湘子弟魂。

忠臣魄，烈士魂，英雄氣，名賢手筆，菩薩心腸，合古今天地精靈，同此一山結束；
彭蠡烟，湓浦月，潯陽濤，馬當斜陽，匡廬瀑布，挹南北東西勝概，全憑兩眼收來。

※西湖忠義墳

兩載守孤城，當援絕糧空，惟有殉身報國；
千秋光吉壤，共山青水碧，允宜嘉節褒忠。

※佛寺

龍舸渡迷津，發大慈雲，只要衆生回首；
山門開覺路，入歡喜地，更進十住安心。（康有爲作臺北龍山寺聯）

刼後現金身，依然護一徑松雲，散諸天化雨；
塵中袪俗慮，到此讀數行寶偈，聽幾杵疏鐘。

恨諸惡，悖道妄爲，因此金剛怒目；
悲衆生，迷途不返，所以菩薩低眉。

寶筏渡迷津，願衆生同超苦海；
覺輪遊大地，隨吾佛共到靈山。（臺中寶覺寺）

※道觀

天下名山僧佔多，也留一二勝地棲吾道友；
世間妙語佛說盡，誰知五千眞言出我先師。

樵語落紅葉；
經聲留白雲。

泉石烟霞有至樂；
松蘿風月暢幽懷。

掃地臥青牛，石洞烟霞萬古；
吹簫翔白鶴，蓬壺歲月千秋。

心鏡虛明，長松皓月；
仙源縹緲，春水桃花。

※官署聯　徐士林題江蘇臬署

看堦前草綠苔青，無非生意；
聽墻外鴉啼鵲噪，恐有寃魂。

※曾國藩題兩江總督署

雖聖賢難免過差，願諸君讜論忠言，常攻吾短；
凡堂屬略同師弟，使僚友行修名立，方盡我心。

※張之洞題湖廣總督署

北起荆山，南包衡嶽，中更九江合流，形勝稱雄，楚尾吳頭一都會；
內修吏治，外肆兵戎，旁兼四夷交涉，師資不遠，林前胡後兩文忠。

※周廷綬題武昌府署

十城表率，九郡先驅，億萬姓屬目相看，刑賞惟求孚衆志；
廿載司曹，一麾出守，二千石仔肩孔鉅，清勤不敢負家聲。

※淮安官署

政事值餘閑，且喜門近東塘，放眼看朝潮夕汐；
官箴期共守，却好地臨北寺，警心聽暮鼓晨鐘。

※阮元題杭州貢院

下筆千言，正桂子香時，槐花黃後；
出門一笑，看西湖月滿，東浙潮來。

※邵友濂題臺灣府學

從甲峯迤邐而來，鍾毓靈奇，相期文章千古，學術千古；
值丁賦清平以後，經綸富庶，勿忘生聚十年，教訓十年。

※劉銘傳題臺灣府學

千萬間廣厦宏開，遍鹿島鯤洋，多士從茲承敎育；
三百載斯文遠紹，看鸞旂鼉鼓，諸君何以答昇平。

※公共場所　鮑源深題貴陽江蘇會館

秋來黃葉成村，對景忽生歸櫂想；
雨後青山滿郭，登樓常作故鄉看。

※俞樾題杭州安徽會館

遊宦到錢塘，飲水思源，喜兩浙東西，與歙浦江流相接；
鍾靈自灊嶽，登高望遠，問雙峯南北，比皖公山色如何？

※育嬰堂

所謂仁人，必以濟物利民為本；
乍見孺子，皆有怵惕惻隱之心。

※朱竹垞題施粥廠

同是肚皮，飽者不知飢者苦；
一般面目，得時休笑失時人。

※難民所春聯

憶當年歲時伏臘，烹羊炰羔，敬天地，祭祖先，欣然歡述天倫樂；
嘆此日啼飢號寒，顛沛流離，別父母，棄妻子，傷哉痛穿難民心。

※茶亭

四大皆空，坐片刻無分爾我；
兩頭是路，吃一杯各自西東。

※酒樓

勸君更進一杯酒；

與爾同消萬古愁。

世路難行錢作馬，

愁城不解酒爲兵。

長亭楊柳引詩客；

春雨樓臺醉杏花。（著者撰長春酒樓聯）

※戲臺

堯舜生，湯武淨，桓文丑末，古今來幾般脚色；

日月燈，山河綵，風雷鼓板，天地間一大戲臺。

逢場作戲，把往事今朝重提起；

及時行樂，破工夫明日早些來。（集西廂句）

試看巾幗中，尚有十分丈夫氣；

可憐紗帽下，竟無一個讀書人。

功名富貴盡空花，玉帶烏紗，回首了千秋事業；

悲歡離合皆幻夢，佳人才子，轉眼消百歲風光。（蒲松齡作）

一曲歌來，文武衣冠皆入夢；

三聲鼓罷，窮通奸醜盡成空。（蒲松齡作）

※李篁仙漢口長沙會館戲臺

畫船烟雨下潭州，正此間檀板金樽，樂府翻成望湘曲；

瑤瑟清冷懷帝子，更隔岸梅花玉笛，天風吹送過江來。

※徐州公共會場舞臺

踞地亦何雄，俯聽河聲，仰觀山色，平疇綠野，壯濶清新，集嘉會於林間，定教士女駢肩，兒童累迹；
登臺斯有語，高談國計，痛論民生，大呂黃鐘，激昂慷慨，繞餘音於梁下，想見三軍拊手，萬衆歡顏。

※兒童節會場

佳節近三三，結伴同遊，儘許紙鳶飛綠野；
良辰逢四四，及時行樂，無妨竹馬過青郊。

※名勝古蹟　彭玉麟集唐句題泰山樓

我本楚狂人，五嶽尋仙不辭遠；
地猶鄒氏邑，萬方多難此登臨。

※蓬萊閣

高閣快登臨，欣看萬派朝宗，隱然見鼉梁蜃市；
廻欄資遠眺，聞說三山在望，何處覓圓嶠方壺。

※煙臺毓璜頂小蓬萊閣

傑閣此登臨，且看島嶼廻環，滄波浩渺；
仙山遙想像，眞覺人生泡影，世事雲烟。

※蔡錦泉北平陶然亭

客醉共陶然，四面涼風吹酒醒；
人生行樂耳，百年幾日得身閑。

※何紹基題岳陽樓

一樓何奇，杜少陵五言絕唱，范希文兩字關情，滕子京百廢俱興，呂純陽三過必醉，詩耶、儒耶、吏耶、仙耶，前不見古人，使我愴然淚下！

諸君試看！洞庭湖南極瀟湘，揚子江北通巫峽，巴邱山西來爽氣，岳州城東道巖疆，瀦者、流者、峙者、鎭者，此中有眞意，問誰領會得來。

※江湘嵐題揚州二十四橋

勝地據淮南，看雲影當空，與水平分秋一色；

扁舟過橋下，問簫聲何處？有人吹到月三更。

※金陵瞻園或謂此聯爲黃仲則所作

大江東去，浪淘盡千古英雄，問樓外青山，山外白雲，何處是漢宮唐闕？

小苑春回，鶯喚起一簾風月，看池邊綠樹，樹邊紅雨，此中有舜日堯天。

※黃鶴樓醉仙亭

偶然一枕遊仙，蝶夢是莊莊夢蝶？

莫以半生嗜酒，醒人常醉醉人醒。

※薛慰農題秦淮楊氏水閣

六朝金粉，十里笙歌，裙屐昔年遊，最難忘北海豪情，西園雅集；

九曲清波，一簾風月，樓臺依舊好，且消受東山絲竹，南部煙花。

※昆明大觀樓　建於明代。康熙中昆明布衣孫髯翁撰聯

五百里滇池奔來眼底，披襟岸幘，喜茫茫空闊無邊；看東驤神駿，西翥靈儀，北走蜿蜒，南翔縞素，高人韻士，何妨選勝登臨。趁蟹嶼螺洲，梳裹就風鬟霧鬢，更蘋天葦地，點綴些翠羽丹霞；莫孤負四圍香稻，萬頃晴沙，九夏芙蓉，三春楊柳。

數千年往事注上心頭，把酒凌虛，歎袞袞英雄誰在？想漢習樓船，唐標鐵柱，宋揮玉斧，元跨革囊，偉烈豐功，費盡移山氣力。儘珠簾畫棟，卷不及暮雨朝雲，便斷碣殘碑，都付與蒼烟落照；祇贏得幾杵疏鐘，半江漁火，兩行秋雁，一片滄桑。

※海陽城南門望海亭

海水潮，朝朝潮，朝潮朝落；

波浪漲，長長漲，長漲長消。

※曾國藩題江西吳城望湖亭

五夜樓船，曾上孤亭聽鼓角；

一樽濁酒，重來此地看湖山。

※　※　※　※　※

※姜姓太公祠

念先人榮爲帝王師，更克輔弼聖君，完成弔民伐罪革命大勳，建立周朝八百年基業；

愧後裔雖守祖考訓，未能纘述功烈，惟願尊德樂道追遠盡孝，永奉營丘億萬載馨香。

※齊魯會館在舊金山祭孔聯

大道超時空，天下爲公，洙泗靈源流澤遠；
文教昭日月，世間共仰，齊魯後學薦馨香。

化及萬古以常新，詩書禮樂周易傳；
放之四海而皆準，春秋正義大同篇。

四科設教，聖謨嘉言文章永在；
六經訓世，禮門義路大道光明。

※巴西中國城聯周士奎撰

實施貨殖傳，基礎大同篇，立地頂天，夙夜敢忘堯舜禹湯文武；
發軔崑崙山，留居亞馬遜，繼往開來，子孫仍讀詩書禮樂春秋。

※田園隱居

清風明月自有眞宰；
蒼松勁竹不畏寒冬。

在陋巷學顏子知命；
到漆園與莊叟談天。

此眞農家風光，瓜架荳棚多佳趣；
恰合詩人意境，林泉邱壑發高吟。

不作風波於世上；
自無冰炭在胸中。

高山月出每驚鳥
古木雲深欲化龍

鶯花世界如春夢
煙雨樓臺似畫圖

蝸牛入席問奇字
鳧雁親人識夜航

宅河離世鼓方叔
流水知音鍾子期

簾外澹烟無墨畫
林中疏雨有聲詩

靜者心多妙
飄然思不羣

山蟬曳響穿疏戶
野蔓涵青入破窗

雨樹煙村顯然畫譜
白雲紅葉妙哉秋光

古徑無人到
深堂有月來

上古大椿八千歲
崑崙琪樹一萬株

野竹有高節
靈禽無俗音

第四章　公　文

第一節　總　論

一、名　稱

公文古稱「官書」，周禮天官「宰夫、掌百府之徵令，辨其八職……六曰史，掌官書以贊治」。又稱文書，漢書刑法志「晝斷獄，夜理書」，注云「服虔曰：始皇省讀文書」。中論譴交篇云「文書委於官曹」。又稱文牘，元廼賢詩云「文牘日繁冗，民力愈疲竭」。晚近則稱爲公文或公牘。

二、公文之意義

公文爲處理公務之文書。依此意義，公文必須具備左列二要件。

㈠必須爲有關公務之文書：文書本有私文書與公文書之別，文書若僅由私人撰述，既非處理公務之作，亦與公務無關，例如私人之信函、著作，僅得謂之私文書。故公文必其文書與公務有關，此爲公文應具備之第一要件。

㈡文書之處理者，至少須有一方爲機關：機關與機關間因處理公務而往返之文書，其文書之處理者，雙方均爲機關，故謂之公文。其機關因處理公務而與人民往返之文書，其文書之發出者或收受者，至少有一方爲機關，故亦得稱爲公文。此爲公文應具備之第二要件。

所謂機關，應包括官署，及非官署性質之機關（例如民意機關、國營事業機關等）；所謂人民，應包括個人，及人民之團體（例如各種職業團體、文化團體、及其他社會團體）。凡官署相互間、官署與團體間往返之文書，自均稱爲公文。至於團體相互間及團體與人民間往返之文書，是否亦得稱爲公文，則須視團體之性質及其在法律上所處之地位，以及其他法令有無特別規定以爲斷。

三、公文程式之意義

公文程式者，謂公文所應具有之一定程序與格式。就公文之程序言，例如：上級機關對於所屬下級機關行文用令，下級機關對於上級機關用呈，同級機關或不相隸屬之機關用函，機關對於人民用通知，人民對於機關用申請書，以及公文除應分行者外，並得以副本抄送有關機關，均屬於公文之程序範圍。就公文之格式言，例如：機關公文應由機關長官署名蓋章應蓋用機關印信，並記明年月日時及發文字號，公文得分段敍述冠以數字，以及公文文字應加具標點符號，均屬於公文之格式範圍。綜合公文之程序與格式而言，是爲公文程式。

惟公文程式條例所規定之公文程式，側重機關對於本機關以外行文之程式；至於各機關內部之公文程式，則以屬於各機關內部之公文處理問題，其程序及格式，多不畫一，故未嚴格加以規定，因此本章選錄公文，皆就現行公文程式條例所規定之種類，舉例示範，以供隅反；至於各機關內部通用之公文，如簽呈、報告之類，皆僅於第二節「公文分類」、「公文用途」中，略加說明，不再舉例。

四、公文程式之沿革

公文程式，代有沿革，文心雕龍上溯軒轅唐虞，分公文爲詔策、檄移、章表、奏啓、議對五大類。古文辭類纂總括公文爲詔令、奏議兩大類，前者爲下行公文，後者爲上行公文。經史百家雜鈔亦循此例而述其淵源謂「詔令類，上告下者。經如甘誓、牧誓、大誥、康誥、酒誥等皆是。後世曰誥、曰詔、曰令、曰諭、曰敎、曰敕、曰璽書、曰檄、曰策令，皆是」。「議奏、下告上者。經如皐陶謨、無逸、召誥、及左傳季文子、魏絳等，諫君之辭，皆是。後世曰書、曰疏、曰議、曰奏、曰表、曰劄子、曰封事、曰彈章、曰牋、曰對策，皆是」。往代之公文程式，大致如上。

民國元年，由南京臨時政府，制定公文程式，頒布施行，此後屢經修訂，至四一年七月行政院所擬之公文程式條例修正草案，經立法院修正通過，總統明令公布後，乃成爲最近現行之公文程式條例。玆將民國以來各次公布之公文程式，列一簡表，明其沿革，並錄現行公文程式條例於後，以便參考。

民國以來公文程式種類沿革表

次數	公布日期			名稱	種類
	年	月	日		
一	一	十二	六	令、布告、狀、咨、公函、呈、批。	七
二	三	五	二六	一、令、咨（大總統公文程式）。 二、封寄、交片、咨呈、咨、公函（大總統府政事堂公文程式）。 三、呈、詳、飭、咨、咨呈、示、批、稟（官署公文程式）。	十五
三	五	七	二九	大總統令、國務院令、各部會令、任命狀、委任狀、訓令、指令、布告、咨、咨呈、呈、公函、批。	十三

四	十六	八	十三	令、通告、訓令、指令、任命狀、呈、咨、咨呈、公函、批答。	十
五	十七	六	十一	令、訓令、指令、布告、任命狀、呈、公函、狀、批。	九
六	十七	十一	十五	令、訓令、指令、布告、任命狀、呈、咨、公函、批。	九
七	四二	十二	二二	令、咨、函、公告、通知、呈、申請書。	七

現行公文程式條例

中華民國四十一年十一月十一日立法院通過
中華民國四十一年十一月二一日總統令公布

第一條　稱公文者，謂處理公務之文書，其程式除法律別有規定外，依本條例之規定辦理。

說明：原條例（係指國民政府十六年八月公布，十七年十一月十五日修正公布之公文程式條例）暨修正案（係指行政院三十一年六月二十六日修正之條例第一條，均定為「凡稱公文者，謂處理公務之文書」），尙覺簡賅，本條例仍照舊，惟增加「其程式除法律別有規定外」一語。所謂法律別有規定，如司法機關之裁判書，行政機關之訴願決定書等類公文，在民刑訴訟法及訴願法等，均已另有規定，其程式自不適用本條例之規定。又外交文書，自應依照國際慣例辦理，亦毋庸予以規定。

第二條　公文程式之類別如左：

一、令　公布法令，任免官吏，及上級機關對於所屬下級機關有所訓飭或指示時用之。

二、咨　總統與立法院、監察院公文往復時用之。

三、函　同級機關或不相隸屬之機關有所洽辦、通報或答復時用之。
四、公告　對於公衆宣布事實或有所勸誡時用之。
五、通知　機關對於人民有所通知或答復時用之。
六、呈　下級機關對於上級機關有所呈請或報告時用之。
七、申請書　人民對於機關有所聲請或陳述時用之。
前項各款之公文，除第四款外，必要時得以電或代電行之。
說明：一、原條例及修正案均規定「令」、「訓令」、「指令」三種，惟過去對於應指令之事項，亦可以訓令行之，實無强爲畫分之必要，玆新條例概稱爲令，以期簡化。
二、原條例有咨，規定「同級機關公文往復時用之」。修正案內無，而本條例已規定同級機關公文往復時用「函」，依憲法第六十九條之規定，總統對立法院用「咨」，總統對監察院行文亦用「咨」，故擬明定「咨」爲總統與立法院及監察院公文往復時之專用名稱。
三、原條例有「公函」，修正案改爲「函」，玆以「函」爲各機關所通用，故擬照列。
四、原條例修正案，均規定有「布告」，係對於公衆宣布之文書，爲名實相符起見，故改稱爲「公告」。
五、修正案增列通知，爲原條例所無，玆仍照列。又各機關意見多數主張於人民不應用「批」，玆擬對於人民有所通知，或對人民之申請有所答復時，均明定以「通知」行之。
六、原條例祇有「呈」，修正案增列「報告」，玆爲簡化起見，仍列「呈」一種，爲一般下級機關向其直屬之上級機關有所報告或呈請時所使用之名稱。

七、原條例規定人民對於公署有所呈請時用呈，修正案規定人民對於機關有所呈請時用呈或報告，本條例規定人民對於機關有所聲請或陳述，以別於機關下級對上級之行文起見，改用「申請書」。

八、公文用「電」，旨在急速；「代電」原為「快郵代電」之縮寫，次急者用之。民國二十六、七年抗戰期間，羽書旁午，公文多屬急件，故多採用「電」或「代電」。又不相隸屬之機關，以彼此官階懸殊，稱謂不便，亦多以「電」或「代電」代之，以求簡便。茲擬規定「電」或「代電」於必要時行之，以期適合實際上之需要。又本條例所規定公文程式之種類，係僅指機關對於外部之公文而言，至於各機關內部所通用之程式，例如摺呈、簽呈等類程式，並不包括在內，亦不必予以規定。

第三條　機關公文應蓋用印信，並由機關首長署名蓋章（官章或私章），或蓋簽字章，其依法應副署者，由副署人副署之。

機關印信因損壞、遺失，或一時不能使用而公文急待送發時，得暫借蓋其他機關印信。

說明：本條例乃規定公文應具備之形式要件，係依據修正案予以增改，除機關首長為主要署名蓋章者外，如副主管或負主要部門責任者，依法亦應副署之。又本條例第二款規定，機關印信因損壞、遺失或一時不能使用時，得借蓋其他機關印信，實因公文急待發送，使不致延誤時效起見，故有此規定。

第四條　機關首長出缺，由代理人代理首長職務時，其機關公文應由代理人署名。

機關首長因故不能視事，由代行人代行首長職務時，其機關公文除署首長姓名，註明不能視事事由外，應由代行人附署職銜、姓名於後，並加註「代行」二字。

說明：本條例係新增，爲機關首長調長其他單位，或因他故暫時出缺，由代理人代理首長職務時，特規定公文由代理人署名。本條例第二款規定，爲機關首長公出因病或他故而不能視事時，公文往還應由代行人代拆代行，故有此規定。

第五條　人民申請書，應署名蓋章，並註明性別、年齡、職業及住址。

說明：本條係新增，爲使人民之申請書鄭重及受理機關便於處理起見，故新增列本條。

第六條　公文應記明國曆年月日，機關公文應記明發文字號。

說明：本條修正案及修正草案，並不單獨規定，均已包括在其他條文內，現經特別規定，旨在使公文簡化。俾辦理人員易於遵循。機關公文應記明發文字號，人民之聲請書或訴願書等則可不必。

第七條　公文得分段敍述，冠以數字。除會計報表、各種圖表或附件譯文得採由左而右之橫行格式外，應用由右而左直行格式。

說明：本條係新增。按公文分段敍述，而冠以數字，旨在使其「簡單」、「明瞭」。除會計報表及各種圖表或附件譯文得採由左而右之橫行格式外，其他公文應一律由右而左直行書寫。

第八條　公文除應分行者外，並得以副本抄送有關機關或人民，收受副本者應視副本之內容爲適當之處理。

說明：本條係增列，因近來機關行文，多以副本抄送有關機關，就加强聯繫與增進效率言，實爲可取。

第九條　公文文字應簡淺明確，並加具標點符號。

說明：本條係新增列，因過去之公文，往往繁冗深奧，使閱讀公文者深感不便，今特規定公文文字應簡淺明確，並加具標點符號，使閱者一目了然。在講求效率言，辦理人員亦可節省時間。

第二節　公文種類

一、現行公文之分類

現行公文分類，依公文程式條例之規定，有令、咨、函、公告、通知、呈、申請書等七種。依其行文之系統，可分為上行文，平行文、下行文三類：

㈠上行文　為下級機關或人民，向所屬上級機關及其他高級機關所為意思表示之文書。

㈡平行文　為同級機關相互對待所為意思表示之文書。

㈢下行文　為上級機關對所屬下級機關或人民，所為意思表示之文書。

上列公文三類，每類均包括若干性質不同之文書，玆就現行公文程式條例規定之七種列舉如後：

㈠上行文　呈（機關用）、申請書（人民用）。

㈡平行文　咨、函。

㈢下行文　令（包括原訓令　指令）、公告、通知（原用批）。

其在公文條例規定之外，應事實需要，而為一般機關所通用者，尚有多種，玆略舉如後：

㈠上行文　簽呈、說帖、節略、條陳、報告書、意見書、建議書、請願書等。

(二)平行文　箋函，通知、通告等。
(三)下行文　手諭等

二、各種公文之用途

一、上行文：

(一)呈　下級機關對於上級機關有所呈請或報告時用之。呈爲呈送奉上之意，故向上司用文書有所陳述謂之呈。舊例，凡下級機關對於上級機關或人民對於機關皆用呈。現行公文程式條例，規定下級機關對上級機關用呈；而人民對於機關有所陳述，則別立申請書一目。

(二)申請書　人民對於機關有所聲請或陳述時用之。申請有陳述及請求之意，故人民向機關有所陳述、請求之文書，謂之申請書。此一程式，始於現行公文程式條例，實即等於呈文，特別立新名，俾不與機關所用之呈文相混而已。

一、平行文：

(一)咨　咨文舊爲同級機關往來時所用之文書，現行公文程式條例規定惟總統與立法院、監察院公文往復時用咨，其餘同級機關皆用函。蓋立法監察兩院，皆由民選委員所組成，其院長之產生，亦由互選而不由任命，總統與兩院公文往復時用咨，深爲符合民主精神。按咨有咨詢商洽之意，與令文含有强制性與拘束力者不同，依其性質可分爲咨請、咨會、咨復、咨查、咨送五種

(二)函　同級機關或不相隸屬之機關有所洽辦、通報或答復時用之。原稱公函，本爲不相屬之機

關公文往復時用之。現行條例省去「公」字，而舊時同級機關公文往復時所用之咨，皆歸入函之領域。

三、下行文：

（一）令　令之本義爲發號施令，故含有强制之意思。受令機關奉令後即應遵行，不得有所延宕。依現行條例所規定之用途，共有四種：①公布法令；②任免官吏；③上級機關對於所屬下級機關有所訓飭；④上級機關對於所屬下級機關有所指示。在舊條例中，令凡分三種：一爲命令，簡稱令；二爲訓令；爲指令。令及訓令皆爲主動之下行文。令於公布法令，任免官吏時用之。訓令爲對下屬有所訓飭或差委時用之。指令爲被動之行下文，當下級機關請示、要求或呈報，有所答覆指示時用之。現行條例合爲一種，總稱爲令，而訓令、指令之用途，分別規定爲令之第三第四兩種用途。類別簡化，而內涵不變。

（二）公告　原稱布告，爲對公家宣布事實或有所勸誡時所用之文書。其用途有四：一爲曉示，用於官吏就職及行政上有所興革，向民家公告。二爲宣告，用於公布國家或地方所發生重要事件之詳情等。三爲示禁，即對於妨害國家或社會之事物，出示禁止。四爲徵求，凡應行政需要，徵求人力物力，或徵求人民意見等用之。

（三）通知　機關對於人民有通知或答覆時用之。在現行公文程式條例未施行前，謂之批。其用途與令略同，惟令用於機關官吏，批則用於人民。內容可分四種：一爲核准，爲對於所申請事項，經審核准予辦理。二爲不准，爲對所呈請事項，不予准許。三爲候核，爲對所呈請，尚須候核示遵。四爲駁斥，爲對所呈請事項指摘不合，予以批斥。內容大略與批相同，惟措辭多改爲平行文用語。

四、電及代電：

依現行公文程式條例規定，除公告以外之公文，必要時得以電或代電行之，是電或代電之效能，兼及公文中之呈、申請書、咨、函、通知、令等之作用。惟「電」因拍發關係，不便分段繕寫，亦不需標點、抬頭、摘由、結束語等。其起首語通常爲「某某機關」「某某職銜」，而於機關名稱之上，冠以機關所在地之地名，並或冠以「特急」、「火急」或「限某時某刻到」等字句，以示電文之緊急性及時間性。結尾則署發電機關名稱或發電者職銜姓名。最後則爲日期。每以十二地支代月，而以詩韻韻目代日。至於電文措詞，自應力求簡潔。惟簡潔之中，仍宜明顯而不疏漏耳。

「代電」爲以前公文中「快郵代電」之縮寫，用於次急之公文。其格式本與「電」同，特不用電拍發，而交郵遞寄。但近年來各機關用代電時，幾與函呈等類公文之格式完全相同矣。

五、條例規定以外一般機關所通用之公文：

甲、上行文：

（一）簽呈　同一機關之下級人員，對上級人員有所請示，或要求時，常用簽呈。其程式大都起首用「敬呈者」，中間敍事，下署職銜姓名謹簽。

（二）說帖　屬員對長官有所陳述，而文字較長時，可於正式呈文之外，附一「說帖」，做爲呈文之附件。如此，則呈文只須扼要敍述，不至有冗長之患。其程式用白摺書寫，正面上半段中間，寫「說帖」二字，內頁起首用「敬呈者」，下署職銜姓名。

（三）節略　屬員對長官須將某一事件之情況大略陳述時，可用「節略」。其程式與說帖大致相同，惟將「說帖」二字改爲「節略」，「敬呈者」改爲「敬略者」，末署某某官謹略，即可。

(四)條陳　屬員對長官須將某一事件所擬辦法，分條陳明時，可用「條陳」。其程式與「說帖」「節略」相同，惟正面改寫「條陳」二字。以上「說帖」「節略」「條陳」三種，本以同一系統之單位主管，對上級長官應用時爲多。惟現時「簽呈」之用，已不局限於本機關以內之職員。此三種程式，已漸爲簽呈取而代之。

(五)報告書　機關職員奉委調查或考察某一事件，復命時，須將調查或考察所得情形呈覆長官，如不用正式呈文或簽呈時，可用「報告書」。其程式亦用白摺書寫，首用「爲報告事」，或用「案奉」字樣，直敍事情。末用「理合報請鑒核」。至於機關中，有印就報告表者，可依式填寫。

(六)意見書　大都爲無隸屬關係之官吏，對其他上級官吏有所陳述時用之。通常亦用白摺書寫。正面寫「意見書」三字，內頁起首用「敬陳者」，末用「某某謹上」。

(七)建議書　亦爲陳述個人意見之一種文書，特其對象大都爲合議制機關，而非某官吏個人。程式首起用「爲建議事」，末用「謹呈某某機關」，最後署名蓋章。

(八)請願書　大都爲人民對政府有所請求時用之，聯名合上者爲多。通常用白摺書寫，格式與呈文相彷彿。

乙、平行文：

(一)箋函　又稱便函。凡平行機關遇不重要事件須待接洽，可用「箋函」，以信紙書寫，僅加條戳即可，其手續較之公函，須用印信者大爲簡便。

(二)通知　此爲同一官署中同級單位相互間用之，如司與司、科與科之間，遇有接洽事項，而須在檔案中留根據者，可用「通知」。亦用信箋書寫，加蓋單位戳記，手續亦甚簡便。惟此所謂通知，與公文程式條例規定之通知，名同而實異，彼爲由批示改稱之下行文，此則同級單位所用之平行文也。

(三)通告　亦稱通報。凡機關欲將某一事件通告本機關全體人員知悉時，可用通告。程式與公告相似。惟條例所規定之公告爲下行文，此則非定爲下行文耳。

丙、下行文：

手諭　下行文除公文程式條例規定之下行文，最普通者，惟「手諭」一種。手諭爲長官對屬員，有所訓示或傳知時所用之書面，無一定之格式。

三、公文之行系

公文行系，意指公文系統而言。撰擬公文，首當確定本身立場，辨明與受文機關有無隸屬關係，而決定行用上行文、平行文或下行文。如認識不清，發生錯誤，不但貽笑大方，甚至構成職務上之過失。故各級機關間之行文系統，不能不加注意。

關於行文系統所應特別注意者，爲下級機關向上級機關行文時，應向其所直接隸屬之機關爲之。除有特別規定及特殊情形外，不得越級行文。縱使向間接上級機關有所請示或陳述時，亦應呈由直接上級機關轉呈間接上級機關；上級機關如須對間接下級機關行文時，亦應令由直接下級機關轉行；俾能維持機關上下等級及體制，以收指揮監督之效。玆將現行制度下，我國各機關之行文系統列舉如次：

一、中央機關行文系統：

總統——行政、司法、考試三院……令——呈。

總統——立法、監察二院……咨——咨。

五院——各省政府及所屬各部會……令——呈。

各部——各省政府……函——函。

各部——直屬各省市廳、局……令——呈。

銓敍部——中央各部會所屬京內各機關，由主管部會轉。

銓敍部——各部會所屬京外機關……令——呈。

銓敍部——各省政府所屬廳、處、局……令——呈。

附註：現行公文程式對五院與各省市政府之行文系統，未加規定。惟五院除行政院外與各省市政府無隸屬關係，往返行文，自以使用平行文函、電為佳。惟不可因此遂認為省市政府與此四院屬於同級；因雖非同級而無隸屬關係，亦應使用平行文，此在現行公文程式條例之第二條第一項第三款，已有明文之規定。

二、省市級機關行文系統（院轄市同省）：

省（市）政府——所屬各廳、處及縣、市政府……令——呈。

各廳——縣（市）政府……（可用函或代電）令——呈。

省政府——高等法院、地方法院……函——函。

省教育廳——國立學校……函——函。
省教育廳——省立學校……令——呈。
省（市）政府——省議會……函——函。
省（市）政府——省（市）農工商團體……（現多用函）令——呈。

三、縣市級機關行文系統（省轄市同縣）：

縣（市）政府——省府及廳、處……呈——令。
縣（市）政府——所屬各局……令——呈。
縣（市）政府——高等法院、地方法院……函——函。
縣（市）教育局——省立學校……函——函。
縣（市）教育局——縣（市）立學校……令——呈。
縣（市）政府——縣（市）議會……函——函。
縣（市）政府——縣（市）農工商團體……（現多用函）令——呈。

四、鄉鎮以下自治組織行文系統：

鄉、鎮、縣轄市公所——縣（市）政府……呈——令。
鄉、鎮、縣轄市公所——縣（市）政府各局……函——函。
鄉、鎮、縣轄市公所——所屬村（里）鄰長辦公處……（或函）令——呈。
鄉、鎮、縣轄市公所——鄉、鎮、縣轄市民代表會……函——函。

第三節　公文之結構

公文施行，有其原因、依據、目的。因之，本正確之立場，合法之程式，用簡明適當之文字以表達之，使構成一篇完整之公文，是之謂公文之結構。關於公文之結構，全篇可分爲六部門。除公布令、任免令、公告外，其餘各類，大都如此。玆分別說明如次：

一、機關名稱及文別　此爲表示發文主體，使人一望而某知爲一機關之來文，及來文之類別。

二、年月日及編字號　任何公文，在發文時皆應記明年月日及編列發文字號，此於現行公文程式條例中，已有明文規定。實則收文時亦應如此。蓋記時之作用，乃爲法律上時效之根據；編號之作用，在便於檢查。在收發文雙方，皆有此必要。故公文往覆時，常將來文年月日及字號寫明，一則使己方便於引據，同時亦使對方便於考查也。

三、事由　用簡明扼要之辭句，總攝全篇公文之要義而表達之，使人一覽而知其主旨，此之謂「事由」。蓋事由爲全篇公文之結晶，故收發文登記，惟錄事由；事忙之長官，披閱公文，亦僅觀事由，其重要可以想知。

四、受文者　此爲表示受文主體。舊時公文程式，受文機關之稱呼及部位，因文別而異。現行程式，廢除長官稱呼，而代以機關名稱；且規定受文者一行，列在事由之後，實較舊式更爲簡明。

五、本文　本文爲一篇公文之主幹，自屬公文中最重要之一部門。通常可分爲引據、申述、歸結三部分，玆再分別予以說明。

（一）引據　引據爲本文之原因，在結構中占首要之地位。蓋公文行使，必須有所根據，或引據法令，或引據事實，或引據來文，或引據前案，乃至引據理論，斷無毫無根據而行使公文者，引據時有宜特別注意者：①引據法令，當注意所引法令之有效性，必需爲現行而與本文有關係者。法令適用之時間與地點，亦當認淸。②引據事實，當注意事件之眞實性，必需確切無疑者方可引據。③引據來文時，又有三種辦法：一爲全引，卽全抄來文；二爲節引，卽僅節引來文要點，但不能改動原句。三爲撮引，卽將來文撮要簡述，並加「略開」「略稱」字樣，以示原文有所改動，但不能變更來文之原意。④引據前案時，當調閱原卷，必原案確經成立，方可引據；否則，卽無引據之價値。⑤引據理論時，當注意理論之正確性，必需合理適時，且爲衆所公認者，方得加以引據。良以引據爲全文之根據，如有疏忽，則申述、歸結盡成落空。故在敍事據理，撮引來文時，不可有一字差誤。

(二)申述　申述爲根據前文之引據，以申述自己之意見或理由，用作下文歸結之張本。簡單公文，本可在引據之後，卽直接寫明歸結，提出辦法。但有時必須略事申述，以加强歸結之力量。故申述在公文結構中，亦殊重要。

(三)歸結　歸結爲本文之辦法。無論任何公文，皆有其目的；故每一件公文，皆必須有其歸結之辦法，其重要性與上述兩部分相同。且此一部分文字，更需明確負責，萬不能模稜兩可，語涉游移。因一篇公文之主旨，一項公務之措施，皆在此一段文字中明白表出，稍不肯定，卽減低公文之效能矣。

上述三部分爲本文之重要結構。現行公文程式，規定得分段敍述，每段皆冠以數字。大體言之，第一段爲引據，第二段爲申述，第三段爲歸結。如內容複雜，則申述部分，可析爲數段，甚至歸結亦不以一段爲限。如內容簡單，則申述、歸結，亦可合爲一段。故一篇公文，有僅分兩段者，亦有分爲三段乃至八、九段不等者，此則純視公文內容之繁簡以爲斷耳。

六、署名　署名爲負責之表示。舊程式中，署名部位，因行文階級而不同；現在一律在正文完結之後，另行署名。在現行公文程式條例第四、五兩條，對署名規定，已有詳細說明，無俟覆述。惟在上、下行公文中，署名格式，尚微有不同，玆略言之：①下行文署名，僅寫職位及姓名，不寫機關名稱；平行文亦然。如行政院致教育部令，署名僅書「院長○○○」；教育部致內政部函，亦僅署「部長○○○」；行政院、教育部等名稱，一概不用。②上行文署名，當用全銜，即機關名稱、職別、及姓名皆當全寫。

以上六種，爲一般公文中所必具備。另有加蓋印章一種，雖不在文字結構之內，但亦爲必要之程式，在公文程式條例中，已有明文規定。綜合以上所說，公文結構之要件，及一篇公文之全貌，皆可得其大概矣。

第四節　公文作法

一、基本認識

關於公文之撰擬，在外表須具備法定之程式，在內容尤須有具體之意見；故撰擬公文時，應對下列基本事項有明徹之認識，然後可免撰稿時茫無頭緒，無從下筆之感。玆分述如次：

一、行文之原因　撰擬公文，卽所以處理公務；故必洞悉案情，澈底了解公務之眞相，然後下筆撰文，始可言之有物，解決問題，始可動合機宜。故行文原因，實爲撰擬公文時，首應注意之事項。

二、行文之依據　行文之原因既已明瞭，案情既已洞悉；惟處理辦法，必須視國家政策、法律規定、命令指示而定。故必須了解法令與處理事件之關係，乃能援引法令，爲行文之依據，以加强公文之效力。否則，雖明瞭案情，而違反法令，或與法令規定不符，則行文失所依據，且不免構成違法失職之行爲矣。

三、行文之目的　此爲行文主旨所在。蓋撰擬公文時，既已洞悉案情，明瞭行文之原因；又已了解法令，得行文之依據。則行文之目的究何所在，必須在公文中爲明確之意思表示，使受文者能有明確之認識，如此始能使公文發生效力。否則受文者無法了解被要求之事項，自不能作適當之處理。

四、行文之立場　公文無論爲上行、平行或下行，在撰擬時，必須斟酌本機關或本身所處之立場之地位及所有之職權，就事言事，據理說理，不驕不諂，不亢不卑，不越權代庖，亦不推諉卸責，處處不失自己立場，使公文發出後，對上能獲信任採納，對下能收預期效果，此在撰擬公文時首當認淸之處。

二、寫作方法

公文爲辦理公務之文書，必須講求行文發生之效力，故寫作公文，在態度及文字方面，皆須斟酌恰當，玆分別說明如後：

一、文字應簡淺明確　公文爲辦理公共事務之工具，名爲辦文，實爲辦事。故文字應簡淺明確，以達意爲宗。簡者，文句少而意義足，使撰擬、寫印、閱讀均可收省時間、節精力之效。淺者，不用奇字、奧義、僻典。明者，不爲隱語、誇張、諷刺。皆使受文者易讀易解。確者，斷制謹嚴，義旨堅定，所述時間、空間、數字，皆精確眞實，所用詞句皆含義明晰，不涉含胡。公文能做到「簡淺明確」地步，已臻公文至高之境，已收公文至大之效，蓋非老於文案而具眞知灼見者不能，所謂易曉而難爲，斯爲貴耳。

二、態度宜嚴正和平　寫作公文，旨在辦事，故不可苟且敷衍，亦不可意氣用事。不苟且敷衍，斯嚴正矣；不意氣用事，斯和平矣。過去書吏官僚惡習，撰擬公文，以模稜兩可、敷衍塞責爲秘訣；遇有爭執，以頂撞切持、節外生枝爲能事。文移往復，積案如山，辦文愈多，辦事愈少，是非愈爭而愈昧，本題愈辯而愈遠，是爲文士之惡習，亦公文之大忌，非澈底革除不可。故寫作公文，必一本嚴正之態度，和平之心氣，然後可綜覈名實，得合理合法之解決。縱有爭執，亦當對事而不對人；常須設身處地，考慮對方觀點，以免淪於偏見武斷。舉凡輕薄詼諧之口吻，侮辱漫罵之詞句，皆宜絕對避免。

三、語氣宜不失身分立場　凡寫作公文，正如寫作書信，必須認淸彼此關係，然後語氣乃不致發生錯誤。公務機關有法定之系統，上行、平行、下行各自有適當之語氣；過於倨傲，或偏於卑屈，均非所宜。大體言之，確守法令立場，就事論事，是爲基本原則。上行之文，語氣宜謙遜恭謹：報告應眞實可信；建議應具體能行；有所請示，應將可供判斷之資料，乃至可供採擇之辦法，儘量提出；不可毫不負責，一任上級憑空裁決，以爲將來委卸責任之張本。平行之文，語氣宜不亢不卑，時時顧及對方之環境立場。下行之文，以長官之身分，有所指示命令，當然應有果斷之決定，但文字上絕不可流露驕傲之語氣；縱或下級辦理事務有失當之處，亦當平心靜氣，予以指正，不可濫用侮辱漫罵之辭語，致失雙方之身分。現行公文程式，規定機關對人民公文用「通知」，惟辦稿人員，間有沿襲過去批示用語慣例，失於倨傲，尤不合爲人民服務之精神。同時，人民對於機關有所陳請，規定用「申請書」亦有人誤解「官吏爲人民公僕」之意，用語誕慢不經，亦屬大爲錯誤。總之，官府人民皆當互相尊重，使公文書中充滿愉快合作之氣氛，斯爲良好公文之表現，亦卽良好政治之象徵。

以上數點，皆爲寫作公文之重要方法；至於熟諳法令，遵照程式，皆爲寫作公文之要件，自無待言。學者能細加體會，多求經驗，其於公文之寫作，自無扞格不通之患矣。

第五節　公文舉例

一、上　行　文

上海市財政局呈　〇〇〇字第　號
中華民國三十四年十一月廿二日

事　由：爲奉令核議撤銷家禽專稅已停止徵收呈請　鑒核由

受文者：上海市政府

一、案奉　鈞府本年十一月十八日市會貳字第一六〇號訓令，略以「據新長須等鷄鴨行等呈請撤銷家禽專稅令飭核議具復，以憑核辦」等因。

二、遵查家禽一項，係屬鄉農副產。往昔征收專稅，不特零星瑣屑，抑且流弊孔多，無補庫儲，徒滋苛擾。業於本年十一月十五日起，停止徵收，用蘇民困。經以財稅壹字第八七〇號呈報請　鈞府備查，並布告本市商民一體周知，各在案。奉令前因，理合查案聲復，仰祈　鑒核！

上海市財政局局長〇〇〇印

鳳山鎮公所呈　中華民國五十一年〇月〇日
(51)鳳鎮人字第八八號

事　由：爲就鄉鎮衛生所公務人員保險業務辦理疑義，呈請　釋示由

受文者：高雄縣政府

一、查鄉鎮衛生所改隸各鄉鎮公所後，人事業務部份應全部移交鄉鎮公所辦理一節，曾奉　臺灣省政府(50)12 13府人丙字第七八六四七號令，規定在案。嗣復奉　臺灣省政府（51） 3 17府民一字第六九九九二號令，規定「各鄉鎮衛生所改隸各鄉鎮公所後，其有關人事業務，應由衛生所指定專人負責辦理後，呈報鄉鎮公所核辦」。前後規定，顯有出入。公務人員保險業務係屬人事業務之一部份，究應由衛生所指定專人辦理，抑由鄉鎮公所辦理？

二、呈請　鑒核釋示祇遵。

鳳山鄉鄉長〇〇〇印

申請書

事　由：請取締淫猥演唱，以敦風化。

受文者：〇〇市警察局

一、本區〇〇戲院，上演〇〇歌舞團歌舞，每場均表演脫衣舞，淫曲猥詞，妖姿邪容，醜態百出，極盡其挑逗性慾之能事，且竟於報章刊登巨幅廣告，公開以「大膽」「刺激」等詞爲號召。謬云此乃藝術，實則有傷風化。

二、特請 貴局查明，予以取締，並依法懲處，以正習俗，而敦風化。

申請人〇〇〇男〇〇歲業〇〇

住：〇〇市〇〇路〇〇號

申請書

〇〇市〇〇商業同業公會申請書

中華民國〇〇年〇月〇日
〇〇字第 號

事　由：陳報本會第〇屆第〇次會員大會議事錄，請 核備。

受文者：〇〇市政府

一、本會第〇屆第〇次大會，業於本年〇月〇日假本市市商會大禮堂依法舉行，並蒙 鈞府指派社會局〇指導員〇〇列席指導。

二、茲檢奉是項大會議事錄一份，報請 鑒核備查。

〇〇市〇〇商業同業公會理事長〇〇〇印

請願書　民國三十三年四月

爲懇請 恩續原例，發予公費，俾免失學，以拯流亡事。竊生等 籍屬魯省，家庭淪陷，曩在敵匪壓

迫之下，水深火熱，前途絕望，幸我
主席抗戰保民，覃敷德政，成立山東臨時中學，救濟失學青年，生等遠聞德音，遂離鄉背井，冒險奔
來；既而投考入校，得以安身讀書，深慶已登衽席，學有緝熙，厚德深恩，日念在玆。玆者校長於紀念
週發表談話謂：「奉　主席面諭：政府以經濟拮据，本校自下學期起，凡講義、燈油、及菜金之一部等
費，均須由學生自備」云云。旋復頒佈校務會議紀錄內載：「下學期學生於開學前，每人須繳講義費五
百圓，每月燈油費五十圓，五個月合二百五十圓，每月菜金貳十圓，合壹百圓，總共八百五十圓」，
生等聆悉之下，不約而同，譁然驚嘆，神喪色變，連日衆心惶惶，寢食不安，伏首案頭，相對而泣，學
校樂園突變爲愁苦之場。蓋生等自陷區隻身逃出，俱已囊空如洗，振衿肘見，納履踵決，不惟衣服襤褸
無法增補，甚至理髮費僅需國幣三圓，亦無處丐貸，不得已或質賣舊衣以濟眉急，似此貧厄已屬通病，
若每月僅發膳費一部，值此珠米桂薪之時，餬口猶恐不贍，而猶須繳納以上各費，生等一貧至此，恨
無點金之術；而家在黑暗區內，音信隔絕，又難盼到接濟；入學不得，有家難歸，前途悲慘，曷堪設
想！全體同學相覷失色，困此絕境，束手無策，竊以我
政府既招生等逃出陷區，必不忍使之離散流亡，善始善終，始不負德政之初衷。政府雖經濟困難，總有
挹注之方；而生等則乞討無門，對生等各費撙節之數，於　政府之裨實屬寥寥，而於生等之整箇問題則
關係綦大；我
主席，愛護青年，不遺餘力；德洽桑梓，多士歸心，生等涸轍之鮒，它無所依，再三思維，惟有懇請
恩予垂恤，續依原例，賜與救濟，俾免流離失學，而圖報效於將來，不勝祈禱感盼之至！謹呈
主席

山東省立臨時中學全體學生代表

某某　某某

校址：安徽臨泉縣長官店

附註：依憲法第十六條規定「人民有請願、訴願、訴訟之權」。請願法第二條規定「人民對國家政策、公共利益、或其權益之維護，得按其性質，向民意機關，或主管行政機關請願」。請願書之程式：一、請願人之姓名、性別、年齡、籍貫、職業、住址。請願人如為團體，應寫團體名稱、地址及負責人。二、請願所基之事實、理由及其願望。三、受理請願之機關。四、中華民國年月日。

訴願書為人民不服官署處分或決定而提起訴願時用之。訴願書規定於訴願法之中，不在公文程式範圍以內。

二、平行文

中華民國四十一年四月十六日
(四一)台統(一)一〇六號

總統咨

事由：提請，以賈景德為考試院院長，羅家倫為考試院副院長，咨徵同意見復。

受文者：監察院

一、查考試院院長張伯苓，於三十八年十一月廿五日呈請辭職，經以該院副院長鈕永建兼代理院長職務，茲據鈕永建呈請辭去該院副院長兼代理院長職務，情詞懇摯，經予照准。

二、茲依憲法第八十四條提請以賈景德為考試院院長，羅家倫為考試院副院長。

三、檢同賈景德、羅家倫履歷各一份，咨徵　貴院同意見復。

附賈景德、羅家倫履歷各一份

總統○○○

內政部函　○○年○月○日
○○字第　號

事　由：奉交○○兩縣補助春耕，配發積穀及蕃薯乾辦法一案，復請查照轉陳。

受文者：行政院秘書處

一、准　貴處本年五月九日台三九一字第○○○號通知，以○○省政府電送該省○○兩縣補助春耕，配發積穀及蕃薯乾一案，奉諭交內政部核復。

二、查○○一帶糧食缺乏，原辦法頗切實際需要，擬請准予備查。

三、復請　查照轉呈。

部長○○○

○○縣警察局函　中華民國○○年○月○日
○○○字第　號

事　由：准函請協助辦理國民義務勞動整理環境衛生一案，復請　查照。

受文者：○○鎮公所

一、貴所○○年○月○日，○○字第○○號函，爲定期發動國民義務勞動，整理環境衛生，囑撥借裝運車輛，協助清除垃圾，並派員指導一案，敬悉。

二、業經轉飭本局衛生大隊，屆時撥用卡車四輛，人力車十輛，聽候　貴所指定調用。至派員指導一節，並經轉飭○○分局就近指派官警隨時協助。

三、函復　查照。

局長○○○

三、下行文

總統令　中華民國四十一年三月十一日

兼僑務委員會委員長葉公超呈請辭職，准予免職，此令。

特任鄭彥棻為僑務委員會委員長，並為行政院政務委員，此令。

總　統　〇〇〇

行政院院長　〇〇〇

總統令　中華民國四十一年五月廿四日

茲修正陸海空軍勛賞條例，公布之，此令。

總　統　〇〇〇

行政院院長　〇〇〇

國防部部長　〇〇〇

國民政府褒揚令　中華民國二十八年十二月九日

吳佩孚著追贈陸軍一級上將此令

故陸軍上將吳佩孚，秉性剛直，志行堅貞。曩年整軍經武，卓著聲稱，而其嫉惡黜邪，持正不阿，尤有裨於世道人心。瀋陽變起，摵懷國難，恆以精忠自勵。燕京被陷，處境益艱，敵酋肆其偪迫，奸逆逞其簧鼓，威脅利誘，層出不窮，猶能勉全所守，終始弗渝，凜然為國家民族增重，英風亮節，中外同欽。方冀克享遐齡，長資矜式，遒以微疾溘逝，緬懷忠義，痛悼殊深！應予明令褒揚，交軍事委員會，從優議恤，特給治喪費一萬元，生平事蹟，存備宣付史館，用示國家軫念賢良激勵忠貞之至意，此令！

臺灣省政府令　中華民國○○年○月○日
○○○字第　號

事　由：據呈為臺灣省零售市場建築規格一案，核屬可行。

受文者：各縣市政府。

一、據本府建設廳（57）1017建四字第三○一一八號呈報臺灣省零售市場建築規格一案，悉。

二、核屬可行。

三、令仰遵照。

主　席　○○○

附：臺灣省零售市場建築規格

○○縣政府令　中華民國○○年○月○日
○○○字第　號

事　由：據呈請舉行本縣耆老聯歡會，已定期舉行。

受文者：○○鄉公所

一、據本年○月○○日，呈請舉行本縣耆老聯歡會，以示敬老尊賢一案，用意至善，應予採用，惟名稱改為耆老招待會，已定於本年○月○日在本縣政府舉行。

二、本縣年逾古稀之耆老共有若干，即將由本縣政府製發調查表，另令分發各鄉鎮公所詳細調查具報，以便屆期舉行招待。

三、副本抄送各鄉鎮公所

縣長○○○

○○縣政府令　中華民國○○年○月○日
　　　　　　　○○○字第　　　號

事　由：准函規定本年暑假期自七月五日起至八月三十一日止，令仰遵照。

受文者：各國民學校，各幼稚園。

一、准臺灣省政府教育廳（51）6 26 教四字第二○四八二號函：「一、本廳迭接省議會及一般家長建議，因本省天氣炎熱，國民學校及幼稚園之暑假假期過短，影響學童身心健康，應予適當調整。玆爲顧及本省特殊環境，除建議中央修正各級學校寒暑假假期起訖日期外，並暫行規定國民學校及幼稚園本年暑假假期一律自七月五日起至八月三十一日止。二、函希查照轉飭各國民學校及幼稚園遵照。」

二、令仰遵照。

縣長○○○

○○縣政府通知　中華民國○○年○月○日
　　　　　　　　○○字第　　　號

事　由：限期完成各鄉鎮農會五十年度會員調查統計一案，希查照辦理。

受文者：○○鎮農會

一、各鄉鎮農會五十年度會員調查統計一案，業經本府○年○月○日○○字第○○號通知檢附有關表件，限期於○月○日以前完成具報在案。

二、茲查是項限期已屆， 貴會迄未具報。

三、特此通知，即希於文到三日內，辦竣報府，毋再延誤。

縣長　○　○　○

○○縣政府通知　中華民國○○年○月○日　○○○字第　號

事　由：關於申請設置民衆教育館一案，可分別辦理。

受文者：○○○先生等

一、台端等○年○月○日聯署申請在各鄉鎮設置民衆教育館一所，自屬啓發民智之要圖。

二、案經本府鄭重研討，認爲目前若在各鄉鎮普遍設置一所，或限於經費，或限於地址，且各鄉鎮中有已設立小學或民衆閱覽室者，不必遽即設置民衆教育館。

三、現已決定於未設有小學或民衆閱覽室之鄉鎮公所所在地，在本年內均分別各設置民衆教育圖書館一所，以便啓發民智，提高文化水準。

四、此項經費，均由縣庫撙節動支，毋庸勸募，以免苛擾。

五、副本抄送各鄉鎮公所。

縣長　○　○　○

四、公　告

○○縣○○鄉公所公告　中華民國○○年○月○日
○○字第　　號

事　由：奉令頒發臺灣歷史文物古蹟保護辦法，公告周知。

一、奉　縣政府○○年○月○日○○字第○號令以：奉　臺灣省政府○○年○月○日○○字第○號令，公布臺灣省歷史文物古蹟保護辦法，令仰知照。

二、抄發附臺灣省歷史文物古蹟保護辦法，公告周知。

鄉長　○　○　○

○○市○○區公所公告　中華民國○○年○月○日
○○字第　　號

事　由：嚴禁本區職員藉端敲詐，並希檢舉。

一、本區公所服務人員辦理自治工作，應奉公守法，爲民表率，俾自治基礎，得以奠定；自治制度，得以健全。

二、近聞所內竟有少數工作人員，對於辦理人事登記及徵工築路等事，有向人民藉端敲詐情事，本區長聞訊之下，深爲痛恨，自當嚴密徹查，依法懲辦。

三、本區民衆，如有知悉上項敲詐情事，及嗣後遇有敲詐時，希即逕向本區公所從實密報，或公開檢舉，以憑究辦。

區長　○　○　○

五、電及代電

電——上行

蔣總司令日寇肆虐國軍南退六區范專員築先獨留河北外禦强敵內緝匪盜剿撫兼施屏障一方厥功甚偉其子少廷八一三攻濟南時晏城一役殉職此次敵人大舉侵聊該專員指揮若定早抱不成功便成仁之決心激戰三日成績卓著卒以寡不敵衆城陷隕命鄭縣長林局長相繼殉職滿門忠烈殊屬難能可貴懇祈鈞座加以撫恤以彰忠烈而慰幽靈臨電涕泣不知所云魯省主席沈鴻烈叩（月）（日）印

電——上行

臺灣省政府本縣歐珀颱風救災專款前奉令核定請速賜撥付〇〇縣縣長〇〇〇叩（月）（日）印

電——平行

〇〇縣政府本年戶口平糶米已撥交〇〇倉庫希速配發臺灣省糧食管理局（月）（日）印

行政院代電　中華民國〇〇年〇月〇日
〇〇〇字第　號

受文者：臺灣省政府

一、中華民國五十年度中央政府決算編製辦法，經提交本院第〇次會議議決通過。

二、除分行外，檢送原辦法及附件，仰遵照辦理，並轉飭遵辦。

附辦法及附件各一份

院長〇〇〇

第六節　公文之標點及術語

一、公文之標點

現行公文程式條例第六條，規定公文應加具標點符號。惟標點符號使用之種類，未於條文內列舉；行政院會擬具「公文標點符號舉例」，於民四十一年七月十八日分行各機關依照辦理，茲抄錄於後，以資引用。

公文標點符號舉例（中華民國四十一年七月十八日行政院分行各機關）

一、逗號「，」用於意義未完之語句。

例：詳審其條文內容，尚合現時需要，擬予保留。

二、句號「。」用於意義已完之語句。

例：應准照辦。

三、綜號「：」用於引述（例一）或總結之文句（例二）。

例一、奉行政院令：

例二、茲核示如左：

四、提引號「　」凡文中有所引用時用之。

例：臺灣省政府函覆：「……已轉行各縣市政府遵照辦理」。

五、複提引號『　』凡引用文中另有所引用時用之。

例：經濟部呈：「……經飭資源委員會呈復：『……茲已全部清發竣事』，並附具詳明報告表到部……」

六、省略號「……」凡文中有可省略語句時用之。

例：依憲法第五十八條之規定，應將提出立法院之法律案，預算案……提出於行政院會議議決之。

七、專名號「——」用於國名人名地名機關名稱及其他各種專名之左旁（例一），但專名之習見者，可省略，文中如有相連之專名，可以頓號「、」代之（例二）。

「～～」用於書名篇名或法規名稱之左旁（例三）。

例一：中華民國、國父孫中山先生、南京、行政院。

例二：江蘇、浙江、安徽、江西、湖南、湖北、四川等省。

例三：三民主義、中華民國憲法、三七五減租條例。

八、括弧「（）或（　）」凡文中有夾註詞句，不與上下文氣相連者用之。

例：國父逝世紀念（三月十二日），應擧行儀式。

九、截止號「//」於全文之末用之。

例：即希望查照見覆。//

二、公文之用語

公文有獨特之功能，故亦有專門之用語。此種用語足以顯示行文系統之關係，及起承轉合之筋節，可收行文上或多或少之便利。惟沿用過久，或則流於陳濫，或則形成贅疣；「等因奉此」，久有官樣文章之譏。然欲盡行廢除，勢亦有所不可。玆將通行公文用語分類列表加以說明，並附近年政府所訂「公文用語改革」於後。

一、起首語

上行文（呈、申請書）	查，謹查，查……在案（主動行文用）。……奉悉（覆文用）。
平行文（咨函）	查，案查，關於……在案（主動行文用）。……敬悉（覆文用）。
下行文（令、通知、公告）	查，案查，茲查（主動行文用）。……呈悉，……已悉（覆文用）。茲制定……，茲修正……（公布法令用）。特任……，特派……（特任官吏用）。任命……，派……，（簡任及薦任官吏用）。茲委任……（委任官吏用）。

說明：起首語爲用於公文開始時之發語詞。在舊式公文中常用「呈爲呈請事」「逕覆者」「爲令飭事」等空洞語句，現已廢除不用。但發語詞如「查」「案查」之類，仍有使用之必要。有時摘錄來文事由，下用「敬悉」「已悉」煞住，雖兩字皆在句末，但其作用，仍爲起首語之一種。

二、稱呼語

語別＼文別	上行文	平行文	下行文
稱人	鈞，貴（人民用）。	貴。	該，台端（對人民用。）
自稱	職，本，民，名。	本。	本。

說明：稱呼爲一種禮貌，亦爲一種代稱；如每件公文稱對方或他方時，必一一寫其全銜，不但有欠禮貌，抑亦過於煩瑣，故公文中稱呼語自不可省。

三、引敍語

上行文（呈、申請書）	平行文（咨、函）	下行文（令、通令、公告）
首摘來文事由，下用「奉悉」。 奉，案奉。	首摘來文事由或日期字號文別，下用「敬悉」。 准，案准。	首摘來文事由下用「已悉」。 據，案據。

說明：引敍語為公文敍案開始時之助語，公文敍案如係自動行文，即用第一項起首術語。如係被動行文，則當引據來文，其方法不外二種：一為先將來文事由摘錄，或祗寫明來文月日字號文別，下用「奉悉」「敬悉」「已悉」等字樣。一為用「奉」「准」「據」等字樣開始，然後再錄來文事由，下用「等因」「等由」「等情」字樣煞住。現在公文分段，且標點；「等因」、「等由」、「等情」，已不常用，故用第二式者已罕。

四、經辦語

上行文	平行文	下行文
奉經、遵經、遵即、業經、當經、前經、即經、迭經、歷經、復經、旋經、嗣經、續經、均經、並經、現經。 正遵辦間，正擬辦法，正核辦間。 在案，……各在案。	准經（自上欄業經以下至現經，均可參酌通用）。 正辦理，正經辦間。 在案，……各在案。	會經，經（自上欄業經以下至現經，均可參酌通用）。 正核辦間，正核議中。 ……在案，……各在案。

說明：經辦語爲公文敍述處理案件經過之用語。此種用語，用於敍畢一箇階段之後，使下文渡入另一階段，使敍事層次分明。故經辦事件屢次曲折者，一篇公文中此種用語往往數見。

五、除外語

上行文	平行文	下行文
除……外。 除……並……外。	除……外。 除……並……外。	除……外。 除……並……外。

說明：除外語用於公文申敍之後，歸結之前。使用此項用語之公文，表明除如此辦理外，尙有其他處理意見或辦法；或表示除發出本文以外，尙有其他行文。

六、期望語

上行文	平行文	下行文
是否可行，是否有當，可否之處，如何之處（請示性）。 呈請，報請，懇請，併請（期望性）。 鑒核示遵，察核示遵，核示祇遵 鑒核備查，核准備案，核轉施行（目的性）。	咨請，咨復，希，即希，至希，希即，併希，煩即，煩請（期望性）。 查照，查照辦理，查照備案，查核辦理，查核施行，查明見復（目的性）。	令仰，仰即，併仰，令希，希即（期望性）。 知照，遵照，遵照辦理，辦理具報（目的性）。 特此公告（公告用）。

說明：公文施行本有一定之期望目的；故結束時用一種術語請求對方鑒察、指示、注意，或照辦。此種用語，在上行及平行文中，一般人爲爲祈請語，含有發問、請求、期望之意。如對上級（上行文）用「是否有當」（發問），「呈請」（請求），「鑒核示遵」（期望及目的）。對同級（平行文）用「函請」（請求），「查照辦理」（目的及期望）。在下行文中，一般人稱爲命令語，如「令仰遵照辦理」。

七、准駁語

許可	應予照准，應准照辦，准予備案（或備查），暫准試辦，尚屬可行，如擬辦理，准如所擬，應即照准。
許否未定	候令……查明再行核奪，候轉呈……核示再行飭遵，仰候另令飭遵。
不許可	未便照准，礙難照准，應毋庸議，應從緩議，所請不准。
斥責語	殊屬非是，殊有未合，毋再疏忽，毋再延誤。

說明：准駁語專用於下行文，作用與前段中之命令語相同；但因案情不一，或准，或駁，或暫難決定，皆各有其用語，故較命令語爲複雜。同時在批駁時，可能因過失重大而加以申斥，亦在准駁語之列。

八、結束語

上行文	平行文	下行文
謹呈。	此致、此咨。	此令、此狀。

說明：現行公文程式修正後，除公布法令及任免官吏兩種令文，尙用「此令」二字作爲結束語外，其餘結束語一律廢除不用。

以上八種，皆就目前通行之公文用語，撮要表列。玆再將行政院所訂公文用語改革十則抄錄於後，以供撰作公文時，對公文用語取捨之準則。

公文用語改革（中華民國四十一年七月十八日行政院秘書處臺四一（文）字第三九四六號函分致各機關）

一、起首用語，如「爲令飭事」「逕啓者」「逕復者」「竊查」「照得」等，毫無意義，比年來各機關擬辦公文，已漸減少，自以不再引用爲宜。至「查」「案查」「關於」等語，其必須用之者，要視公文之作法而定，似不必强予規定。

二、引敍用語，如「案據」「案准」「案奉」或「據」「准」「奉」等，其可不用時，自宜儘量避免引用；但爲傳達公文內容，必須用作依據者，亦不妨仍行沿用，或用「接」字，如甲機關收受乙機關之公文，而須轉行丙機關或公告人民時之公文是。至「呈稱」「內開」等贅語，則宜廢除。

三、引敍來文收束用語，如「等情」「等由」「等因」等，以公文既得分段冠以數字，且於引敍原文，可用符號「」『』表示之，或簡述其文意，並加具標點，已足使眉目淸楚，自宜不再引用。

四、承轉用語，如「據此」「准此」「奉」「據呈前情」「准函前由」「奉令前因」等，悉係無謂贅語，宜不再用。

五、處理案件經過語，如「當經」「業經」「復經」「在案」「各在案」等，可視需要，酌予引用；但「去後」「前來」等，則可廢除。

六、本文收束用語，如「合行」「合亟」「相應」「理合」等，全無意義，宜予廢除。

七、期望及目的用語，如「令仰」「希即」「即希」「呈請」「謹請」「知照」「遵照具報」「查照」「辦理見復」「鑒核示遵」等仍可照舊，但其同一用意者，如「著即」「伏乞」「仰懇」等語氣，宜避免再用。

八、結尾用語，如「是爲至要」「有厚望焉」「實紉公誼」「爲荷」「爲禱」「不勝……之至」等，純屬贅詞，宜不再用。

九、稱謂用語，機關對機關其有隸屬關係者，上級對下級得稱「該」，下級對上級稱「鈞」，自稱一律稱「本」，如「該部」「本院」「鈞院」「本部」是。（因「該」字尚無適當之字可以代用。）平行機關及無隸屬關係之機關，無論官級如何懸殊，一律稱對方爲「貴」，自稱「本」，如「貴院」「本局」「貴局」「本院」是。其必須稱機關首長者，有隸屬機關者上級對下級得稱「該」，自稱「本」，下級對上級稱「鈞」，自稱名或稱「職」，如「該部長」「本院長」或「鈞長」「某某」或「職」是。至於「鈞座」「院座」「部座」等稱謂，一律廢除。又人民對機關或機關首長一律稱「貴」，自稱「本」，或稱名，如「貴部」「貴局長」或「本人」「某某」是。機關對人民稱「台端」，或逕稱名；對人民團體稱「貴」，自稱「本」。

陳腔濫調，毫無意義之語句，如「懍遵無違」「毋得玩忽」「致干咎戾」等，宜不再用。對人民尤不得引用。

第七節　公文之副本及用紙

一、公文副本

近年來各機關行文，多以副本抄送有關機關，然副本一詞，在歷次頒行之公文程式條例中，均未有規定，惟現行公文程式條例第八條云：「公文除應分行者外，並得以副本抄送有關機關或人民。」副本之規定，此爲首次。

所謂副本者，乃對正本而言，即將公文正本之同一內容，抄送於收受正本者以外機關之公文。因此，公文副本之要素有後列三事：

一、副本之性質，仍爲公文，故仍須具有公文應具備之程式。

二、副本之內容，必須與公文之正本，爲同一內容，否則即失去副本之性質，而成爲正本。

三、副本之受文者，爲正文受文者以外之有關機關。

現行條例所謂有關機關，是否僅指平行機關及下級機關而言；抑上級機關亦包括在內，亦得以副本抄送之？現行條例雖無明文規定，惟從行文體制，及法理言之，上級機關自以不包括在內爲宜，因下級機關對上級機關如有所請示或報告，自以正本之呈文爲之，較爲鄭重。

公文之採用副本制度，乃行政技術進步之表現，語其功效，最顯著之事實有二：

一、可加强各機關之聯繫　公文之正本發送至某機關，同時將副本抄送至其他有關機關，則可了解公文正本之全部內容，於彼此職權行使之職繫，自可加强。

二、可增進行政效率　因副本之內容與正本完全相同，不必另辦文稿，即可以副本抄送有關機關；在行文機關可以節省精力與時間，在收受副本者，亦可藉此爲適當之處理。

副本之功效，固爲有目共覩之事實。然使用副本時，亦有二事應予注意：

一、公文應予分行者，不得以副本行之。現行公文程式條例規定：「公文除應分行者外，並得以副本抄送有關機關。」所謂「公文應分行者」，即謂公文應以正本行文而言，爲避免各機關取巧疏忽，或藉詞抄送副本，而不以正本行文，致滋貽誤；故規定除應分行者外，始得以副本抄送有關機關。至於某某機關應以正本分行，某某機關得抄送副本，自應由行文機關依其職權認定之。

二、副本雖無拘束力，惟應爲適當之處理，公文除上級機關對下級機關行文有其拘束力外，平行機關及下級機關之行文，除法令別有規定外，原無拘束力可言，公文之正本如此，副本亦然，惟公文副本之內容既與正本完全相同，而又非爲收受正本之機關，則副本之效力，自與正本有異。例如公文正本內容爲通知各戶長協同調查人員認眞調查戶口，而收受副本之警察分局，與戶長地位不同，自與正本之效力有異。因之，副本之效力，亦未便視同正本。惟條例第八條規定：「機關收受副本者，應視副本之內容，爲適當之處理。」例如收受副本之警察分局，關於區公所定期調查戶口一事，自應依其職權，爲適當之處理，即不得逾越其職權之範圍，而爲「越俎代庖」之擅權處理；亦不得視副本爲具文，而漠不相關。所謂「爲適當之處理」，不僅指積極之作爲，即消極之不作爲亦包括之，要須依其職權及視副本之內容以爲斷。

總之，在行政技術上，苟能明瞭副本之性質爲適當之使用，則在行政上所收之效果，自必甚鉅，此亦現行公文制度進步之一端也。

二、公文之用紙

公文用紙與公文格式有密切之關係，政府每於改革公文格式時，即同時將公文用紙予以改革，蓋公文用紙大小，內容分欄，如予以劃一規定，不僅可收整齊雅觀之效，且便於訂卷查考。公文用紙之正面，大抵分列事由、擬辦、決定辦法、批示、備考、附件各欄。其在機關內部之擬稿公文用紙，則大抵分為機關名稱、事由、來文字號、文別、送達機關、類別、附件、及長官判行、核稿、撰稿職員簽名各欄，並載明收文、交辦、擬稿、核簽、判行、繕寫、校對、蓋印、封發日期、編列發文字號及檔卷字號，各機關多不一致，各行其是。由於各機關之組織情形不同，內部公文用紙，殊難強求一致，故政府歷次對於公文用紙之劃一，均係指發出外部之公文用紙而言，惟行政院於民國四十一年七月十八日分行各機關之「劃一公文用紙」，對於機關內部僚屬承辦案件之簽呈用紙，亦有劃一之規定，但格式則極簡單。茲將行政院所頒行者照錄於後，以覘現行公文用紙之形式。

劃一公文用紙（中華民國四十一年七月十八日行政院分行各機關）

公文用紙，大小各異，內容亦甚分歧，應謀劃一，以資齊整（附式），此項格式，現各機關業已使用，尚合簡化標準。第一頁機關全銜之後括弧內，由繕寫文者依據原稿之類別照填，例如原稿係代電，即在括弧內照填代電，餘類推，第一頁不能繕竣時，即用第二第三頁接繕。

至於機關內部僚屬承辦案件，對長官之簽呈用紙，亦應劃一，並注意下列二點：

一、較重要案件，簽具意見時，應在原簽呈紙上分為四段：即（一）事由，（二）說明，（三）擬辦，在擬辦文字之後，署簽呈人姓名，再空二、三行提頭寫，(四)批示。

二、次要公文簽具意見可在來文空白地位爲之，但須酌留空白作批示之用，案情較繁，仍照前項辦法用簽呈紙簽註附於來文之上，依次呈核。

辦稿用紙，以各機關組織不同，職級各異，暫不規定。

公文用紙一（公文紙格式）

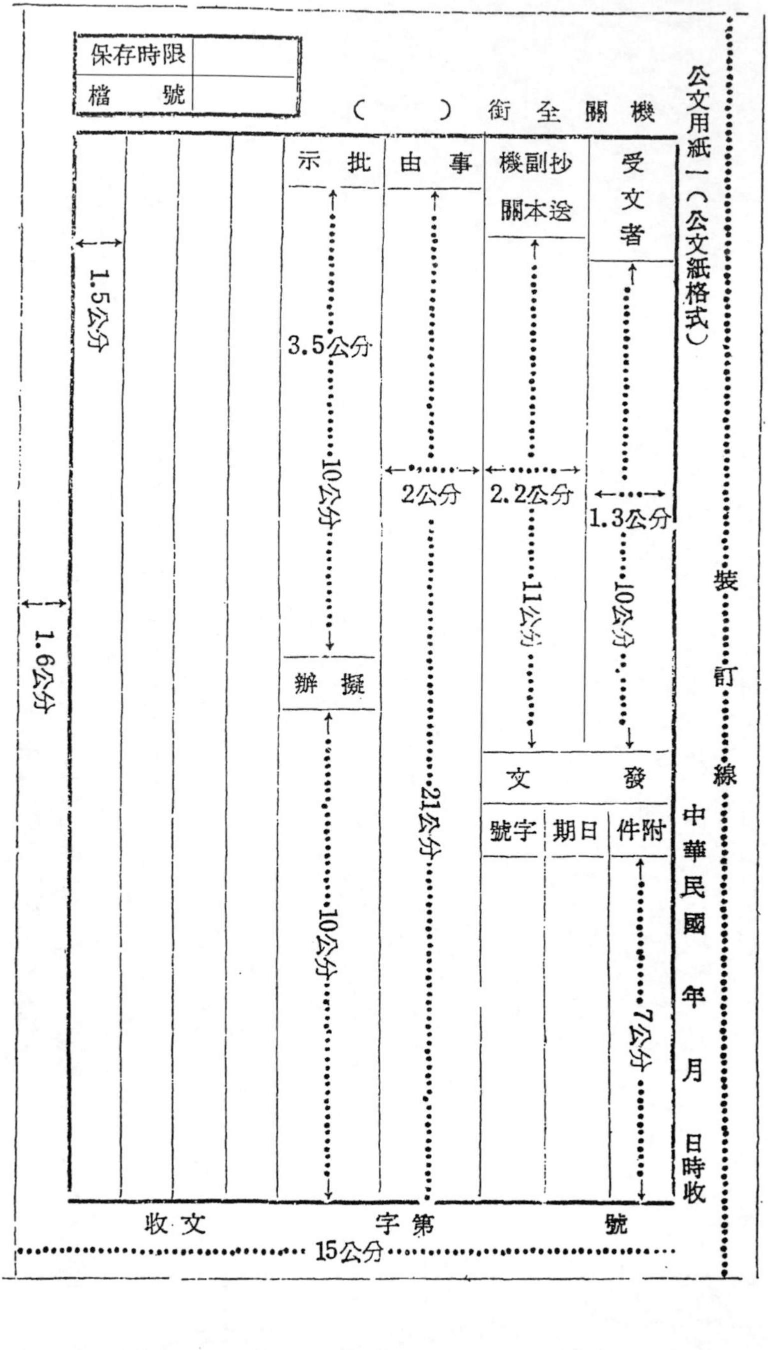
保存時限
檔號
機關全銜（　）
受文者
抄送副本機關
事由
批示
擬辦
發文
附件
日期
字號
1.5公分
1.6公分
3.5公分
10公分
2公分
21公分
2.2公分
11公分
1.3公分
10公分
10公分
7公分
中華民國　年　月　日時收
收文第　字　號
15公分
裝訂線

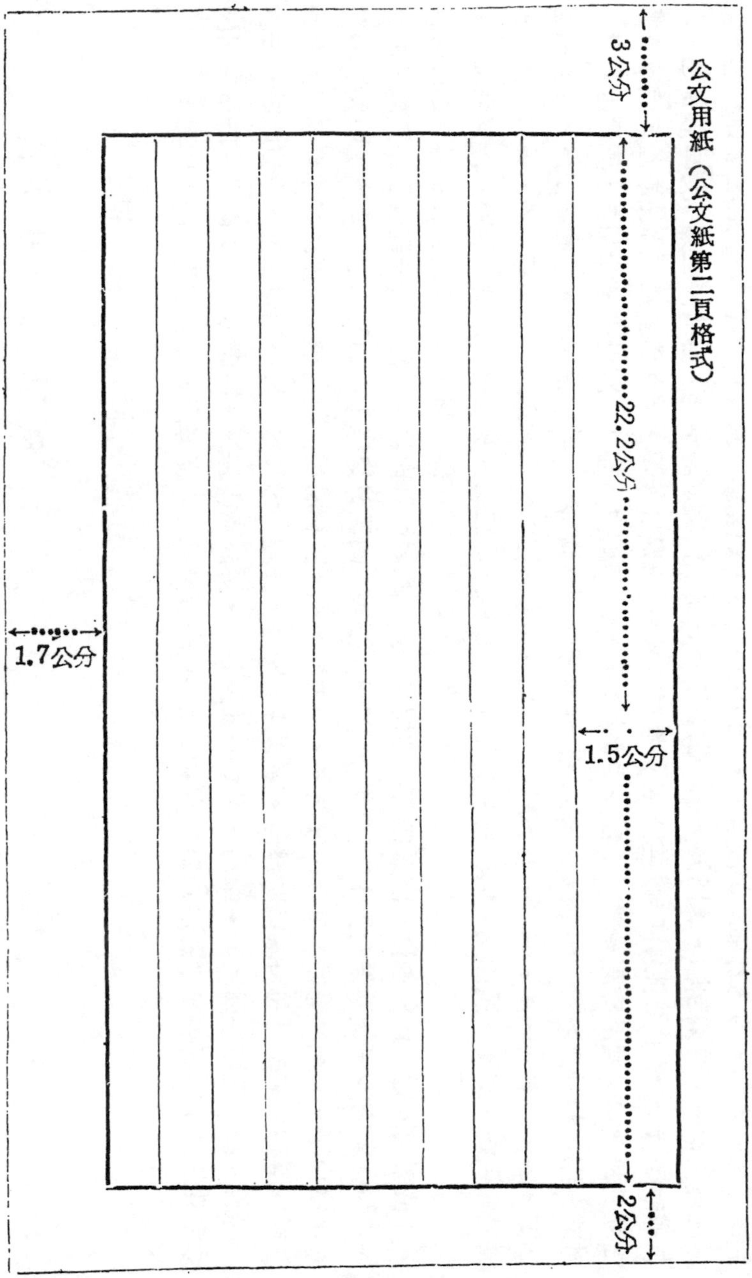
公文用紙（公文紙第二頁格式）
3公分
22.2公分
1.5公分
1.7公分
2公分

第五章 契約文

第一節 契約文之淵源

易繫辭云「上古結繩而治，後世聖人，易之以書契，百官以治，萬民以察」。書序云「古者伏犧氏之王天下也，始畫八卦，造書契，以代結繩之政，由始文籍生焉」。書者，以文字表達所言也；契者，刻也；古昔無紙，將所表達之意，刻之於竹簡也。書契以代結繩，則書契原爲文字之通稱。周禮天官小宰「六曰聽取予以書契。」鄭玄謂「書契謂出予受入之凡要，凡簿書之最目，訟獄之要辭，皆曰契」。故凡以文書爲要約，或書於符券，或載於簿書，皆謂之書契。又酒正云「凡有秩酒者，以書契予之」。地官、質人云「掌稽市之書契」。凡公家之簿書，私人之證件，皆曰書契；故鄭玄云「書契符書也」。造字之初，其作用即在乎記事作證，故契約文爲最早之文學。

民間私人之書契，古時或稱曰契，或曰券，或曰符，或曰別，或曰質，或曰劑。契者，書序疏鄭玄云「書之於木，刻其側爲契，各持其一，後以考合」。券者，說文刀部云「券，契也。券別之書，以刀判栔其旁，故曰書契」。契券書兩札，各持其一，故有左右契之稱，老子云「聖人執左契，而不責於人」。曲禮云「獻粟者，執右契」。管子輕重甲篇云「定其券契之齒」，券契兩份並列，於兩者中間相對之邊側，刻爲記號，或刻鋸齒形，以代表數字，如今日郵政局之存款單及其存根一般，雙方各持其一，以作後日取予驗對之憑據。列子說符篇云「宋人有游於道，得人遺契者，歸而藏之，密數其齒，告鄰人曰：吾富可待矣。」戰國策齊策，馮驩爲孟嘗君收債於薛，「使吏召諸民當償者，悉來合券」。即爲持左劵以與右契相對驗也。符者，說文云「符，信也。漢制以竹長六寸，分而相合」。別者、周禮天官小宰云「聽稱責以傅別」，注「傅別謂劵書也。聽訟責者，以劵書決之。傅、傅著約束於文書，別、別爲兩，兩家各得一也」。別或作莂，晉時民間契約每用莂字，釋名云「莂、別也，大書中央，中破別之也」。孫詒讓云「謂字一行，中分爲兩，各執其一，責時，則合二者以爲驗」。質劑者，周禮地官質人云「凡賣儥（買）者，質劑焉。大市以質，小市以劑」。鄭玄云「質劑謂兩書一札，同而別之，長曰質，短曰劑」。所謂大市者，如買賣人畜等物，其價値貴，則用長劵，名曰質。買賣器用等物，其價値賤，則用短契，名曰劑。「傅著約束於文書」，卽當事人雙方訂立之條件，相約定共同遵守，故劵契亦名契約。

總上所述：契劵符別質劑，皆如今日之證明文件所用之騎縫嵌字、或聯單對號之形式相同，可謂古之遺制沿用至今。古時契約文傳於今者，如漢王褒之僮約，晉石崇之奴劵，其中用駢辭韻語，並參以當時之俗語，似乎故意藉題作游戲文章，然其內容實具備契約之效。至於宋周密癸辛雜識所載晉太康時楊紹之買地莂，以及敦煌石室所藏唐時王保定之還舍買契，馬令痣之擧錢劵，霍昕悅之擧粟劵，以及宋蘇軾之馬劵，至今可考，其文說明事由，其立劵人姓名而外，並有記明性別、職業、年齡者，立劵人於劵尾署名，並須畫押，當事人及保人、見人、親屬，皆須於劵尾署名畫押，此與今之簽名蓋章同義，惟其立劵年月日大都寫於劵文之開端，此與今稍異者也。

玆擧古時契約文兩例如下：

㈠晉時之買地莂

大男楊紹從土公買冢地一丘，東極闞澤，西極黃滕，南極山背，北極於湖。値錢四百萬。日月爲證，四時為任。太康五年九月二十九日，對共破莂。民有私約，如律令。

㈡唐時之舉錢券

建中三年七月十二日，健兒馬令痣，為急要用錢，無得處，遂於護國寺僧虔英邊，舉錢一阡文，其錢每月頭□分生利陌文。如虔英自要錢用，即仰馬令痣本利並還。如不得，一任虔英牽掣令痣家資牛畜充錢直，有剩不追。恐人無信，故立私契，兩共平章，畫指為記。

錢主
舉錢人馬令痣年廿
同取人母黨二娘年五十
同取人妹馬二娘年十二

以上所舉第一例，所謂「對共破莂」莂字前已說明，如今之合同一般，破莂即由騎縫記號之處分而為二，雙方當面相共破莂，各執一紙。漢朝公牘，如詔書檄文之類，結尾每用「如律令」三字，律令即法令，言公文內所宣布之事項，等於法律命令，不得有違。晉時契約沿用此語，以當事人雙方同意所定之約，既為合法，則各當遵守如法令一般，不得有違也。第二例文中，阡陌即千百，「每月頭」下所闕之文，為數目字，就其所謂舉錢一阡文，每月生利百文而言，則此闕字，當為壹字。將錢充直，「有剩不追」者，謂取舉錢人之財產，至達所欠之數而止，雖其財產有餘，亦不得格外追求也。「兩共平章」，為當時之俗語，言契內之事，為雙方共同所議定也。唐時之約契，已有保人之名稱，如楊三娘舉錢券，券尾有保人署名畫押。由此諸例可知古時契約文之一斑。今之契約文，與古無大異，惟內容益為周密，蓋歷史沿革演變如此，其所由來遠矣。

第二節　契約之定義

契約爲一種法律行爲，所以規定當事人雙方之權利與義務。故凡二人以上，以互相同意事項，根據法律條例或一般習慣，訂定條件，共同遵守，而錄爲文字，用作憑證者，此種文字，謂之契約，或曰契據。其有必須具備法律方面之條件，略有數端：

一、當事人雙方必須皆有行爲能力：法律規定「無行爲能力人之意思表示無效」。故立約人如有一方爲未成年，或精神病患者，或「禁治產者」，則其意思表示不能發生法律上效力，縱使成立契約，亦屬無效。

二、訂立契約必須經過要約程序：法律規定「要約經拒絕者，失其拘束力」，「對話爲要約者，非立時承諾，卽失其拘束力」。故契約成立，皆由一方要約，一方承諾，然後乃能構成同意事項。若僅出於單方意思，或迫脅而成，皆無法律上效力。故契約常有「此係自願，決無異言」一類字句，其故在此。

三、契約必須具備法定方式：法律規定「法律行爲不依法定方式者無效」。契約之法定方式，卽契約上必須具備：雙方姓名、立約原因、標的物名稱及內容、約定條件、年月日、簽章、證人等。契約所包項目雖多少不等，然上述重要項目則缺一不可。否則所訂契約，卽失效力。

四、契約不得違反强制或禁止之規定：所謂强制，乃屬於積極性者，若法律規定必須遵守之事項，卽不得違背規定，從事訂立契約。如破產管理人，若以所保管之不動產物權讓與他人，如未得監查人同意，擅自與人訂立買賣契約，卽屬無效。所謂禁止，乃屬於消極性者。法律規定禁止之事項，亦不能違背規定，訂立契約。如賭博及販賣人口爲法律所禁止，若訂立契約，其契約自屬無效。

五、不得以不可能之給付爲契約標的：凡不可交付之物品及不能有之行爲，皆不能作爲契約標的。如買賣人之肢體，即屬不可能之給付，如以之爲契約標的，其契約當然無效。

第三節　內容之要點

契約爲一種法律行爲，其內容自不能違背法律，故其結構之每一部分，亦必符合法律。舉其要點可分爲十二項：

一、當事人自願表示　根據契約必須經過要約及承諾之手續，故訂立契約時，必須寫明此點。如買賣契約中載明「此係兩願成交」，出典契約中載明「此係自願」等，即表明訂定之契約，乃出自當事人雙方同意，並無勒逼成交等情事。

二、當事人姓名　契約必須當事人互相同意，互相遵守，故雙方當事人姓名，必須署名。吾國舊習，買賣契約，其買受一方，往往用堂號等；現經政府規定，一律均須用眞實姓名。

三、訂約原因　根據法律之消極限制，所訂契約，應將正當原因寫明。如出賣契約寫明「今因正用」等，亦有可省去不書者，如學校聘請敎員，僅云「玆聘臺端爲本校敎員」即可。

四、標的物內容　契約內容，或買賣物產，或借貸金錢，物產金錢，即訂約之標的物。故寫定契約，必將標的物詳細寫明，不可一物遺漏，以免事後發生糾紛。

五、價格數目　標的物無論爲動產或不動產，必須將當時議定價格數目，詳細寫明；如爲一次付清，或非一次付清，皆須寫明已付未付，如買賣契約「當日三面言明，時値國幣〇〇圓整，連找絕一切俗例盡行在內，當立契之日，一併收足」，借貸契約「言明每圓每月〇分〇釐起息，按月付清。限至民國〇年〇月還本，不得拖欠短少」等。

六、訂立契約後之保證　此爲訂立契約後之主要目的，非在契約上寫明不可。如買賣契約之「自賣之後，聽憑買主過戶、納稅、造屋、建廠」。「此係自產自賣，並無房族人等爭執，亦無重疊交易等情，日後如有上項情事，概由賣主自行理直，與買主無干」等語，普通人視之，似覺無關重要；實則此正必須訂立契約之原因，故須寫明，始能保障權益，同時亦免發生法律上消極之限制。

七、雙方應守之約束　例如出典契約中載明「期滿之後，原價贖回，如無原價，仍聽管業」。租賃契約中載明「賓東辭退，各於半月前通知，退租之日，押租如數收回」等，皆須在契約中分別寫明。如項目過多，可分項列擧，寧詳毋略，寧備無漏，以便互相遵守，預防糾紛。

八、約定期限　凡訂立典押、借貸、僱傭、合夥一類契約，皆有限期。在約定期內，當事人皆有規定之權利及義務，故在契約內必須寫明。期限之計算法，以契尾所署之年月日起算。

九、立契人書名畫押　立契人在契約開端，已寫出姓名，如「立出賣地基杜絕文契人〇〇〇」，所以表示立契之主體。在契末年月日之後，又須具名，並簽字畫押，或蓋章，或用指印，或畫「十」字，所以表示負立契之責。如立契人母親在堂，在立契人姓名下，應加「同母〇氏」，亦須畫押。

十、憑中或證明　契約除雙方當事人外，中證人亦極重要。契約中常稱「三面言明」、「三面議定」，所謂三面，即當事人雙方及中證人，故契約常有「央中說合」之語，可知中證人在契約上地位之重要。因此，在立約時必須寫明中證人姓名，並須經其蓋章或畫押。

十一、關係人書名畫押　契約關係人，除中證人外，尚有代筆及族長之類，祇須與立約事件有關，皆須在契約上具名簽蓋，將來如有糾葛，關係人皆得到場。

十二、立契之年月日　契約上年月日，關係異常重大，一切法律上權利義務之起訖，皆以此為根據。故非寫明不可，最好用大寫字如「壹貳叁肆」等，以防塗改。

上述十二項包括訂立契約之原因、事實、保證、約束、署名、年月日，契約之要項，大略如此。

第四節　寫作之要點

契約文字關係雙方之權利義務，雖不必求文采之美，然措辭不可不謹嚴。玆略舉寫作之要點如下：

一、文字　顏氏家訓勉學篇云「博士買驢，書劵三紙，未有驢字」。文辭雖美，而不切實，則失却契約之效矣。故契約之文，必簡要而無繁浮之語，明晰而無晦闇之句，正確而無游移之詞，周密而無遺漏之事。又契約文字術語，通俗相傳，雖不典雅，然其定義為習慣所共認，寫作時仍可沿用。至於字跡，雖不必苛求工整，但必須楷書清晰，筆畫無訛。遇有數目字，須一律大寫；如有塗改添註刪去之字，必須由代筆人加蓋印章。如係親筆，則須親自蓋章，並在文後注明「本件塗改、或添註、或刪去若干字」。以明責任，塗改過多，自以重寫為宜。

二、格式　契約為實用文字，在法律或習慣方面，已形成定式。故寫契約時，宜從舊式，如能符合當地習慣之格式更佳。新式契約採取分條列舉式，更見清晰，且宜於內容較繁之契約。

三、標點　舊式契約，皆不加標點，往往對於句讀發生問題。故寫作契約，應每句圈斷，以免曲解，轉滋糾葛。

四、用紙　契約往往有長期保留之必要，故用紙張，以堅韌耐久，不易塗改挖補者為宜。

五、貼稅　依照法令，每一契約，必須按印花稅法規，照貼印花，同時應依法完納契稅等，始具法律效力。

第五節　契約之種類

契約之用途頗廣，故種類繁多，形式亦異，有用合同式，雙方各執一紙者，如房屋租賃、營業合作之類是也。亦有由一方單獨立具契約者，如銀錢借貸，僅由貸方立借據；財產買賣，僅由賣方立契據之類是也。既經雙方之同意，又有作證之居間人，爲各種契約共同之點。惟學校聘請教師之聘約，及教師應聘書，則並無所謂中人證人。結婚證書，按之實際，亦爲契約之一。茲略舉其要者，說明如下：

一、買賣契約　按民法「稱買賣者，謂當事人約定：一方移轉財產權於他方，他方支付價金之契約。當事人就標的物，及其價金互相同意時，買賣契約即爲成立」。通常之買賣，如到商店購買用品，亦爲所有權之轉移，此只須甲方付款，乙方出具發票即可。至於田地房屋之買賣，關係複雜，易生糾葛，故轉移所有權，必訂契約，以資遵守。又買賣契約，一稱「杜絕契」，俗名「死契」，謂契約一經成立，被賣之田地房屋即與賣主永絕關係也。

二、出典契約　依民法規定，所謂典權，乃爲典受者支付典價，占有他人之不動產，取得使用及收益之權，至於出典，乃以田地或房屋典與他人，而取得典價之意。出典與出賣之別：出典爲所有權暫時之轉移，而出賣則爲所有權永遠之杜絕。故出賣契謂之「死契」，典契謂之「活契」；買業謂之「實產」，典業謂之「浮產」。其典賣相同處，則爲皆以不動產爲標的物耳。

三、抵押契約　依民法規定，抵押包括「抵押權」、「質權」兩種。「抵押權」爲債務人以不動產做爲債權之擔保，並不移轉佔有，惟在債務人出賣此不動產時，有取其價金淸償債務之權利。「質權」又分「動產質權」、「權利質權」兩種。動產質權爲債務人以動產爲擔保品，債權人可於出賣此等動產時，取其價金償債。權利質權，爲債務人以自己某種權利爲債務之擔保品。抵押與出典不同之處，即出典並無債務關係，而有一定典期，抵押則爲擔保債務，將自己動產或某種權利，暫交債權人保留，債務淸償，立即收回。抵押多屬流動物品，以不動產抵押，雖爲法律所許，而習慣則不常用。

四、租賃契約　民法「稱租賃者，謂當事人約定：一方以物租與他方使用收益，他方支付租金之契約。」租約中重要七點必須寫明：

㈠租賃物在交付承租人時是如何狀態；

㈡租金金額；

㈢出租人應如何保持承租人得到租賃之利益；

㈣承租人應如何享受租賃後之利益；

㈤承租人應如何保管租賃物；

㈥歸還租賃物之期間應如何規定；

㈦租金交付期間應如何規定。

五、借貸契約　依民法規定，借貸包括「使用借貸」、「消費借貸」兩種。「使用借貸」不過暫時使用，不須訂立契約。「消費借貸」通常多爲金錢借貸，均立借據。民法：「稱消費借貸者，謂當事人約定：一方轉移金錢或其他代替物之所有權於他方，而他方以種類、品質、數量相同之物返還之契約」。

六、僱傭契約　按民法：「稱僱傭者，謂當事人約定：一方於一定或不定之期限內爲他方服勞務，他方給付報酬之契約。」此種契約有三要項必須寫明者，一爲僱傭之期限，二爲勞務之條件，三爲報酬之數目及給付之時期。

七、承攬契約　按民法：「稱承攬者，謂當事人約定：一方爲他方完成一定之工作，他方俟工作完成，給付報酬之契約。」此種契約必須寫明之事項，爲承攬人應做之工作，確定完成工作之期間，報酬支付之方法，及工程或貨物安全之擔保時間。

八、合夥契約　按民法：「稱合夥者，謂二人以上，互約出資以經營共同事業之契約。」此種契約應寫明者：一爲股本之認集及利息，二爲贏餘及損失之分配，三爲事務之處決及執行，四爲退夥增夥及解散之辦法。

九、保證契約　按民法：「稱保證者，謂當事人約定：一方於他方債務人不履行債務時，由其代負履行責任之契約。」惟保證責任有「有限」與「無限」之別，保證期間有「有期」與「無期」之分，在保證契約中，應寫明白，免招牽累。

十、繼承契約　繼承包括嗣續與析產而言。依民法規定：「繼承因被繼承人死亡而開始。」惟向來習慣，往往在父母衰老之時，即爲子女分析產業，以免身後糾紛者亦復不少。現行民法，亦無立嗣規定。但社會習慣，依然不廢，故特立一類，以備一格，此種契約所應注意者，關於析產，須分配均勻，書寫明白，每人各執一份以備查對。關於嗣續，應對新舊親屬關係劃清，以免日後發生糾葛。

第六節　契約文舉例

一、買賣契約（出賣房屋）

立出賣市房（或住房）杜絕契〇〇，今因正用，願將祖遺（或自置）市房（或住房）一所，共〇進〇間，上連天空椽瓦，下連磚石地井，及後面餘地，四面出路，陰溝天井樹木一切在內，共計官地〇畝〇分〇釐〇毫，坐落〇省〇縣〇區〇圖〇字圩第〇號，挽中說合，賣與〇君爲業，時値公估，議定絕價銀〇〇元正，當日收足無誤。自賣之後，任憑買主過戶，完糧管業，拆卸改造，隨意而用，永與出賣人無涉。此房是出賣人自己名下之產，日後如有房族人等爭執混鬧，當由出賣人自行承當，與買主無干，此係兩願，各無翻悔。恐後無憑，立此出賣市房（或住房）杜絕契存執爲據。附房屋圖樣一紙，基地官單一紙，及其他有關證件。

四址　東　至　南　至
　　　西　至　北　至

中華民國〇〇年〇月〇日

立賣房杜絕契　〇〇〇　押（或章）
中人　〇〇〇　押
地保　〇〇〇　押
親筆無代

二、出典契約（出典田契）

立出典田契人〇〇爲因正用，自將祖遺（或自置）坐落〇縣〇區〇圖〇字圩內第〇號〇則田〇畝〇平方公尺正，央中說合，出典與某人名下暫行管業，三面議定，時値價國幣〇〇元正。其銀當立契日兩相交付明白，不另立收票，並無貸債準折等情，其田自出典之後，任憑典主過戶完糧，管業耕種，言定〇年爲期，年滿之後，原價贖回，如無原價，仍聽管業。此係自願，決無異言。恐後無憑，立此出典田契存照。

計開四址　東至〇處　南至〇處
　　　　　西至〇處　北至〇處

立出典田契人　〇〇〇　押
見議　〇〇〇　押
原中　〇〇〇　押
代筆　〇〇〇　押

中華民國〇年〇月〇日

三、抵押契約（抵押物品）

立抵押契據人〇〇〇，今將自置之〇〇（貨物）〇〇件作爲抵押品，挽中向〇〇〇先生處借到國幣〇〇圓，三面言明，利息每圓按月〇分計算，準於〇箇月內本利一併清償，將抵押品贖回。如到期不贖，聽憑銀主將抵押品按時値估價，變賣抵償，如有餘款，發還物主；如有不敷，再向原中著物主補足，決無異言。立此抵押據爲證。

立抵押契據人　〇　〇　〇　押（或章）

中華民國〇〇年〇月〇日

憑中　○　○　○　押（或章）
代筆　○　○　○　押（或章）

四、租賃契約（租賃房屋）

立租約人○○○，今租到○府○○街坐○朝○住屋一所，共○進○○間，出入通行無阻。裝修大小各件，另立收交單兩紙，雙方存執備查。憑中言明押租國幣○○圓整，房租每月國幣○○圓整。押租於立契日憑中交清，房租自進屋日起，按月取付，決不拖延短少。賓東辭退，各於半月前通知。退租之日，押租如數收回。上漏下濕，歸房東修理。裝修准許改式，退租時仍照原式歸還。如有虧欠房租，及在房裝修損壞遺失等情，即在押租之內扣算。恐後無憑，立此存照。

立租約人　○　○　○　押（或章）
中人　○　○　○　押（或章）
保人　○　○　○　押（或章）

中華民國○○年○月○○日

五、借貸契約（借款）

立借據　○○○，今因正用，憑中借到○○○先生國幣○○圓整。言明每圓每月○分○釐起息，按月付清。限至民國○○年○月還本，不得拖欠短少。恐後無憑，立此借據存照。

中華民國〇〇年〇月〇日

立借據人 〇 〇 〇 押（或章）
中保 〇 〇 〇 押（或章）

六、僱傭契約（僱用乳娘契約）

立傭約人〇〇〇（或〇〇氏），今憑保荐至〇府爲〇少爺（或小姐，均從俗稱）乳娘，業經試用合意，訂約〇年，每月工資〇〇元，在此約定期內，受僱人不得無故辭去，僱主亦不得另換他人，否則僱主可憑保議罰，受僱人可要求多給〇個月工資。平安吃滿，從俗酬謝。欲後有憑，立此僱約存照。

立約人 〇 〇 〇（或〇〇氏）押（或章）
本　夫 〇 〇 〇 押（或章）
保荐人 〇 〇 〇 押（或章）

中華民國〇〇年〇月〇日

七、承攬契約（承攬工程）

立承攬據人〇〇〇，今憑中攬到〇〇〇先生名下建造〇房〇間，一切做品、材料、式樣，另見圖說，三面議定料價、工資、喜封及一切俗例一併在內計國幣（或新臺幣）〇〇元整。其款自起工後分期支付，完工算清。即日動工，決不遲誤。限至〇年〇月〇〇日完工。材料、做品、式樣如有不合規定之處，情願改造，盈虧自行承認。並議定自完工之日起，保固〇年。在此期內，如有倒坍裂陷等情，由承攬人賠修，不得加價。此係兩願，各無異言。今欲有憑，立此爲據。

附房屋圖說一紙

中華民國〇年〇月〇日

立承攬據人　〇〇〇　押
保　　　人　〇〇〇　押

八、合夥契約

（甲）合夥經商

立合同議單〇甲、〇乙、〇丙、今議定在〇地〇〇街，合創〇〇字號經營〇〇事業。共集資本國幣（或新臺幣）〇〇圓，分作〇〇股，每股計國幣（或新臺幣）〇〇圓。甲認〇〇股，乙認〇〇股，丙認〇〇股，公延〇〇〇爲總經理，凡號中生意往來，夥友進退等事，均由總經理籌劃辦理。除與總經理另訂議約外，並議訂規則，載明於左，共同遵守，欲後有憑，立此存照。

一、資本均於定議日交齊，不得拖延短少。

二、股息按月〇釐，年終結付，不得預支。

三、每年終結帳一次，所有贏餘，除付股息外，其餘分作〇股，股東攤分〇股，總經理得〇股，夥友酬勞〇股。倘遇虧耗，按股照認填足。

四、總經理主持一切，股東除定期查帳會議外，不得無端干與。

五、每年〇月，開股東常會一次，審查帳目，並議決一切應興應革事項。
六、股東、總經理、夥友，均不得挪移款項，私作買賣，及擅用牌號在外賒、借、擔保等。如有以上情事，一經察覺，從嚴議罰，或另行延聘。
七、各股東如有拆股及增加資本等情事，均在年終結帳後，由股東會依多數同意取決。
八、本合同以〇年爲有效期限，期滿如願續訂，公同議決，願拆股退股者聽。
九、本合同照繕〇紙，股東各執一紙，餘一紙存儲字號中（或公司）備查。

立合同議單人〇〇〇 蓋章
〇〇〇 蓋章
〇〇〇 蓋章
見議〇〇〇 蓋章
代筆〇〇〇 蓋章

中華民國〇〇年〇月〇日

(乙) 出推字據（出推商股）

立推股據人〇〇〇，前於〇年〇月與〇〇〇君等合開〇〇字號，今因事煩不能兼顧，情願邀中核議，將自己名下所認〇股，出推於〇〇〇君承頂，三面言明，聽還股本國幣〇〇元正。當日如數收清。自出推之後，所有號中進出賬目，盈餘虧折，以及一切事務，永與出推人無涉。恐後無憑，立此推股據存照。

立推股據人 ○○○ 押
見中人 ○○○ 押
親筆無代
中華民國○○年○月○日

九、保證契約（荐夥保證）

立保證書人○○○，今願保○○○到○○公司辦理推銷事宜，一切悉依公司辦事規則。倘有沾染不良嗜好，不守規則，及敗壞公司名譽，或舞弊等事，聽憑公司隨時辭退。其經手銀錢帳目，設有舛錯，或有侵挪虧空等弊，由保人負賠償之責。恐後無憑，立此存照。

保證人 ○○○ 蓋章
中華民國○○年○月○日

十、繼承契約

（甲）繼嗣書

立繼嗣書人○○○，今因年邁無子（或夫死無子），特邀請親戚公議，擇定○○○承繼爲嗣，教訓撫養，成立婚配。所得祖遺自置田地房屋店舖什物，一應付於嗣子管業承受，另立清單爲憑，親族不得覬覦爭奪，日後余或生子，當與嗣子平均分派，嗣子不得爭論，此係兩願，各無反悔。欲後有憑，立此繼嗣書存照。

中華民國〇〇年〇月〇日

立繼嗣書人 〇〇〇 押（或蓋章）
族長 〇〇〇 押（或蓋章）
房長 〇〇〇 押（或蓋章）
公親 〇〇〇 押（或蓋章）
執筆 〇〇〇 押（或蓋章）

（乙）父立分書

立分書人〇〇〇，今因年高力衰，難以督理家務。長子〇〇，次子〇〇，長女〇〇，次女〇〇，均已婚嫁。玆特延請親族，將祖遺及自置田地房屋，開具清單，按照時値，五股均分，子女各得一股，永遠爲業。其餘一股，爲余夫婦養老之資。俟余夫婦終身後，悉數捐與〇〇〇作爲慈善基金。爾等當思創業艱難，守成不易。克勤克儉，庶幾家道克昌；無怠無荒，然後祖風丕振，其各勉之！今立分書一式五紙，自存一紙外，餘授與長子〇〇，次子〇〇，長女〇〇，次女〇〇，各執爲據。

計附清單一紙

中華民國〇〇年〇月〇日

立分書人 〇〇〇 押（或蓋章）
長子 〇〇〇 押（或蓋章）
次子 〇〇〇 押（或蓋章）
長女 〇〇〇 押（或蓋章）

次女　○○○押（或蓋章）
族長　○○○押（或蓋章）
房長　○○○押（或蓋章）

第六章　規　章

一、規章之名義及種類

禮記經解「規矩誠設，不可欺以方圓」。規所以正圓，矩所以正方，有規矩爲憑，則是非顯然，無法作僞。引申之，凡共同行事所必遵之條律曰規矩。漢書高帝紀「天下既定，命蕭何次律令，韓信申軍法，張蒼定章程」。其章程爲度量衡等等法規，後世以機關團體用書面訂定之辦事規條曰章程。此規章名詞之所由來。

規章包括國際交涉應用之條約，國家機關制定之法規，人民團體訂立之章程。惟條約由外交官訂立，法規由立法機關制定，事有專科，責有專司，非本編所須論及。且條約、法規、章程三者所用之術語，大致相同，了解規章之作法，則訂條約制法規，大同小異，各有其議案爲依據，自亦不難下筆。玆所述者爲行政命令中之規程及人民團體之章則。凡機關、團體，用書面記載其組織、秩序，及治事之方針手續，而分章分條列舉之者，總名曰規章，分而言之，其目頗繁，玆擧十種，簡述如下：

㈠條例　條例爲行政命令中之一種法規，大都由高級機關（如總統府，中央之各院部會，地方之各省市政府）所制定或核准。其作用在爲治事之依據，對整個事務所應辦者，一一予以規定，在規章中爲具有標準性者。

㈡章程　章程爲機關及團體所通用。大都爲實業機關或學校團體，規定其全部計劃及進行程序所用。製發者及接受者，可立於平等地位，亦可立於上對下之地位。對外具有表現性，對內兼有指導性。

㈢規則　規則亦爲機關團體所通用，其作用在規定應爲及不應爲之事項，純粹立於上對下之地位。與條例章程皆異其旨趣。蓋條例章程，注重於積極之施行事項；規則兼注重消極之避免事項。大抵規則爲整頓風氣，維持秩序而設，故具有紀律性。

㈣規程　規程兼有規則與章程之用。在規定施行程序中，並規定其應爲及不應爲之事項。大抵皆機關團體爲某一特定事件而作，既具有表現性、指導性，而又具有紀律性。

㈤規約　規約爲公共團體或機關（事實上行政機關極少訂定規約施行者）訂立共同遵守之規條。大都爲平衡權利與義務而設，立於平等地位，故其有約束性。

㈥簡章　簡章與章程性質相同，特摘取章程之重要條文，用簡單文字編成簡單之章則，可稱爲章程之摘要，故亦具有表現性與指導性。

㈦細則　細則與規則或條例之性質相同，乃將規則或條例中所載之事項，用詳盡之文字，編成更周密之條文，逐項說明其施行手續，可稱爲規則條例之詳解。普通細則又有「施行細則」、「辦事細則」之分。

㈧綱要　綱要爲將某種事項，提綱挈領，與以概括之規定，側重於重大條款而不及細目，故謂之綱要。或稱「綱領」，亦稱「大綱」。

㈨辦法　辦法爲對某種事件，直捷指示其辦理方法。凡各種規章中規定有施行事項而未訂明詳細法辦者，皆可另訂辦法。

㈩須知　須知與辦法頗有相輔作用。凡欲使人對某一事項之程序及辦法知所遵守者，皆可訂定須知。以上十種，不過擧其要略，此外如「節目」、「程序」、「學則」等，因事立名，不勝枚擧。明此十項，其餘自可隅反。

二、規章之術語

規章爲處理公務或具有法律性之文件，故其用語，以謹嚴明確爲貴，玆擧規章中常用之術語如下：

㈠應　「應」爲肯定非如此不可之意思。如臺灣省各縣市人民印鑑登記辦法第四條云：「人民聲請印鑑登記，應塡印鑑條二份，向辦理印鑑登記機關爲之。一份存查，一份轉送縣市政府查核。」所稱應塡具印鑑條二份，此「應」字卽具肯定性，謂缺一份卽於手續有欠缺也。

㈡須　「須」與「應」意近，惟語氣較爲和婉。如臺灣省各縣市人民印鑑登記辦法第五條云：「人民聲請印鑑登記所使用之姓名，須與戶籍登記相同，印鑑並以一種爲限。」所謂「須」字，亦具有肯定性，謂登記之姓名，必與戶籍相同也。

㈢得　「得」有許可之意。如臺灣省各縣市人民印鑑登記辦法第十條云：「已登記之印鑑如需證明，得由本人塡具印鑑證明聲請書，隨帶印鑑，向原登記機關聲請證明，經查核無訛後，發給印鑑證明書。」所稱「得」字，謂在某種情況下，需要證明，可以依手續聲請，如無需要，自不須强制聲請也。

㈣不得　「不得」乃「得之反面，但爲硬性之規定，表明非如此不可。如臺灣省各縣市人民印鑑登記辦法第十二條云：「徵收工本費，以登記規費科目掃解公庫，作爲追加戶政經費，不得移作別用。」此「不得」二字，卽硬性規定工本費必需繳庫，不得挪作他用也。

㈤但　「但」，表示例外之意，通常稱爲「但書」。凡原則業經規定，如有例外事項，卽爲「但書」用，「但」字開首，如臺灣省各縣市人民印鑑登記辦法第十一條云：「有關印鑑聲請事項，應由本人自行辦理。如因事故不能自辦時，得委託他人代辦，但須出具委託證明書。」此「但」字說明在自行辦理之原則以外，雖可託人代辦，但非有委託證明書不可。大抵規章中之「但」字，多用於「應」「須」「得」「不得」之後，以表示例外。

㈥及，並，或　「及」、「並」二字義近。在連擧數箇應備項目時，用「及」或「並」。具此不必具彼，用「或」。「或」字有時與「及」「並」發生連帶關係。如臺灣省各縣市人民印鑑登記辦法第二條：「辦理人民印鑑登記，應設立印鑑册正副本各一份，以村里爲單位，按鄰戶及街路門牌號數之順序。此「及」字說明須按鄰戶號數順序，亦須按街路門牌號數順序。又如同辦法第七條：「已登記之印鑑，如欲聲請註銷或因改換或變更姓名住址，均應以書面聲請註銷，或爲變更登記。如係印鑑遺失，並應附呈刋登聲明遺失之報紙，以憑核辦。」此條第一箇「或」字，指聲請原因，非此卽彼，二者不可得兼。第二箇「或」字，指聲請目的，註銷，更換，亦爲非此卽彼。「並」字謂原印鑑遺失，除以書面聲請註銷或更換外，並應附呈遺失聲明之報紙作證。此爲「或」與「並」發生連帶關係之例。

㈦除……外　此爲一種兩面俱到之規定術語，亦卽規定例外之術語。如臺灣省各縣市人民印鑑登記辦法第三條：「辦理印鑑登記所用之簿册，應永久保存，除因避免天災事變外，不得攜出保存處所。」此條除外語，卽爲顧全事實，兩面俱到之意。蓋不攜出爲原則，而爲顧及安全，在某種條件之下，則不妨攜出。惟除外語有時爲增加項目之意，如臺灣省縣政府組織規程第二十條末段，

：「除討論事項外，應作工作報告及檢討。」卽爲增加工作項目，而非規定例外也。

㈧遇……時　有時簡稱爲「必要時」，可以規定例外，亦可增加項目，其作用與「除……外」略同。如修正職業學校規程第七十六條：「職業學校教員，以專任爲原則，如遇有特別情形時，得呈經主管教育行政機關之核准。」此爲例外之規定。又如臺灣省人民團體組織暫行辦法第六條第五項云：「理事監事名額在三人以上時，得按名額多寡，互選常務理事，常務監事一人至五人；必要時，得就常務理事中選舉一人爲理事長。」此則爲增加選舉理事長一項目矣。

㈨視同　此術語表示與所規定之事項同等看待，如銀行法第一條：「營前項業務之一而不稱爲銀行者，視同銀行。」又爲行文之便，或用「以……論」，「作……論」，亦爲視同一律之意。

㈩其他凡列舉不盡或不能確定之事項，皆用「其他」一語概括之，故此術語大抵用在列舉項目之末。如臺灣省省轄市區長副區長選舉辦法第四條第十二款：「其他依法令應予停止公權者。」因前十一款已列舉應予停止公權之事實，恐有遺漏，故用「其他依法令」一語以概括之。

以上爲規章中常用之術語，其他普通文章可用倘字者，而規章中則用「如」字，不用「倘」字，如前引「如需證明」，「如欲聲請註銷」，普通未嘗不可用「倘」，而在規程中則慣用「如」字。此類皆宜隨時注意用語之習慣，未能一一備舉也。

三、規章之作法

規章之種類頗多，故寫作之方法亦非一成不變，玆特求其共同之點，以明寫作之方法。

㈠制定名稱　凡作規章，必先定名；構成名稱之要素，不外(1)制定之機關，(2)施行之效用，(8)效用之範圍。立名之時，根據構成之要素。然後辨明規章之性質，自可制定切當之名稱，例如「教育部監督私立大學規程」，教育部爲制定機關，監督爲施行之效用，私立大學爲施行之範圍，規程則爲此規章之類別。名稱之確定，不外以此諸要素爲依據。至於制定之名稱，字數宜簡短而能籠罩全文；音節宜諧適而響亮。使讀者聽者未見全文而已有深刻之印象，是在定名上已收規章之效用矣。

㈡編訂章節編訂章節，在使眉目淸楚，便於檢閱，務須每條之中，上下自成段落；逐條銜接，層次先後分別。萬不可有混淆相犯之弊。至於章節多寡，當內規章視容而定。最繁者可分爲編、章、節、目、條、項、款七級；普通分章、節、條、款四級，最少者惟用條之一級。編訂章節時，惟應斟酌事實之需要，既不可有意求繁，亦不必勉强求少，要以分配適宜爲度。

㈢安排秩序一般章則之結構，大體可分三部分：⑴總則；⑵分則；⑶附則。凡規章之根据、定名、宗旨、會址等，大都列於總則部分。各種特殊事項，如會員、組織、職權、任期、會期、經費等，大都列於分則部分。不過所謂總則、分則、附則等字樣，亦不必定須標明，祇按其性質，依次編列卽可。大抵全文中可以籠罩其餘之條文排列在前，其餘次之，是爲總則部分之內容。再將事實發生在前，以及重要性之條文排列在先，其餘次之，是爲分則之內容。規章通過等手續，照例列於後面。

㈣根據法規規章之性質相當於法律，故其本身，不能無法律之根據。一般規章，在開始時首載明本規章所根據之法規，其故卽由於此。惟特需注意者，卽所引必爲現行足資依據之法規；如所引法規曾經修正公布，卽應引用修正之條文。如無明文可資引據，所訂規章，至少不可與現行法令違背。

㈤考慮周密　規章之作用，在規定辦法，俾衆遵循。故一切有關事項，皆須詳加考慮，逐項規定。如有列舉事項，亦應體驗事實，將可能發生之情況一一列舉，不可有所遺漏。

㈥文字明確　規章既具有法律之性質，故文字當求簡明確切。祇需據事直書，不必詳說理由。祇求觀者明瞭，不必講求典麗。規章文字不宜過長，故應力求簡明。規章性質，多具强制性，故語氣必須肯定。如「大概」、「容或」、「似宜」之類，語涉模棱，皆不可用。前節所舉規章之術語，其語氣皆有一定之範圍，宜留心使用，否則不但多費解釋，甚至失去規章之作用。

以上所舉，爲寫作規章必須注意之原則。至於各種規章，因性質之不同，而有不同之作法，學者從事時，留心體察，自可觸類旁通，無俟一一說明矣。

四、範　例

㈠條　例

軍法人員轉任司法官條例

第一條　軍法人員轉任司法官，依本條例之規定。

第二條　本條例所稱軍法人員，爲各級軍法官及其他執掌軍法裁判之人員。

第三條　軍法人員，曾在專科以上學校修習法律學科三年以上畢業，而任相當於委任職之軍法人員三年以上，經登記並審查成績合格者，具有專任審判官之資格。

第四條　軍法人員曾在專科以上學校，修習法律學科三年以上畢業，而任相當於薦任職軍法人員二年以上，經登記並審查成績合格者，具有轉任地方法院推事，或檢察官資格。

第五條　軍法人員曾任推事或檢察官一年以上，並任相當於薦任職之軍法人員二年以上，經登記並審查成績合格者，具有轉任兼任地方法院院長之推事，地方法院首席檢察官、或高等法院荐任推事或檢察官之資格。

曾任相當於荐任職之軍法人員四年以上，經登記並審查成績合格者，具有轉任高等法院檢察官之資格。

第六條　軍法人員曾任兼任地方法院院長推事或地方首席檢察官，或高等法院推事或檢審官二年以上，並任相當於簡任職之軍法人員二年以上，經登記並審查成績合格者，具有轉任簡任推事或檢察官之資格。

曾任相當於簡任職之軍法人員四年以上，經登記並審查成績合格者，具有轉任簡任檢察官之資格。

第七條　軍法人員轉任司法官審查成績規則，由行政院會同司法院定之

第八條　本條例自公佈日施行。

㈡章　程

清寒教育基金章程

一、本基金定名為清寒教育基金。

二、本基金由某公司王經理雲平先生發起，除自捐〇萬圓外，擬再募〇萬圓，以子金資助家境清寒，有志深造之青年爲宗旨。
三、本基金由發起人聘請若干人組織委員會管理之。委員會辦事細則另定之。
四、凡捐助本基金至一萬圓以上者，爲本基金委員會當然委員。
五、本基金所資助之學生，以大學生爲限。
六、受本基金津貼之學生，暫以在國內大學者爲限。
七、津貼生所入學校及所習學科，由本基金委員會規定之。
八、津貼生每年所受津貼之數，由基金委員會規定之。
九、津貼生中途輟學者，本基金委員會得向其追償已受之津貼。
十、津貼生學行成績不良者，本基金委員會根據所在學校之報告，得停止其津貼。
十一、津貼生畢業後，須將職業及通信處報告本基金委員會，此外絕無其他義務，惟得自由捐助本基金。
十二、本章程得由本基金委員會大會通過修改之。
十三、本章程經委員會通過施行。

㈢規　則

教育用品免稅規則

一、國內公立及已立案之私立各級學校暨其他教育機關購置教育用品時，依照本規則第三條請領免稅護照。

二、前條之教育用品以左列各品爲限：

甲、儀器。

乙、理化用品。

丙、標本模型。

丁、依各級學校及教育機關設立性質用以教學或研究之必需品。

三、合於第一條規定之學校或教育機關購運之教育用品，應按照附表所列品名、數量、價值等項分別塡註六份，呈由教育部或呈由各該主管教育行政機關轉報教育部核明確與第二條文之規定相符，除教育部留存一份備查外，餘悉咨行財政部塡發護照，分別令行該管關局免稅驗收。

四、教育用品免稅護照由財政部塡發，每護照一紙，照章應貼印花五十元。

五、前項護照應由持照人經過各關局時先行繳驗，單貨相符，卽予加戳放行，如所運物品查與單開名稱數量等項不相符合或有影射塗改及一照兩用情事，應由各關局照章扣留呈請核辦。

六、前項護照均應依限繳回最後之關局呈送財政部核銷，所有各關局驗放之教育用品，並按季列表二份彙報財政部備查。

七、本規則自呈准行政院公布之日施行。

(四)規　程

司法院解釋及判例編輯委員會組織規程

一、本院爲編輯解釋及判例，設解釋及判例委員會（以下簡稱本會）。

二、本會置主任委員及副主任委員各一人，主任委員由最高法院院長兼任，副主任委員由司法院秘書長兼任，委員若干人，由院長就本院及所屬機關高級職員遴派兼任之。

三、本會編輯解釋及判例，得由主任委員指定委員三人至五人，專負稽核分類之責。

四、本會置總幹事一人，幹事若干人，雇員若干人，其人員由主任委員就本院及所屬機關之人員調用之。

五、本規程自院令公布之日施行。

(五)規　約

某某鄉公所禁賭規約

一、本規約由本公所召集各村村長公同議決，凡在本鄉區域以內居住之人民，均須切實遵守，如有違犯，照約處辦。

二、凡在本鄉本區域以內設局聚賭者，處以若干元以上若干元以下之罰金。

三、本鄉區域以內不論何家房屋或空地，如有租借與人開場聚賭者，除賭博者已按第二條處罰外，該房屋主連帶處以若干元以上若干元以下之罰金。

四、凡居住本鄉者，不論何家子弟，不論在本鄉區域以內或以外地方，如有賭博情事，經本公所查明證實，即通知某家長嚴加訓誨，並罰金若干元。

五、所有罰金，概由本公所充公益或慈善經費。
六、如有不願罰金者，卽由本公所送請警署究辦。
七、本規約呈奉本縣縣政府核准，於本年某月起施行。

㈥簡章

某某織造廠招商代理經銷產品簡章

一、本廠爲推廣營業，特於本省繁盛縣市，招商代理經銷各項產品。
二、代理處須覓有相當資本經本廠認爲合格之商店爲擔保，並簽訂代理合約，俾資共同遵守。如廠方察覺擔保商店因營業失敗喪失其擔保能力時，得通知代理處另覓殷實商店擔保，重新訂立合約。
三、代理期間暫定爲一年，中途不得退約，期滿經雙方同意者，得繼續訂約代理。
四、凡經取得本廠出品代理經銷權之代理處，不得再兼代理他家同樣之貨品，以免混淆。
五、代銷品付出之捐稅、運費由廠給與；其係退回者，由代理處負擔。
六、各項貨品售價，由廠按照市情訂定售價表，發交代理處照售，代理處不得任意加價。
七、代理處售出貨品無論其爲現售、賒銷。均應開立統一發票，並另以副單彙送本廠，以憑記帳。
八、代理處銷售貨品須另印帳簿，不得與該代理人之其他營業帳目相混，俾便稽核。
九、代理處經售貨品應於每月十日之前，將上月份銷售數造具售貨明細表，送廠查閱。

十、代理處經售貨款，須按月如數滙廠，不得積存拖欠；但因特別情形不能滙寄而經本廠允許者，不在此限。

十一、代理處銷賸貨品除霉濕爛壞者外，得照價退回本廠。

十二、代理佣金規定如左：

㈠××類百分之××；

㈡××類百分之××；

㈢××類百分之××。

十三、代處理賒售貨品應負完全責任，如被撻欠，概由該代理處償付。

十四、本廠爲明瞭該代理處推銷情形及帳款實況，得隨時派員查詢之。

㈦細　則

臺灣省田賦征實暨征借糧食考成辦法施行細則

一、本細則依田賦征實暨征借糧食考成辦法（以下簡稱考成辦法）第十五條及第十六條之規定，訂定本細則。

二、本省田賦征實暨征借糧食，各縣市經征官各級經征及協催人員之考成，除考成辦法另有規定外，悉依本細則辦理。其經核准折價征收代金之田賦，亦適用本細則之規定。

三、本省各縣市長爲縣市經征官，各縣市政府財政科（局）長及稅捐稽征處長爲縣市副經征官，各縣市政府財政科（局）稅務股（課）長，稅捐稽征處田賦課長，鄉鎮長及各級辦理征收人員為經征人員，各縣市各級自治人員為協征人員，按其責任與征收成績，分別考核之。

四、本省田賦征實，每年分兩期辦理，以每期開征後一個月為初限，三個月為限，截限為考核成之期，全年按兩期考績成績核平均計算，核定其獎懲。

五、各縣市經征官副經征官各級經征及協催人員之考成，悉依考成辦法規定標準考核其成績，各縣市經征官副經征官之考成，由臺灣省政府辦理，並轉送糧食部備查，各級經征人員及協催人員之考成，由各縣市擬定後，報請省政府核定之。

六、本細則有咨准糧食部核定後公之施行。

(八)綱　要

厲行節約消費辦法綱要

關於公務機關及國營事業機關

1. 根據各機關業務實際需要，限制員額。
2. 依據員工四與一之比，調整工役數額。
3. 限制文武機關及長官警衞隨從及勤務兵數額。
4. 限制使用汽車，分期減少其數量。
5. 訂定加强物品保管制度，及配用辦法。
6. 訂定獎勵節省公物辦法。
7. 限制不必要之宴會及招待。

8.軍警制服換季時，另訂節剪裁，以期保持固有儀表而達節省材料之目的。
9.非必需之新建築，應一律停止。其有必需之建築者，應先報經上級機關核定。

二、關於一般社會

1.訂定禁造頭號白米麵粉，及節約糧食消費辦法。
2.禁止進口之物品，於本綱要公布二個月後，在市場上發現時，由政府予以沒收。
3.訂定限制私人使用汽車辦法。
4.厲行使用國貨。
5.各大都市，政府酌量當地情形，規定筵席節約標準與價格。並令原有餐館，改設或附設經濟食堂。
6.禁止營業性之跳舞場。
7.各大都市娛樂場所，限夜間十一時收場。
8.規定報紙雜誌及書籍所用紙張節約標準，嚴格推行。
9.慶弔文字以紙書寫，禁用布帛書寫或屏聯及花籃花圈，並禁用重磅紙之柬帖。
10提倡廢止年節餽贈。
11勵行工賑制度，籌設游民習藝所，並發動社會力量協助進行。
12延長夏季時間適用之月份。
13厲行守時運動。

三、附則

1.以上各項有須訂定實施辦法者，應由行政院令飭各主管機關分別擬訂，呈院核定，於九月一日全部同時公布實施。

2.本綱要及各種實施辦法公布後，應由行政院通令軍政首長，各省市政府，及國營事業機關之主管人員，切實遵辦，督率部屬，身體力行，否則嚴予處罰。

3.本綱要及各種實施辦法之實施成績，規定為各省主席及市長之重要考成。

4.行政院應通令各省市政府，提倡體育球賽、音樂會、廣闢游泳場、郊外施行，教育電影、學術演講等，以正當娛樂糾正奢靡之風習。

(九)辦　法

行政院禁止所屬公務人員冶遊、賭博辦法

一、行政院(以下簡稱本院)為革新政治風氣，加强執行公務員服務法第五條規定，特制定本辦法。

二、本院暨所屬各機關公務人員（以下簡稱公務人員）除執行公務外不得有左列情事：

1.涉足酒家、酒吧、舞廳及有女性陪待之茶室咖啡館暨其他冶遊之場所。

2.賭博財物

三、公務員冶遊、賭博財物（經法院或警察機關處理有案者），視其動機原因與影響，予以申誡記過或記大過，同一考績年度內記大過達兩次者，應卽免職。

四、各級主管人員對屬員是否有冶遊、賭博財物情事，應本監督職責，嚴加考核，其有知情而不處置者，視其情節輕重，依法懲處。

五、治安人員執行勤務時，如發現公務人員冶遊、賭博財物時，應報請機關長官轉知該公務人員之所屬機關處理。

六、本辦法自公佈日施行。

(十) 須　知

中央圖書館閱覽證使用須知

一、出入本館及各閱覽室應自動出示本證。

二、應遵守本館一切閱覽規則。

三、本證如自行塗改變換或缺少照片印章或轉借他人，均視爲無效並沒收之。

四、本證遺失或破損不堪使用時，應卽按照手續向本館申請補換，未辦補換手續而重領新證者，一經查出，卽予沒收。

五、本證專供在本館閱覽之用，不得作爲其他證明，否則一經查出，卽予作廢。

附錄

行政機關公文處理手冊

目次

第三章　公文處理

公文作法舉例

第一章　總　則

第二章　公文製作

第一章　總　則

一、行政機關公文處理，依本手册規定。

二、本手册實施範圍：

㈠行政院暨各部會處局署及其所屬機關（國防部所屬軍事機關部隊仍依原有規定）。

㈡省（直轄市）政府及其所屬機關。

㈢縣（市）政府及其所屬機關。

三、各機關可根據本手册各項規定，自行訂定適合於本機關的實施要點，配合執行，但不得與本手册規定有所牴觸。

四、本手册各章規定的事項，各機關必須一致執行。

五、附錄各項供參照辦理。

第二章　公文製作

第一節　公文類別說明

一、公文分爲「令」、「呈」、「咨」、「函」、「公告」、「其他公文」六種，用法如下：

㈠令：公布行政規章，發表人事任免、調遷、奬懲、考績時使用。

㈡呈：對總統有所呈請或報告時使用。

㈢咨：行政機關不適用（總統與立法院、監察院公文往復時使用）。

㈣函：各機關處理公務一律用函行文：

1.上級機關對所屬下級機關有所指示、交辦、批復時。

2.下級機關對上級機關有所請求或報告時。

3.同級機關或不相隸屬機關間行文時。

4.民衆與機關間的申請與答復時。

㈤公告：各機關就主管業務，向公衆或特定的對象宣布週知時使用。發布方式：得張貼於機關的佈告欄，或利用報刊等大衆傳播工具廣爲宣布。

㈥其他公文：

1.書函：

(1)於公務未決階段需要磋商、陳述及徵詢意見、協調或通報時使用。

(2)代替過去的便函、備忘錄及下級機關首長對上級機關首長的簽呈。

2.表格化的公文：

(1)簡便行文表：

答復簡單案情，寄送普通文件、書刊、或為一般聯繫、查詢等事項行文時使用。

(2)開會通知單：召集會議時使用。

(3)公務電話紀錄：凡公務上聯繫、洽詢、通知等可以電話簡單正確說明的事項，經通話後，發話人如認有必要，可將通話紀錄複寫兩份，以一份送達受話人，雙方附卷，以供查考。

(4)其他可用表格處理的公文。

第二節　公文結構及作法

第一款　公布令及人事命令

甲、公布令

一、公布行政規章的令文可不分段，敘述時動詞一律在前，例如：

㈠訂定「○○○實施細則」。

㈡修正「○○○辦法」第○條條文。

㈢廢止「○○○辦法」。

二、多種規章同時公布，可併入同一令內，並可採用表格式。

三、公布令的發布方式：以公文分行，或登載於各級政府公報，由各機關自行規定。

（公布令作法見舉例）

乙、人事命令

一、人事命令分：任免、調遷、獎懲、考績。

二、人事命令可由人事單位訂定固定的表格發表。

第二款　函

一、行政機關的一般公文以「函」爲主，製作要領如下：

㈠文字敘述應儘量使用明白曉暢，詞意清晰的語體文，以達到公文程式條例第八條所規定「簡、淺、明、確」的要求。

㈡文句應正確使用標點符號（標點符號用法表見附錄）。

㈢文內不可層層套敘來文，祇摘述要點。
㈣應絕對避免使用艱深費解、無意義或模稜兩可的詞句。
㈤應採用語氣肯定、用詞堅定、互相尊重的語詞。
㈥函的結構，一律採用「主旨」、「說明」、「辦法」三段式，案情簡單的函，儘量用「主旨」一段完成，能用一段完成的，勿硬性分割為二段、三段；「說明」、「辦法」兩段段名，均可因事、因案加以活用。

一、公文分段要領：

㈠「主旨」：為全文精要，以說明行文目的與期望，應力求具體扼要。
㈡「說明」：當案情必須就事實、來源或理由，作較詳細的敘述，無法於「主旨」內容納時，用本段說明。本段段名，因公文內容改用「經過」、「原因」等其他名稱更恰當時，可由各機關自行規定。
㈢「辦法」：向受文者提出的具體要求無法在「主旨」內簡述時，用本段列舉。本段段名，可因公文內容改用「建議」、「請求」、「擬辦」等更適當的名稱。
㈣各段規格：
1.每段均標明段名，段名之上不冠數字，段名之下加冒號「：」。
2.「主旨」一段不分項，文字緊接段名書寫。

3.「說明」、「辦法」如無項次，文字緊接段名書寫；如分項條列，應另行書寫。項目次序如下：

一、二、三、……，(一)(二)(三)……，1.2.3.……，(1)(2)(3)……。

4.「說明」、「辦法」分項條列，內容過於繁雜時，應審酌錄爲附件。

（函的作法見舉例）

第三款 公告

一、公告一律使用通俗、簡淺易懂的語體文製作，絕對避免使用艱深費解的詞彙。

二、公告文字必須加註標點符號。

三、公告內容應簡明扼要，非必要的或與公告對象的權利義務無直接關係的話不說；各機關來文日期、文號，不要在公告內層層套用；會商研議的過程也不必在公告內敍述。

四、公告的結構分爲「主旨」、「依據」、「公告事項」（或說明）三段，段名之上不冠數字，分段數應加以活用，可用「主旨」一段完成的，不必勉強湊成兩段、三段，可用表格處理的儘量利用表格。

五、公告分段要領：

(一)「主旨」：用三言兩語勾出全文精義，使人一目瞭然公告目的和要求。「主旨」的文字緊接段名冒號之下書寫。

㈡「依據」：將公告事件的來龍去脈作一交代，但也只要說出某一法規和有關條文的名稱，或某某機關的來函即可，除非必要，不敘來文日期、字號。「依據」有兩項以上時，每項應冠數字，並分項條列，另行低格書寫。

㈢「公告事項」（或說明）是公告的主要內容，必須分項條列，冠以數字，另行低格書寫，使層次分明，清晰醒目。倘公告事項內容祇就「主旨」補充說明事實經過或理由時，可改用「說明」爲段名。公告如另有附件、附表、簡章、簡則等文件時，祇需提到參閱「某某文件」，公告事項內不必重複敍述。

六、凡登報的公告，可用較大字體簡明標示公告的目的，免署機關首長職稱、姓名。

七、一般工程招標或標購物品等公告，儘量用表格處理，免用三段式。

八、凡在機關佈告欄張貼的公告，必須蓋用機關印信，可在公告兩字下關出空白地位蓋印，以免字跡模糊不清。

（公告作法見舉例）

第四款　其他公文

甲、書　函

一、書函的文字用語比照「函」的規定。

二、書函的首行一律標明「受文者」字樣，受文者的職銜姓名緊接書寫。

三、書函的結構採三段式或條列式，由各機關自行規定。

四、書函的發文者在正文之後具名蓋章。

（書函作法見舉例）

乙、表格式公文

表格式公文可依實際需要預印為固定格式填辦（格式由各機關自行訂定）。

第五款　特殊文書

一、外交部對外文書，僑務委員會與海外僑胞、僑團間行文，須因時、因地、因事制宜，可在簡化原則下自行訂定程式實施。

二、司法文書，由司法行政部根據特性自行訂定程式實施；訴願文書，由行政院訴願審議委員會訂定程式實施。

第三節　公文用語

一、「竊」字毫無意義，取消不用。

二、「奉」、「准」、「據」、「查」等引述語儘量少用。

三、「呈稱」、「令開」、「內開」、「等情」、「等由」、「等因」等引文起首及收束語一律取消不用。

四、「據此」、「准此」、「奉此」、「據呈前情」、「准函前由」、「奉令前因」等承轉語一律取消不用。

五、「在案」、「在卷」、「各在案」、「各在卷」處理經過語取消不用

六、「合行」、「合亟」、「相應」、「理合」等累贅用語均取消不用。

七、「令仰」、「仰即」改爲「希」。「呈請」、「謹請」、「敬請」、「飭」一律改爲「請」；「知照」改爲「查照」；「遵照」改爲「照辦」；「遵照具報」、「遵辦具報」改爲「辦理見復」；「鑒核示遵」改爲「核示」或「鑒核」；「飭遵」、「飭辦」改爲「請轉行照辦」；「轉飭」改爲「轉行」或「轉告」。「着即」、「伏乞」、「仰懇」一律取消不用。

八、「爲要」、「爲荷」、「爲禱」等結尾語一律取消不用。

九、「姑予照准」、「尚無不合（妥）」、「似」、「似可照辦」、「存備查核」等不肯定的判斷或建議用語一律取消不用。

十、審核各項規定或答復請求時，如符合，即用「符合規定」，否則即用「不合規定」或「

與規定不符」或「某項不合規定，其餘均合規定」。

十一、稱謂用語：

㈠直接稱謂用語：

1.機關間：

⑴有隸屬關係：上級對下級稱「貴」；下級對上級稱「鈞」，書寫時空一格；自稱「本」。

⑵對無隸屬關係上級稱「大」；平行稱「貴」；自稱「本」。

⑶對機關首長：上級對下級稱「貴」，自稱「本」；下級對上級稱「鈞長」，書寫時空一格；自稱「本」。

2.機關（或首長）對屬員稱「台端」。

3.機關對人民稱「先生」、「女士」或通稱「君」；對團體稱「貴」，自稱「本」。

㈡間接稱謂用語：

1.對機關、團體稱「全銜」（或「簡銜」），如一再提及，必要時得稱「該」；對職員稱「職稱」。

2.對個人一律稱「君」。

第四節 「簽」、「稿」撰擬

第一款 一般原則

一、「簽」、「稿」的性質：

㈠「簽」的作用，是幕僚處理公務表達意見，以供上級瞭解案情、並作抉擇的依據，分爲下列兩種：

1.機關內部單位簽辦案件的公文：依自訂分層授權的規定核決，簽末不必敘明上某某長官的字樣。

2.具有幕僚性質的機關首長對直屬上級機關首長的「簽」，文末可用「右陳○○長」字樣。

㈡「稿」是公文的草案，依各機關規定程序審定判行後發出。

二、「簽」、「稿」擬辦方式：

㈠先簽後稿：

1.制訂、訂定、修正、廢止法令案件。

2.有關政策性或重大興革案件。

3. 牽涉較廣，會商未獲結論案件。

4. 擬提決策會議討論案件。

5. 重要人事案件。

6. 其他性質重要必須先行簽擬的案件。

㈡簽稿併送：

1. 文稿內容須另爲說明或對以往處理情形須酌加析述的案件。

2. 依法准駁，但案情特殊須加說明的案件。

3. 須限時辦發不及先行請示的案件。

㈢其他一般案情簡單，或例行承轉的公文，得逕行以稿代簽方式辦理。

三、作業要求：

㈠正確：文字敍述和重要事項記述，應避免錯誤和遺漏，內容主題應避免偏差、歪曲。切忌主觀、偏見。

㈡清晰：文義清楚、肯定，毫不含糊模稜。

㈢簡明：用語簡練，詞句曉暢，分段確實，主題鮮明。

㈣迅速：自蒐集資料，整理分析，至提出結論，應在一定時間內完成。

㈤整潔：簽稿均應保持整潔，字體力求端正。

㈥一致：機關內部各單位撰擬簽稿，文字用語、結構格式應力求一致，同一案情的處理方法不可前後矛盾。

㈦完整：對於每一案件，應作深入廣泛的研究，從各種角度、立場考慮問題，對相關單位應切取協調聯繫。所提意見或辦法，應力求週詳具體、適切可行。並備齊各種必需的文件，構成完整的幕僚作業，以供上級採擇。

第二款　簽的撰擬

一、「簽」的款式：

㈠先簽後稿：使用「簽」的制式用紙，按「主旨」、「說明」、「擬辦」三段式辦理。

㈡簽稿併送：視情形使用「簽」，如案情簡單，可使用便條紙，不分段，以條列式簽擬。

㈢一般存參，或案情簡單的文件，得於原件擬辦欄或文中空白處簽擬。

（附註：便簽由各機關自行製作）

二、「簽」的撰擬要領：

㈠「主旨」：扼要敘述，概括「簽」的整個目的與擬辦，不分項，一段完成。

(二)「說明」：對案情的來源、經過與有關法規或前案，以及處理方法的分析等，作簡要的敘述，並視需要分項條列。

(三)「擬辦」：爲「簽」的重點所在，應針對案情，提出具體處理意見，或解決問題的方案。意見較多時分項條列。

(四)「簽」的各段應截然劃分，「說明」一段不提擬辦意見，「擬辦」一段不重複「說明」。

三、「簽」的用紙格式：

本手册所訂「簽」的用紙格式（見第三章七節附表(六)），具有幕僚性質的下級機關首長對直屬上級機關首長行文時應一致採用，至各機關內部單位簽辦案件可參照自行規定。

第三款　稿的撰擬

一、草擬公文一律使用制式公文稿紙，按文別應採的結構撰擬。

二、撰擬要領：

(一)按行文事項的性質選用公文名稱，如：「令」、「函」、「書函」、「公告」是。

(二)一案須辦數文時，依下列原則辦理：

1.設有幕僚長的機關，分由機關首長或幕僚長署名的發文，分稿擬辦。

2.一文的受文者有數機關時，內容大同小異的，同稿併敘，將不同文字列出，並註明某處文字針對某機關；內容小同大異的，用同一稿面分擬。

㈢「函」的正文，除按規定結構撰擬外，並應注意下列事項：

1.定有辦理或復文期限的，應在「主旨」內敘明。

2.承轉公文，應摘敘來文要點，不可在「稿」內書：「照錄原文，敘至某處」字樣，來文過長仍應儘量摘敘，實在無法摘敘時，可照規定列爲附件。

3.概括的期望語（例如：「請核示」、「請查照」、「請照辦」等）列入「主旨」，並不應在「辦法」段內重複；至具體詳細要求有所作爲時，應列入「辦法」段內。

4.「說明」、「辦法」須眉目清楚，分項條列時，每項表達一意，意義完整的，雖一句，可爲一項；否則雖字數略多亦不應割裂。

5.正文之後首長簽署，敘稿時，爲簡化起見，首長職銜之下僅書「姓」，名字則以「○○」表示。

6.須以副本分行者，應在「副本收受者」欄列舉；如要求收受者作爲時，則應改在「說明」段內列舉，並予註明。

7.如有附件，應在「說明」段內敘述附件名稱及份數。

（公文稿紙格式見第三章七節附表㈠㈡）

第五節　蓋印及簽署

一、公文蓋用印信及簽署規定如下：

㈠呈：用機關首長全銜、姓名、蓋職章。

㈡公布令、公告、派令、任免令、獎懲令、聘書、訴願決定書、授權狀、獎狀、褒揚令及匾額等均蓋機關印信，並蓋機關首長職銜簽字章。

㈢函：

1.上行文：用機關首長職銜、姓名、蓋職章。

2.平行、下行文：蓋職銜簽字章，或職章。

㈣書函：由發文者署名蓋章，或蓋章戳。

㈤機關職員任職證明或其他請求證明身份的文件，蓋機關印信，並蓋機關首長職銜簽字章。

㈥機關內部單位主管根據分層負責的授權，逕予處理事項，對外行文時，由單位主管署名，蓋單位職章。屬於一般事務性的通知、聯繫、洽辦，可蓋機關或單位章戳。

二、公文發文時，原稿不蓋用印信，僅蓋「已用印信」章戳，公文在兩頁以上時，應於騎縫處蓋騎縫章。

三、會銜公文不蓋用機關印信。

第三章 公文處理

第三章　公文處理

第一節　一般原則

一、公文的機密性、重要性及時間性依下列區分，並由各機關依業務性質及實際需要，自行預為區劃，以作為公文處理作業的依據。

㈠公文的機密性，應依國家機密保護辦法的規定分為：「絕對機密」、「極機密」、「機密」、「密」四種。

㈡公文重要性分為：「極重要」、「重要」、「普通」三種。

㈢公文時間性分為：「最速件」、「速件」、「普通件」三種。

二、業務及所屬單位繁多的機關，應設立公文交換中心，定時集中交換。

三、收、發、繕、校及打字人員以集中作業為原則，由各級行政機關依狀況自行規劃辦理。

第二節　收文、發文、分文的處理

收文、發文應一律按年份採統一編號。文件以隨到隨分隨發為原則。

第一款　收文

一、總收文作業應確按「拆封」「點收」「給據」「編號」「登記」「分文」等程序處理，儘量節約內部收、發、登記層次，加速公文處理效率。

二、公文附件如屬現金、支票、匯票或其他有價證券等，應先繳送出納單位簽收保管；如為大宗或重要物品時，應儘速隨文併送業務主辦單位。

三、單位收文由各機關按業務繁簡自行統一規定。

第二款　發文

一、發文人員應確按「點收」「分類」「併封」「登記」「發文」等作業程序辦理。

二、發文時應在公文上確切標明重要性、時間性、及保密區分。對平寄郵件應繕列清單，由郵局蓋章認明，以憑查考。

三、對同一機關有數件通常性的發文時，得併封送發。

四、封發公文得視實際情形，逐日分批專送，或郵寄，但最速件應隨時送發。

五、凡體積較大、數量過多的附件得先發公文，并於公文附件欄註明「附件另寄」。另寄附件時，封面上應註明「發文〇〇字號的附件」。

六、凡大宗及重要物品必須專人護送的，均由業務主管單位自行處理。小件物品由總發文部門處理。

七、人事命令、證件、有價證券、訴訟文件等重要文件用掛號郵件寄發。

八、上級機關頒發一般性通案公文時，應就組織層級及數量，預先分訂公文發行區分表，一次印發直達應到的層級。

第三款 分文

一、分文人員應注意來文的時間性，依序迅確處理。對未區分等級而內容確係最速件，或速件的來文，應加蓋戳記，提高承辦人員警覺。

二、分文以儘量減少中層單位登記手續爲原則。極重要或有特別時限的公文，應先提請長官核閱。

三、來文關涉二個以上單位時，應即按文件性質依本機關之有關規定分送主辦單位。

第三節　承辦、會辦、核稿、決行及分層負責

一、各機關應貫徹分層負責的實施，劃分層次，以不超過三層爲原則，逐級授權決行。處理公文的程序，以分承辦、審核、決行三級爲原則。送判公文應在公文稿紙上註明決行的層級。

二、各級承辦人員，如延誤公文處理時限，應追究行政責任。對政府或當事人構成損害時，應負法律責任，各級主管人員並應負行政上的連帶責任。

三、公文得依重要性分由各層級人員辦理：

㈠普通公文由科（課）員級以下人員承辦，經審核後，送上級主管決行。

㈡重要公文由科（課）長級或相當職位人員承辦，經審核後，送上級主管決行。

㈢極重要公文由科（課）長級以上人員承辦，經審核後送機關首長決行。

前三項規定，各機關得視其組織層級和業務情形自行酌定分級，除承辦人員及決行人員外，文稿審核人員每層以不超過二人爲原則。

四、公文應以一文一事爲原則。

五、公文需其他機關（單位）會辦者，應視同速件處理，重要案件以持會爲原則，會簽後不再會稿，核定後以副本抄知。

六、爲減少公文數量，下列事項不必行文：

㈠例行准予備查事項（法定須報備的例外）。

㈡可於會議、會談、會報中商決，或已在報刊上正式發布以及遞送例行表報等事項。

㈢非必要的公文副本。

㈣凡屬聯繫、協調、查告、商洽等事項，均可使用電話代替行文。

七、對所屬人員承辦的公文，如有不同意見，應明確批示。公文需清稿時應將原辦文稿附入。

第四節　繕寫、打字、校對、用印

一、各機關對外行文，應使用統一規格的公文用紙。例行公文，儘量表格化或印成例稿，並套印公文紙，由承辦人員辦稿時連同發文一併複寫。

二、公文決行後應以當日繕打、校對、發文爲原則。機密文件不交商打印。

三、公文用印，依本手冊第二章第五節規定辦理。例行表格、備供核發的證書、單、照等，各機關得預先蓋印或套印，編號備用。

第五節　公文處理的稽催與考核

第一款　公文稽催

一、公文稽催的作用在督促各級主管及承辦人員加速處理公文，提高行政效率。

二、公文稽催的目的在確保公文能於規定的期限內迅速辦出，并於公文處理流程中隨時發現瓶頸所在，以便檢討改進。

三、各機關應建立公文稽催制度，指定單位，指派專人負責辦理公文稽催工作。

四、公文處理時限基準：

㈠最速件隨到隨辦。

㈡速件不超過三天。

㈢普通件不超過六天。

㈣限時公文、法令定有時限的事項，依限辦理。

㈤人民申請各種證照等案件應按其性質，區分類別、項目，分別規定處理時限，如辦理過程需時七天以上者，應分別訂定處理過程各階段的時限，並明白公告。

㈥公文因案情繁複需展期辦理時，應視申請展期天數，區分核准權責，由各機關自行規定，但展期超過一個月以上者，須經機關首長或幕僚長核准。

五、公文處理時限計算標準：

㈠答復案件：自總收文之日起至發文之日止（含會稿、會辦時間），所需天數扣除例假及國定例假日後，爲實際使用天數。

㈡彙（併）辦案件：自規定彙報截止之日起算至全部辦畢發文之日止，所需天數扣除例假、國定例假日及奉准待辦彙復所需天數，爲實際使用天數。

㈢創稿（凡無來文而有發文的案件）：以發起之日起算；如係交辦，以交辦之日起算；如係會議決定，以會議紀錄送達之日起算；如係先簽後辦，以送簽之日起算；直接辦稿者，以辦稿之日起算。

㈣存查案件：自總收文之日起至簽准存查之日止，扣除例假及國定例假日，爲實際使用天數。

六、各單位人員職責：

㈠業務單位：

1.收發人員：

⑴登記本單位每一文件處理流程及使用時間。

⑵統計本單位資料，提出月報。

⑶提供單位主管查催資料。

2.承辦人員：

⑴按期辦出，控制處理時限（簽辦時應註明月、日、時、分，填寫方法例如：四月廿八日九時卅分可簡化爲：04.28 09.30）；必須展期者，報請權責主管核准。

(2)控制會稿、會辦時限：

①最速件親會。

②同一文件請二個以上單位核會，複製同時送會。

③會稿案件按速件處理。

3. 各級單位主管：

(1)查催、審核本單位公文處理時限。

(2)指定本單位人員負責主動查催。

(3)建議奬懲。

(二)公文稽催單位：

1. 登記本機關每一文件處理流程及使用時間。

2. 檢查各單位公文處理時限，逾時者催辦，並提出報告。

3. 統計全機關公文處理時限資料，提出月報。

(三)研考人員：

1. 按期抽查公文處理時限及列管案件，查核稽催單位執行情形。

2. 提出糾正及奬懲建議。

七、公文處理經過登記及催辦：

㈠所有各單位送判、送核、送會文件及批迴公文均應送由公文稽催單位登記。

㈡公文稽催單位應按總收文號編製卡片（或簿册）分別以承辦單位及收文順序排列，隨時將公文處理經過情形扼要填入，以爲檢查、催辦及銷號、製表的依據。

㈢公文經簽擬核定後，由稽催單位登記銷號，需繼續辦理或未結案暫存公文，應列管追蹤稽催。

㈣對超過處理時限，仍未簽辦或送會逾時的公文，由稽催單位填具催辦單（格式自定）向承辦單位催辦。

㈤承辦單位接獲催辦單後，應立即或在一定期間（由各機關自訂）內答復，並立即簽辦（或核會）。如仍不簽辦，又不將延辦理由答復時，應由稽催單位簽報上級。

第二款　考　核

一、下列事項予以考核：

㈠人民申請案件的處理程序與時限。

㈡訴願案件的處理程序與時限。

㈢一般公文處理程序的簡化與改進情形。

㈣減少公文數量措施的執行情形與成效檢討。

二、考核要領：

㈠公文稽催單位除按時查催統計本機關公文處理情形外，幷由考核單位抽查所屬單位執行情形，施行實地查證。

㈡針對本機關特性研訂稽催作業細則，作爲執行依據。

㈢早期發現問題，不斷檢討改進，適時提供各級人員研採對策。

㈣考核結果定期提報，以提供各級主管採取有效行動，排除障礙，使計畫繼續進行。

㈤考核執行情形列爲年度業務檢查項目之一。

第六節　檔案管理

一、各機關檔案，視組織及業務需要，設置檔案管理職位及場所，集中管理。

二、檔案保管區分如下：

㈠臨時檔案：尚未結案，待繼續辦理的案卷。

㈡中期檔案：經已結案，列有保管年限，且具有案例價値者。

㈢永久檔案：中期檔案經整理後，具有永久保存價値者。

三、檔案處理區分如下：

㈠銷燬：凡保存年限屆滿或辦後彙燬案卷，應先送會原辦單位後，簽由機關首長核定銷燬。

㈡移轉：

1. 臨時檔案已結案者，移轉爲中期檔案。

2. 中期檔案經整理後，仍有保存價值者，移轉爲永久檔案。

3. 機關裁併或撤銷時，應隨業務移交。

㈢機密等級調整：

機密等級，應每年調整一次，由原辦單位會同檔案管理單位「依國家機密保護辦法」的規定辦理。

㈣具有考證國史價值的檔案應移送國史舘參考。

四、案件以隨辦隨歸爲原則，應於發文次日逕行歸檔，別有註明時，則會知後歸檔。

五、檔案以十進法分類，區分如下：

類：各機關所屬一級單位爲類。

綱：各機關所屬二級單位爲綱。

目：依業務項目分目。

節：依檔案性質分節（必要時再分細目）。

前項檔案分類，由檔案主管單位會同有關單位訂定保存年限及分類表，經機關首長核定後實施。

六、檔案應編製收發文號與檔案號對照表及分類目錄卡（一案一卡，內容包括檔號、案名、移轉、銷燬等項）。

檔案具有永久保存價值者，得縮影保存（如無此項設備，可洽商有關機關縮攝）。

七、臨時檔案以活頁裝訂，依原卷號及件號順序，小號在下，大號在上；中期檔案及永久檔案，以書本式裝訂。並應註意防護（防盜、防火、防破壞、防蟲鼠、防霉爛、防污損等及保密）。

八、借閱檔案，其手續應儘量簡便，並參照下列原則辦理：

㈠借閱案卷，應用調卷單（格式自定），並由基層主管核章。

㈡緊急調卷，可先用電話辦理，後補調卷手續。

㈢借調非本管業務案卷，須會主辦單位。

㈣其他機關借調案卷，除法律另有規定外，應以正式公文辦理。

㈤借調案卷以兩週為限，屆期仍須繼續使用，應填具展期單（格式自定）洽請展期。借調案件，另有急用時，得隨時催還。

㈥借調案件逾期未歸還者，應洽催，如催還三次，仍不歸還，應簽報上級。

九、借調案卷人員不得洩密、拆散、塗改、抽換，增損、轉借、轉抄、遺失，非經簽准不得複印、影印。

機關職員退休或離職時應由人事單位會知檔案主管。

第七節　公文用紙

公文用紙規格如下：

㈠公文稿紙，分爲會銜，不會銜兩種。

格式：如附表㈠㈡。

用紙：六十磅模造紙。

印刷：單頁或摺疊雙頁紅色印製。

㈡「令」、「函」、「呈」通用公文紙，分爲用印與不用印兩種。

格式：如附表㈢㈣。

用紙：六十磅模造紙或打字紙，（油印公文，仍應用制式公文紙套印，不得使用白紙）。

㈢書函

格式：如附表㈤。

用紙：六十磅模造紙。

印刷：單頁紅色印製。

㈣簽稿紙

格式如附表㈥。

用紙：六十磅模造紙。

印刷：單頁紅色印製。

㈤簡便行文表

格式：如附表㈦。

用紙：模造紙或打字紙。

印刷：單頁紅色　黑色印製。

㈥開會通知單

格式：如附表㈧。

用紙：五十磅模造紙或印書紙。

印刷：油印或單頁黑色印製。

㈦移文單

格式：如附表㈨。

用紙：五十磅模造紙。

印刷：單頁紅色印製。

㈧電話紀錄

格式：如附表㈩

用紙：五十磅模造紙或打字紙。

印刷：單頁紅色或黑色印製。

附表(一)：公文稿紙格式

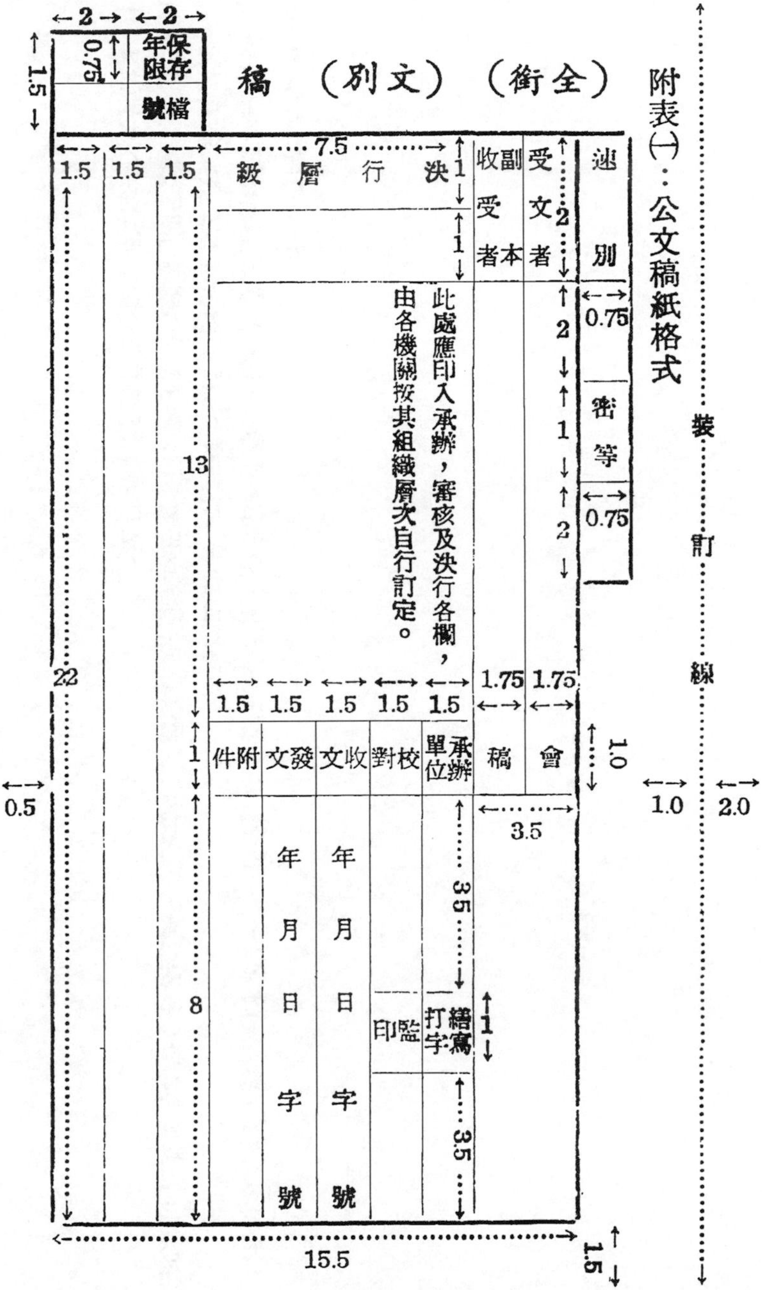
（全銜）（文別）稿
保存年限
檔號
速別
密等
受文者
副本收受者
決行層級
此處應印入承辦，審核及決行各欄，由各機關按其組織層次自行訂定。
會稿
承辦單位
校對
收文 年月日字號
發文 年月日字號
附件
繕寫打字
監印
裝訂線
7.5
15.5
22
13
8
3.5
1.75
1.5
0.75
0.5
1.0
2.0

說明：

一、本格式以六十磅八開模造紙用紅色摺疊雙面印製。

二、自「決行層級」至「收發文日期字號等」各欄由各機關在所定範圍內（長22公分，寬7.5公分）自行伸縮規定。需否增闢其他用途如「可否發布新聞」欄及闢欄地位，亦請自行決定。

三、第一面外框及各欄間用較粗紅線，中間分格用細線，裝訂線用虛線；第二面印十行，每行寬度與第一面每行寬度同。

四、尺寸計算單位：公分。

附表(二)：會銜公文稿紙格式

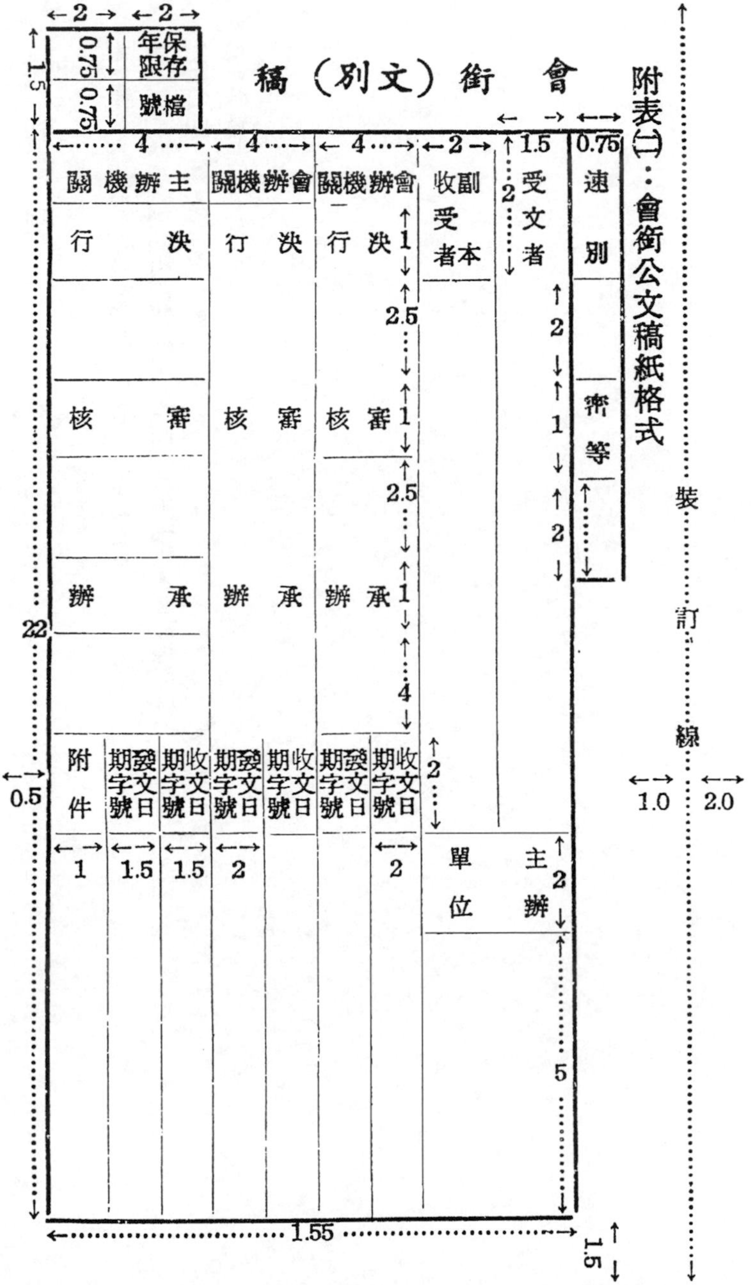

說　明：

一、本格式以六十磅八開模造紙用紅色摺叠雙面印製。
二、第一面外框及各欄間用較粗紅線，中間分格用細線，裝訂線用虛線。第二面印十行，每行寬一·五公分。
三、尺寸計算單位：公分。

附表㈢：不用印的公文紙格式

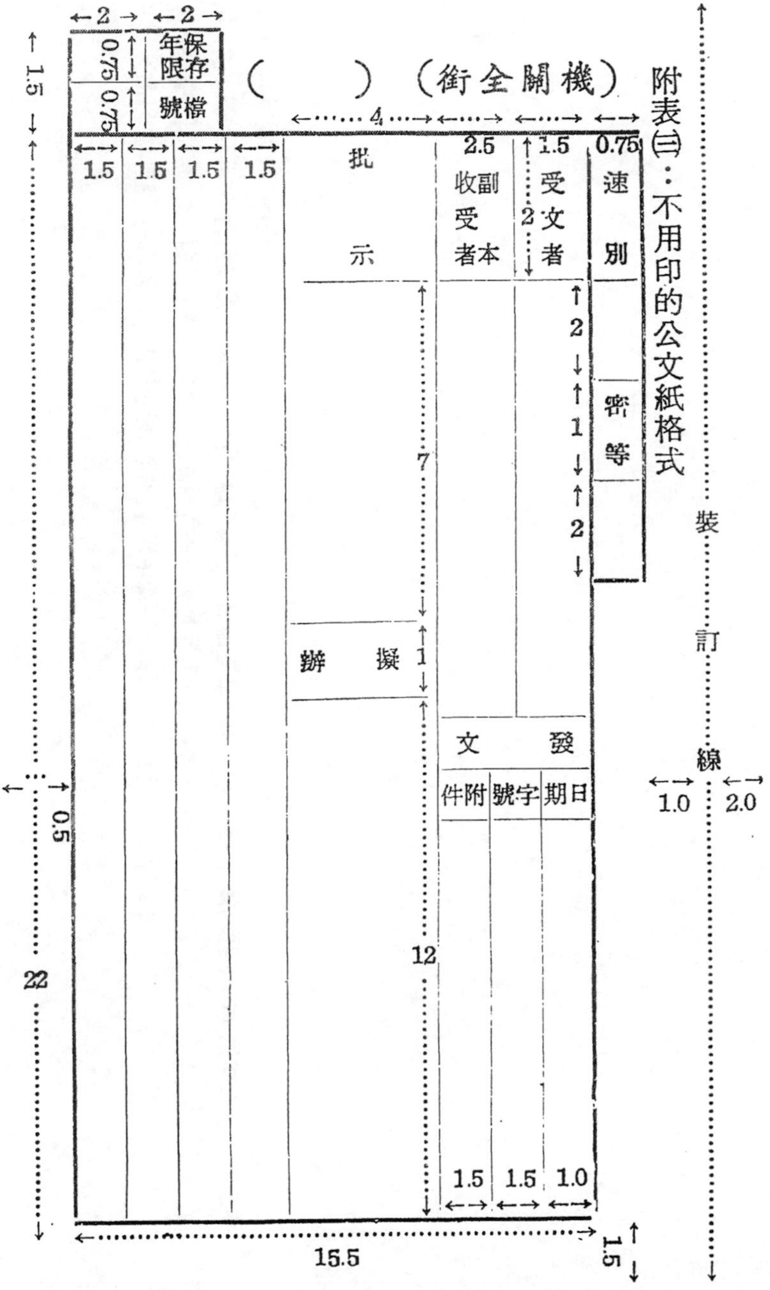

說 明：

一、本格式以八開六十磅模造紙或打字紙用紅色分摺疊雙面或單頁（十六開）單面印製。
二、本格式可印製爲兩種：一爲有行格；一爲無行格（大量套印通行公文用）。
三、第一面外框及各欄間用較粗紅線，中間分格用細線，裝訂線用虛線；第二面有行格者印十行，每行寬一．五公分。
四、尺寸計算單位：公分。

附表四：用印的公文紙格式

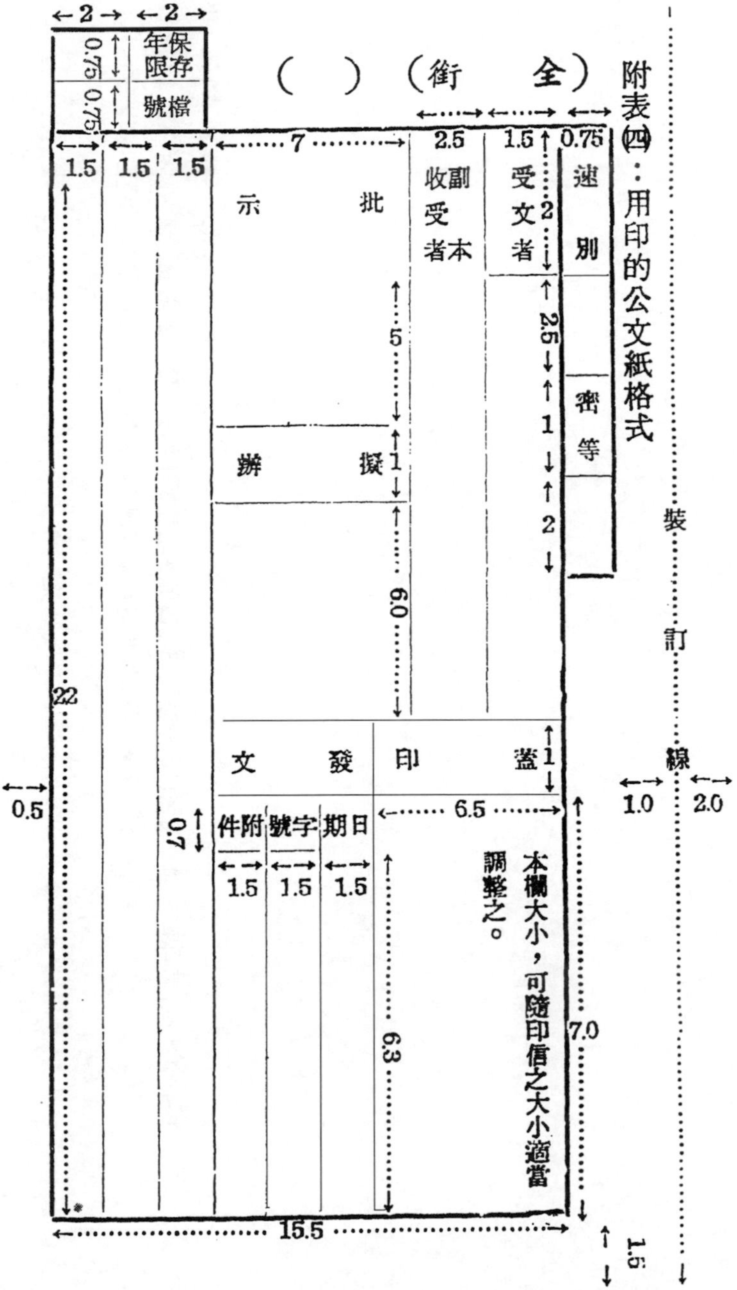

說明：

一、本格式以八開六十磅模造紙或打字紙用紅色摺疊雙面或單頁單面（十六開）印製。

二、第一面外框及各欄間用較粗紅線，中間分格細線，裝訂線用虛線；第二面印十行，每行寬一、五公分。

三、尺寸計算單位：公分。

附表㈤：書函用紙格式

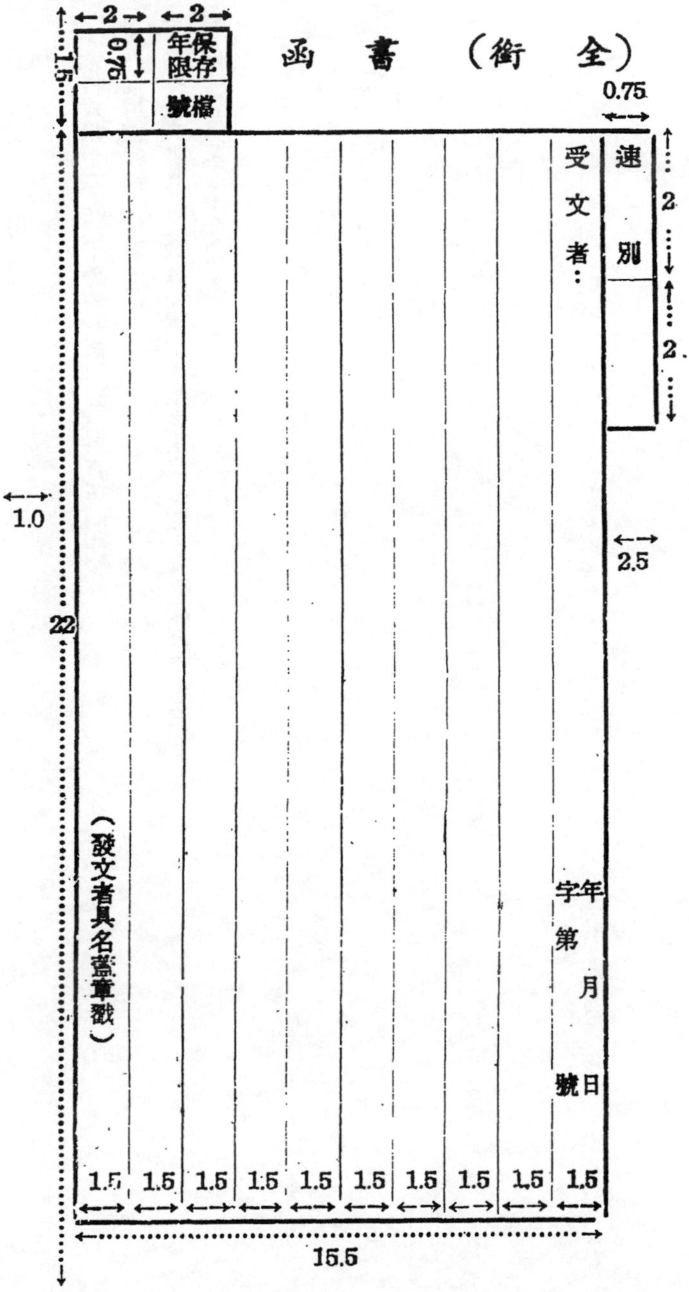
（全銜）書函
保存年限
檔號
速別
受文者：
年　月　日
字第　號
（發文者具名蓋章戳）
2
2
0.75
1.5
0.75
2
2
2.5
1.0
22
1.5 1.5 1.5 1.5 1.5 1.5 1.5 1.5 1.5 1.5
15.5

說明：

一、本格式以十六開六十磅模造紙用紅色單頁單面印製。
二、外框用較粗線，每頁十行。
三、「（發文者具名蓋章戳）欄」，緊接正文之後，實際印製時不必印入。
四、尺寸計算單位：公分。

附表㈥：「簽」的用紙格式

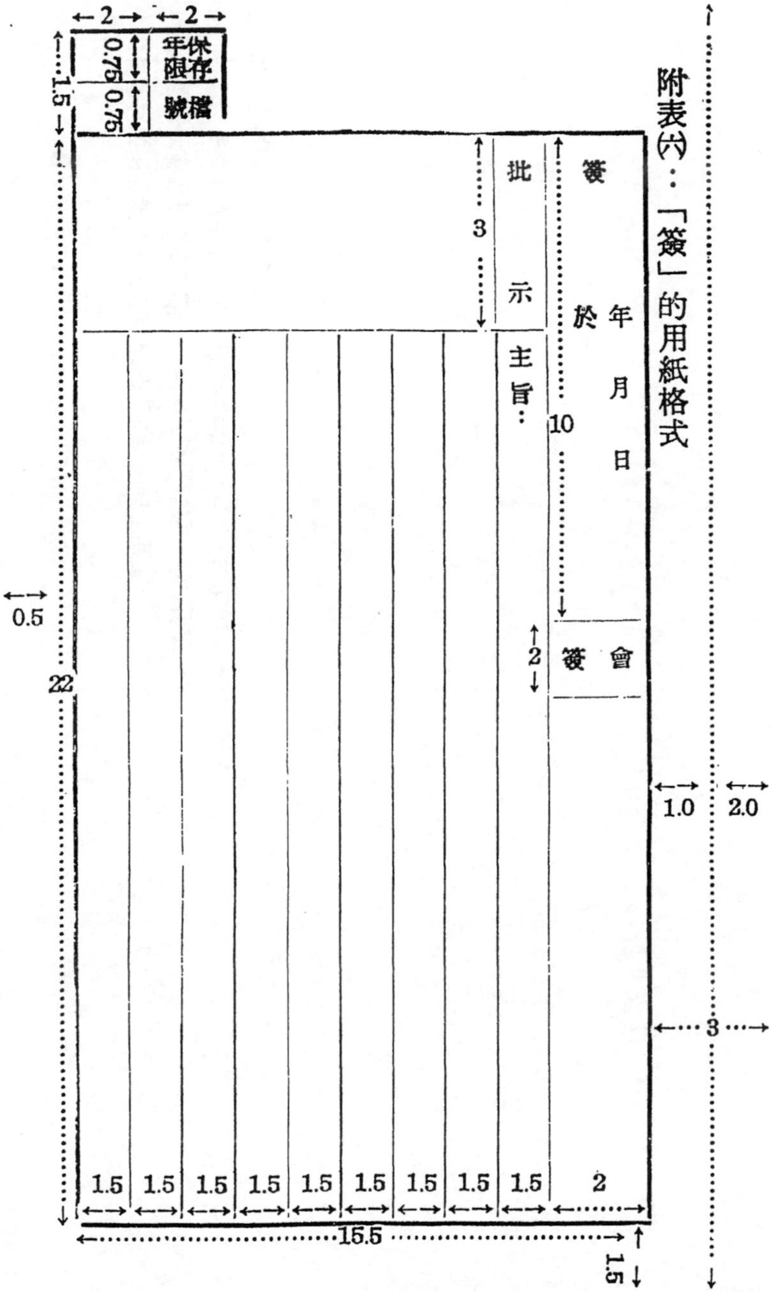
保存年限
檔號
批示
簽於　年　月　日
主旨：
會簽
2
2
0.75
0.75
1.5
3
10
2
0.5
22
1.0
2.0
3
1.5
1.5
1.5
1.5
1.5
1.5
1.5
1.5
1.5
2
15.5
1.5

說明：

一、本格式以十六開六十磅模造紙用紅色單頁單面印製。

二、外框及各欄間用較粗紅線，中間分格用細紅線，裝訂線用虛線。

三、本格式中頁紙祇印「批示」空格及欄下十行格，每行寬一、五公分。

四、尺寸計算單位：公分。

附表(七)：簡便行文表用紙格式

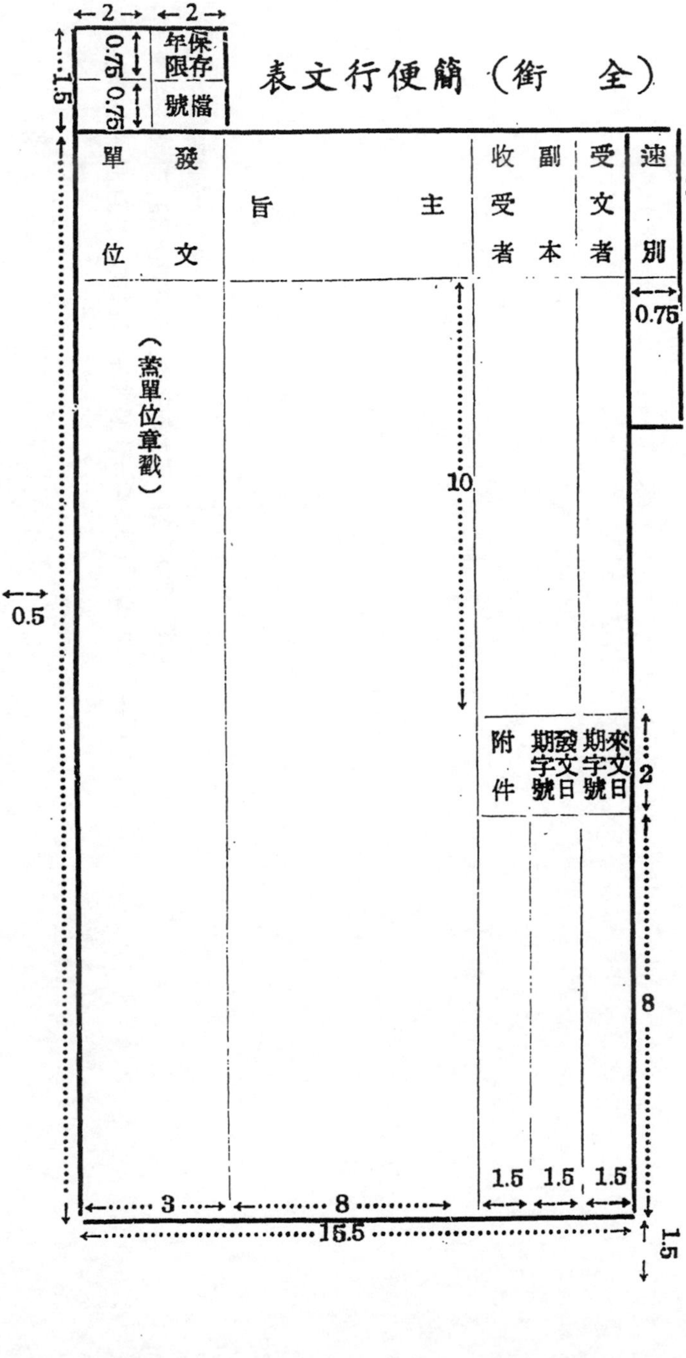

說明：

一、本格式以十六開六十磅模造紙或打字紙用紅色或黑色單頁單面印製。

二、外框及各欄間用較粗線，中間分格用細線，裝訂線用虛線。

三、尺寸計算單位：公分。

附表(八)：開會通知單用紙格式

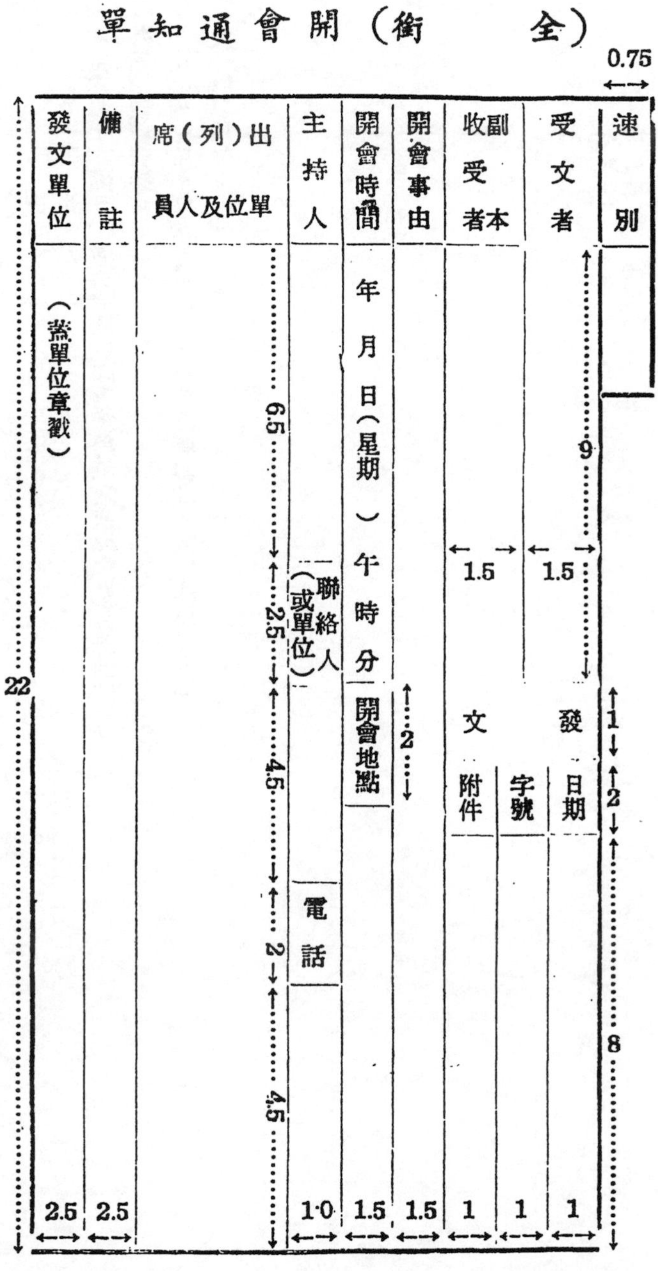
（全　銜）開會通知單
0.75
速別
受文者
副本收受者
開會事由
開會時間
年 月 日（星期 ）午 時 分
開會地點
主持人
聯絡人（或單位）
電話
出（列）席單位及人員
備註
發文單位
（蓋單位章戳）
發文
日期
字號
附件
2
2
9
1.5
1.5
1
2
8
2
22
6.5
2.5
4.5
2
4.5
2.5
2.5
1.0
1.5
1.5
1
1
1

說　明：

一、本格式以十六開五十磅模造紙或印書紙用紅色或黑色單頁單面印製。
二、外框用較粗線條。
三、「出（列）席單位及人員」欄，可視會議參加人數多寡自行伸縮。
四、尺寸計算單位：公分。

附表㈨：移文單用紙格式

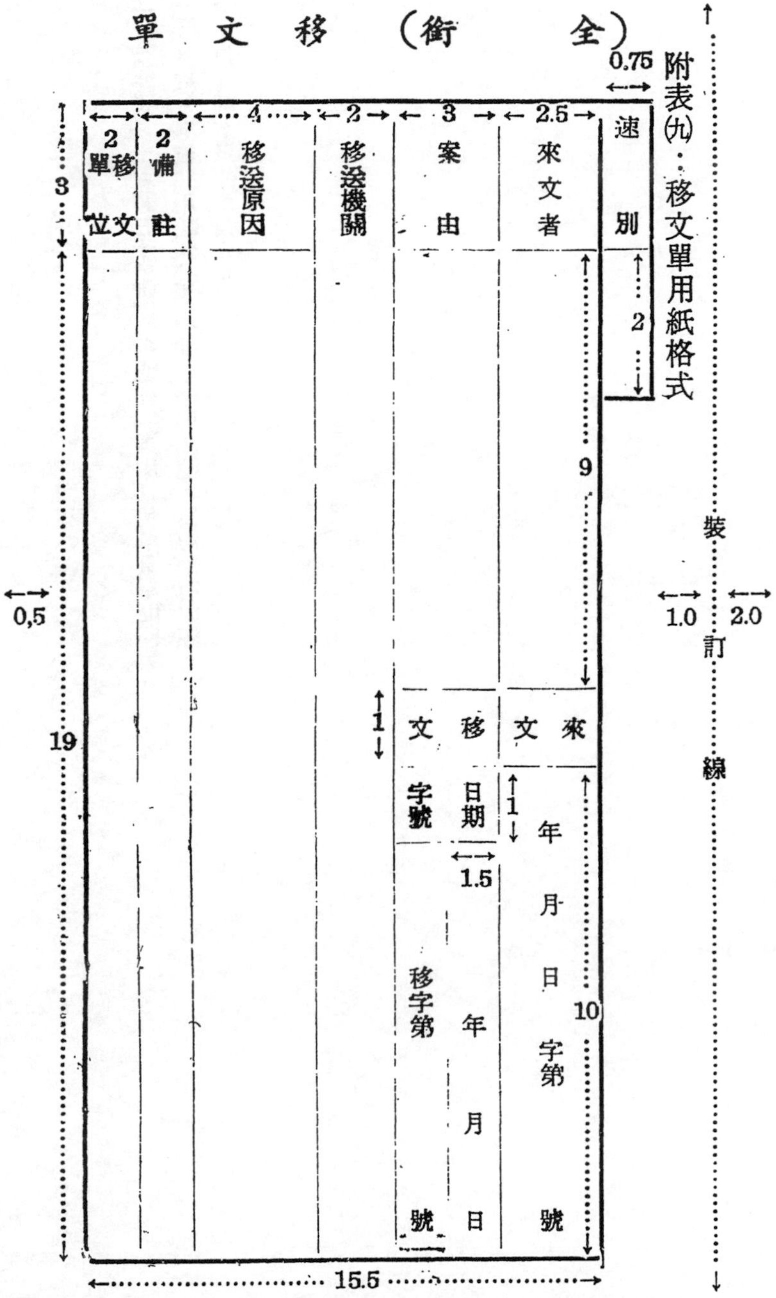
移文單（銜　全）
0.75
速別
2
來文者
2.5
案由
3
移送機關
2
移送原因
4
備註
2
移文單位
2
3
9
10
19
1
來文
年　月　日　字第　號
移文
日期
1.5
年　月　日
字號
移字第　號
0,5
1.0
2.0
裝訂線
15.5

說　明：

一、本格式以十六開五十磅模造紙或打字紙用紅色單頁單面印製。
二、外框及各欄間用較粗線，中間分格用細線，裝訂線用虛線。
三、尺寸計算單位：公分。

附表(十)：電話紀錄用紙格式

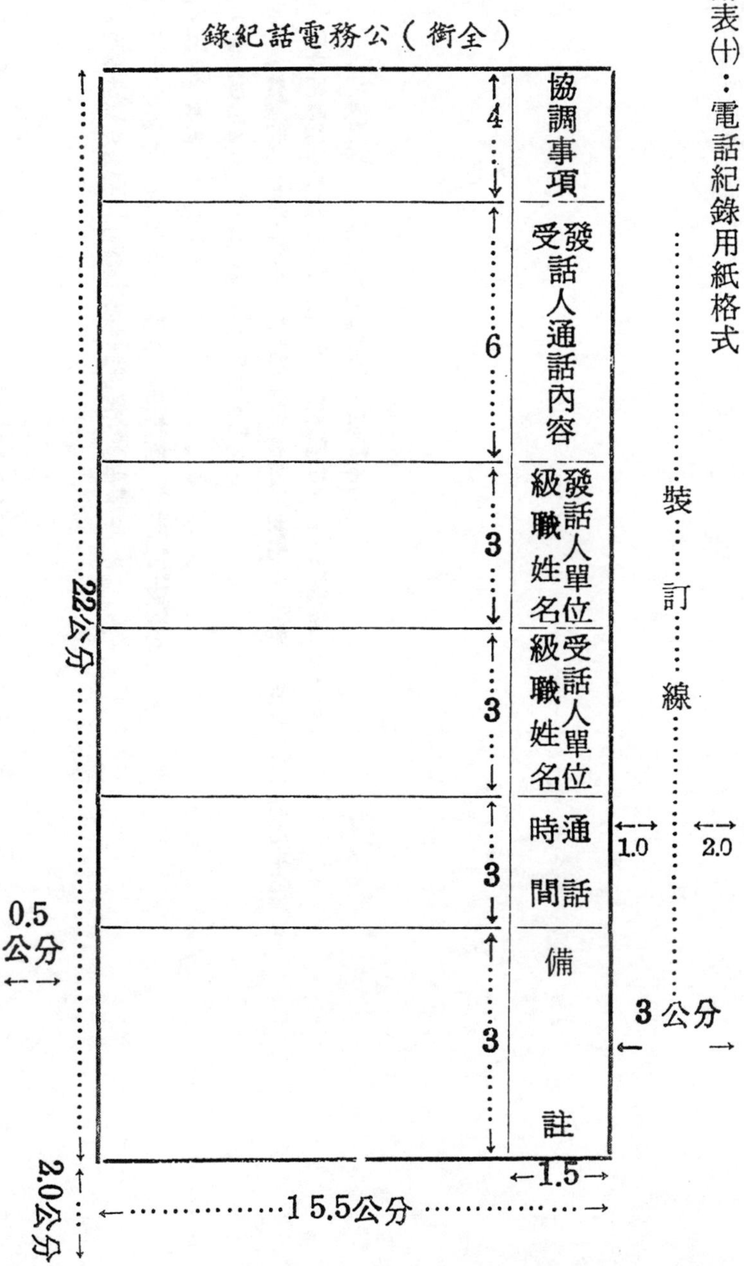

說明：

一、本格式以十六開五十磅模造紙黑色或紅色印製。

二、外框及各欄間用較粗線，中間分格用細線，裝訂線用虛線。

三、尺寸計算單位：公分。

四、裝訂成冊後另將下列文字印刷於封面內頁：

㈠各機關間凡公務上聯繫、洽詢、通知等可以簡單正確說明的事項，均可使用本紀錄。

㈡本紀錄應由發話人認有必要時，複寫兩份，以一份送達受話人。

㈢本紀錄發話、受話雙方均應附卷，以供查考。

公文作法舉例

公布令的作法舉例㈠

行政院令

年　月　日
字第　號

訂定「票據法施行細則」。

附「票據法施行細則」一份

院　長　○○○

公布令的作法舉例㈡

行政院令

年　月　日
字第　號

修正「中央政府機關暨國營事業公款存匯辦法」。

附「中央政府機關暨國營事業公款存匯辦法」一份

院　長　○○○

公布令的作法舉例㈢

行政院令

年　月　日
字第　號

廢止「行政院法規整理委員會組織規程」。

院　長　○○○

經濟部令

年　月　日
字第　　號

「商品檢驗發證辦法」修正為「商品報驗發證辦法」。並將「各種臨時檢驗通知書及憑證格式使用辦法」予以廢止。

附「商品報驗發證辦法」一份

部　長　〇〇〇

一段式函的作法舉例（下行文）

台灣省政府函

年　月　日
字第　　號

受文者：省屬各級機關

主旨：訂頒「台灣省各級實施職位分類機關六十二年度職位普查計畫」一種如附件，請依規定辦理，並轉行所屬照辦。

主　席　〇〇〇

二段式函的作法舉例㈠（平行文）

行政院函

年　月　日
字第　　號

受文者：立法院

副　本
收受者：財政部

主旨：函送銀行法修正草案，請查照審議。

說明：

一、財政部○年○月○日○字第○號函以現行銀行法係於民國二十二年三月公布，施行至今，已四十年，其間由於社會經濟環境的重大變遷，原法規定事項，對國家經濟計畫的實施與工商各業的發展，均已不足因應實際需要。爰經成立修改銀行法專案小組，完成銀行法修正草案，請核轉立法院審議。

二、經提出○年○月○日本院第○次會議決議：「修正通過，送請立法院審議」。

三、附銀行法修正草案一份。

院　長　○　○　○

二段式函的作法舉例(二)（平行文表格化）

財政部函　　年　月　日
　　　　　　字第　　號

受文者：台灣省政府

副本收受者：台灣省糧食局

主旨：核定特級精鹽售價，請查照，幷轉糧食局公告辦理。

說明：

一、特級精鹽售價如下：

項目	製鹽總廠廠價（新台幣元）	糧食局配銷價（新台幣元）	零售價（新台幣元）
500公克瓶裝	八四三	九〇〇	一〇〇〇
150公克瓶裝	四二五	四五〇	五〇〇
50公克瓶裝	二五六	二七〇	三〇〇

二、發售時間由糧食局與台灣製鹽廠會商訂定。

部長　〇〇〇

二段式函的作法舉例(三)(下行文)

交通部函

年　月　日
字第　　號

受文者：台灣省交通處　台北市交通局

副本
收受者：台灣省公路局　台北市監理所　財政部　台灣省財政廳　台北市財政局

主旨：關於使用牌照稅、汽車燃料使用費各種規費如何合併徵收，以資簡化便民問題，請轉告所屬公路監理機關迅速研議，提供具體意見報部核辦。

說明：

一、本部〇年〇月〇日〇字第〇號函計達。

二、本件係根據財政部〇年〇月〇日〇字第〇號函辦理(如附影本)。

部　長　〇　〇　〇

二段式函的作法舉例(四)(核復用下行文)

台灣省政府函

年　月　日
字第　　號

受文者：台北縣政府

主旨：貴府配合推行社區發展及整理環境衛生，增建房屋所應增之空地以及土地使用權之審核查驗，應依照本府〇年〇月〇日〇字第〇號函辦理（見違章建築處理手册補充本）。

說明：復〇年〇月〇日字第〇號函。

主　席　〇〇〇

二段式函的作法舉例㈤（下行文創稿）

台北市政府函

年　月　日
字第　號

受文者：本府交通局

副本收受者：本府祕書處、研考會

主旨：貴局行文未按「行政機關公文製作改革要點」辦理，仍用「令」、「呈」，與規定不符，請注意改進。

說明：

一、〇年〇月〇日以〇字第〇號「呈」報告貴局六十一年十二月份逾期公文調卷分析情形。

二、○年○月○日以○字第○號「令」發台北市建築物附設停車場聯合清查管理規定事項。

三、上列兩文，與「行政機關公文製作改革要點」第四項第㈣款：『除公布法規、人事任免仍用「令」，對國家元首仍用「呈」……外，一律用「函」或「書函」行文』的規定不符。

市長 ○ ○ ○

二段式函的作法舉例㈥（對副本收受者有所要求時）

行政院函

年 月 日
字第 號

受文者：經濟部

主旨：所請派○○局組長○○○前往○○○及○○○洽商設立○○○中心業務，准予照辦，並由外交部發給○○護照，所需經費依規定標準在推廣○○○基金項下核實列支，並由財政部核結外匯。

說明：

一、復○年○月○日○字第○號函。

二、副本抄送外交部（附原出國人員事項表及日程表）、財政部（附原預算表）、本院主計處（附原日程表及預算表）、內政部入出境管理局、經濟部〇〇局。

院　長　〇　〇　〇

二段式函的作法舉例(七)（上行文）

台北市松山區公所函　　年　月　日
字第　號

受文者：台北市政府

主旨：函送本區六十一年下期公文處理合於獎勵之主任祕書以上人員名册五份，請核獎。

說明：

一、依　鈞府〇字第〇號函辦理。

二、其他人員俟按權責核定後再行報備。

區　長　〇　〇　〇

二段式函的作法舉例（主旨、辦法）

行政院函　　年　月　日
字第　號

受文者：各部會處局署及省市政府

主旨：禁止本院所屬公務人員從事不動產買賣謀取非法利益，如有違反規定，應按違抗命令予以記大過二次免職，涉及刑事責任者，並移送法辦，請轉告所屬切實照辦。

辦法：

一、嚴禁公務人員以本人或利用配偶或無獨立生活能力子女之名義，從事經營不動產買賣之商業行爲，違者免職。其有壟斷、投機情事者，並依法嚴懲。

二、嚴禁各級公務人員利用其職務上之便利買賣不動產，違者免職，並依法嚴懲。

三、公務人員利用職務上之權力、機會、方法或祕密消息，自爲或使他人爲不動產買賣之營利行爲而圖利者，先予免職，並依貪汚治罪，從嚴懲處。

四、該管長官知其所屬人員有上述情事，而不依法處置者，嚴予懲處。

院長 ○○○

三段式函的作法舉例(一)（下行文）

行政院函

年　月　日
字第　號

受文者：內政部

副本收受者：本院主計處、本院國際經濟合作發展委員會主旨：核復關於中華民國社區發展研究訓練中心今後工作計畫重點及六十三年度預算一案，希照辦。

說明：本案係根據貴部○年○月○日○字第○號函，並採納本院主計處及國際經濟合作發展委員會議復意見。

辦法：

一、所擬社區發展研究訓練中心今後工作計畫重點五項，原則照准，惟應加列「評估現行社區發展方案得失，以謀改進」一項。

二、應由部衡酌財力，就上列重點研擬詳細計畫報院，並就所需經費核實編列分配預算，其可節減部分應不予分配。

院長　○○○

三段式函的作法舉例㈡（下行文通函）

台灣省政府函

年　月　日
字第　號

受文者：省屬各級機關

副本收受者：銓敍部、銓審會

主旨：分類職位公務人員經六十一年度年終考績依法取得升等任用資格，銓敍部未及在其考績清册說明欄內予以註明者，統限於○年○月○日以前按考績程序列册送府。

說明：依銓敍部○年○月○日○字第○號函辦理。

辦法：

一、取得升等任用資格名册，依銓敍部規定格式（附）以八開白報紙造報。六職等以上人員各職等應分頁繕寫，合訂一册，其餘三職等升四職等、五職等升六職等人員名册，應分別裝訂。以上名册均應一式五份。

二、本府各廳處局各職等人員升等名册，一律送府核轉省屬各機關、各縣市政府及其所屬機構，除六職等以上人員之升等名册應送府核轉外，三職等升四職等、五職等升六職等人員名册，一律逕送本省銓審會核辦。

三、省屬各二級機關辦理此案時，應將本機關及其所屬機關各職等人員之名册彙齊後，一次送本府或本省銓審會。

主　席　○○○

三段式函的作法舉例(三)（對不相隸屬的較低級機關行文）

外交部函

年　月　日
字第　　號

受文者：經濟部農礦工商事業派員出國案件審查委員會

主旨：工商人員短期出國，對其申請前往國家，請視實際需要予以審定。

說明：根據目前本部每月所發護照統計，貴會核准出國工商人員約佔所有各機關核准出國人員總數之半，其中常有出國期限雖僅數月，而其前往國家有多達數十國者，事實上持照人不可能遍訪所列國家之全部，徒使本部簽發護照作業增加負擔。

建議：今後工商人員申請出國，請貴會及申請人合作，對於事實上不可能前往之國家免予列入，以利護照作業。

部長〇〇〇

三段式函的作法舉例(四)（平行文）

交通部函

年　月　日
字第　　號

受文者：臺灣省政府

副本收受者：臺灣省地政局、本部高速公路工程局

主旨：興建南北高速公路有關土地測量分割、公路使用地編定公告、地上物查估計算造冊、用地徵購撥用等各項作業，請促請縣市政府全力協助辦理，以應工程進行。

說明：

一、南北高速公路為應交通及經濟發展之需要，必需加速興建完成。現嘉義至鳳山段，正開始測設路線中心樁與邊界樁（均有地籍座標），其餘各段亦將分別進行路權作業。

二、該路工程鉅大，其各項進度，必需相互密切配合，對於路權部分，以往迭承貴府支持，惟今後辦理路線較長，地區較廣，且時限迫促，對有關作業，需請縣市政府全力協助優先配合辦理。

辦法：

一、對於路權作業進度，經高速公路工程局與當地縣市政府協調定案後，請縣市政府對其應配合辦理部分，全力協助優先辦理完成。

二、各項作業手續，在法令規定範圍內請儘量予以簡化。縣市協辦業務經費由工程局負擔，請其與工程局協調後編列。

部長 ○○○

會銜函的作法舉例（上行文）

外交部　　　　年　月　日
財政部　函　　字第　號
經濟部

受文者：行政院

主旨：函送「加强中約暨中沙友好關係方案」，請核備。

說明：

一、爲進一步加强我國與約旦暨沙烏地阿拉伯兩王國之友好關係，本財政部李部長、本經濟部孫部長、張次長及本外交部沈部長、楊次長、李司長於○年○月○日在外交部舉行會議，經依照中約雙方會商決定之項目及李部長訪問沙國後所建議之事項，逐項縝密商討，擬定「加强中約暨中沙友好關係方案」一種，並決定由主辦單位負責籌劃，迅付實施。

二、附上述方案一式三份。

外交部部長　○○○
財政部部長　○○○
經濟部部長　○○○

書函作法舉例(一)（用機關名義發文、蓋條戳）

行政院秘書處書函

年　月　日
字第　　號

受文者：〇〇〇先生等

一、台端等〇年〇月間陳情書，請轉行迅速完成斗六鎮育英北街鐵路平交道工程一案，已轉臺灣省政府核辦。

二、現臺灣省政府交通處已通知鐵路局墊款施工，並函請雲林縣政府速籌配合款辦理。

（行政院祕書處條戳）

書函作法舉例(二)（代以往下級機關首長對上級機關首長的簽呈）

經濟部書函

年　月　日
字第　　號

受文者：行政院〇院長

主旨：請准延聘經濟專家以顧問或研究員名義研究國內外重大經濟問題，並撥所需經費。

說明：

一、擬延聘績譽卓著之經濟專家〇人，以顧問或研究員名義專職研究國內外重大經濟問題，提供解決問題達成目標之可行方案與建議，以供採擇施行。

二、估計本年度○至○月○個月約需經費○○○元，下年度以後每年估計約需經費○○○元。

請求：本部本年度及下年度原編預算未曾計列上項費用，請准專案撥款，以利進行。

部長　○○○

書函作法舉例㈢（用單位主管名義發文、蓋私章）

年　月　日
字第　號

經濟部工業局書函

受文者：臺灣區陶瓷工業同業公會汪理事長德焜

一、行政院祕書處函送台端於工商界人士座談會中所提書面提案敬悉。

二、關於金門磁土及北投土原料減價供應一節，業經本局分別函請金門縣政府及陽明山管理局參考辦理。

三、至請指定銀行專責輔導陶瓷工業簡化貸款手續，財政部已指定彰化銀行對陶瓷業作爲授信輔導之重點目標。

韋○○　私章

書函作法舉例㈣（語體文）

行政院青年輔導委員會書函

年　月　日
字第　　號

受文者：〇〇〇先生

副　本
收受者：臺灣省政府農林廳農友服務中心

一、省農林廳農友服務中心轉來台端〇月〇日詢問申請青年創業貸款的信，已經收到。

二、本會輔導青年創業貸款，輔導對象的學歷是高中（職）以上畢業的青年，並未限於大專畢業生。辦理貸款時，必須按照合作金庫的規定，辦理各項手續，這是一般金融機構的統一規定，無法例外。

三、附寄本會輔導青年創業辦法及空白格式各一份，詳細參閱後，對於來信所提的問題，當可獲得解答，如果仍有問題，請再來信向本會第一組（臺北市〇〇〇路〇號）詢問。

（行政院青年輔導委員會條戳）

簽的作法舉例（具有幕僚單位性質的機關首長對上級機關首長用）

簽　於〇〇〇　年　月　日

主旨：〇〇部為亞洲開發銀行請撥付亞洲蔬菜研究發展中心補助費新臺幣〇〇〇元，擬准動支本年度第二預備金，簽請核示。

說明：〇〇部函為〇〇銀行以亞洲開發銀行請自該行B帳戶我國繳付本國幣股本內支付亞洲蔬菜研究發展中心新臺幣〇〇〇元，業已先行墊撥，上項亞洲蔬菜研究發展中心補助費，本年度未列預算，既由〇〇銀行墊付，請准在〇〇年度第二預備金項下撥還歸墊。又本案事關涉外重要案件，特專案簽辦。

擬辦：擬准照〇〇部所請在本年度中央政府總預算第二預備金項下動支。

敬陳

〇　長

副〇長

〇〇〇（蓋職章）

公告作法舉例㈠（登報用）

（機關全銜）臺北紙廠給水工程招標公告

年　月　日
字第　號

工程名稱	廠商資格	圖說工本費	押標金	開標日期	登記日期及地點
本廠給水工程（大安圳第六支線管渠延長）	乙級以上營造廠或甲級水管承裝商對給水工程富有經驗有製作設備及能力，對給水工程獲有完工證明曾一次承包總價在廿萬元以上實績者。	新臺幣　百元	新臺幣　萬元	年　月　日	年　月　日起至　日止在　市　路　段　號本廠總務組

本例說明：

一、一般工程招標或標購物品公告儘量用表格處理，免用三段式。

二、公告名稱用大字標題並套紅。

三、免署機關首長職銜、姓名。

公告作法舉例(二)(登報用)

內政部公告

年　月　日
字第　　號

主旨：公告民國〇年出生的役男應辦理身家調查。

依據：徵兵規則

公告事項：

一、民國〇年出生的男子，本年已屆徵兵及齡，依法應接受徵兵處理。

二、請該徵兵及齡男子或戶長依照戶籍所在地(鄉)(鎮)(區)(市)公所公告的時間、地點及手續，前往辦理申報登記。

本例說明

一、主旨文字用大字標題並套紅。

二、免署機關首長職銜、姓名。

公告舉例(三)（登報用）

行政院青年輔導委員會公告

年　月　日
字第　　號

主旨：代辦臺北市銀行外勤工作人員甄選。

公告事項：

一、甄選名額：共○名（外勤雇員○名、外勤練習生○名）。

二、應徵資格：凡年在○歲以下（民國○年以後出生），公私立高級商業職業學校或高級中等以上學校畢業，持有畢業證書，身體健康，服畢兵役的男性青年，都可應徵。

三、報名日期：○年○月○日至○月○日（星期六下午及星期日照常辦理）。

四、報名地點：臺北市青島東路十號。

五、其他詳見甄選簡章，函索（請附貼足平信郵票和寫好姓名地址的信封一個）即寄。

本例說明

一、主旨文字用大字標題並套紅。

二、免署機關首長職銜、姓名。

公告舉例㈠（登公報用表格式）

臺灣省政府建設廳公告

年　月　日

字第　號

主旨：公告補發○○○君自來水管技工考驗合格證明書。

依據：○○○君○年○月○日申請書附○年○月○日青年戰士報遺失啓事。

公告事項：

技工姓名	原領證書字號	補發證書字號	附註
○○○	建水證字第○號	補建水證　第○號	原發自來水管承裝技工考驗合格證明書遺失，應予作廢。

廳長○○○

公告舉例㈡（登公報用條列式）

臺灣省政府農林廳公告

年　月　日

字第　號

主旨：核准崎漏區漁會設定專用漁業權，如有異議，請在公告之日起三十天內，將異議理由送本廳核辦。

依據：漁業法施行規則第二十條。

公告事項：

一、申請設定者和地址：崎漏區漁會，高雄縣茄萣鄉崎漏村一二一號。

二、設定漁場位置：高雄縣茄萣鄉崎漏村行政區域沿海由滿潮線向外延長五〇公尺以內海面。

三、漁業種類：採捕魚苗漁業。

四、漁業時期和漁獲物名稱：週年虱目魚苗、鰻苗、烏魚苗。

五、核准經營時間：三年。

廳長 〇〇〇

公示送達舉例（登公報用）

台灣省政府建設廳公示送達

年 月 日

字第 號

受文者：〇〇君（〇縣〇鎮〇路〇號）

主旨：台端與〇〇〇君連署申請試探〇縣〇鎮地方石灰石礦，因按原報地址，函請辦理應辦事項，無法投遞，特公示送達。

說明：

一、台端與○○○君連署申請上開礦區（申七九四號），經本廳礦務局按原申報地址，即「○縣○鎮○路○號」，以○字第○號及○字第○號函投郵，限期繳送費稅○元及台端與連署人印鑑證明書、最近全戶戶籍謄本、合辦契約書、推定代表人申請書各二份，迄未據辦理，惟第二次公函，郵局以「查無此人」退還。

二、茲限於本公示送達刊登省府公報之翌日起二十日內，逕向本廳礦務局礦政組第二課（臺北市信義路四段六十一號）具領公函並依限繳送費件，如逾期仍未辦理，即將原申請案依法撤銷。

廳長　○○○

公文改正作法舉例㈠

甲、原文

○○部函

年　月　日
字第　號

受文者：○○部

主旨：函送本部所擬「著作權法部分條文修正草案」，請惠示卓見，以便整理會送行政院核轉立法院審議。

說明：

一、年來翻印仿製他人著作物之風甚熾，非法之徒，坐獲暴利，此不惟損害正當出版商之權益，且足影響出版者投資出版事業之興趣，嚴重危害出版事業之發展。究其主要原因，厥爲現行著作權法對於翻印仿製及以其他方法侵害他人之著作權者處罰過於輕微，不足以收遏止之效。爲謀保障著作人之合法權益及嚇阻盜印行爲，對於現行著作權法有關罰則規定，實有加以修正之必要。

二、著作權法原屬貴部主管，惟罰則部分則爲本部所屬機關所適用，前於民國五十三年修正時，亦經貴部與本部會商後報院核轉立法院審議，完成立法程序。

三、附著作權法部分條文修正草案及其總說明各一份。

部長〇〇〇

乙、改寫爲書函：

受文者：〇〇部〇部長

一、年來翻印仿製他人著作物之風甚熾，非法之徒，坐獲暴利，旣損害正當出版商之權益，且足影響出版者投資出版事業之興趣，嚴重危害出版事業之發展。究其主要原因，厥爲現行著作權法對於翻印仿製及以其他方法侵害他人之著作權者處罰過於輕微，不足以收遏止之效。爲謀保障著作人之合法權益及嚇阻盜印行爲，對於現行著作權法有關罰則規定，實有加以修正之必要。

二、著作權法原屬貴部主管，惟罰則部分則爲本部所屬機關所適用，前於民國五十三年修正時，亦經貴部與本部會商後報院核轉立法院審議，完成立法程序。

三、檢附著作權法部分條文修正草案及其總說明，請惠示卓見，以便整理會送行政院核轉立法院審議。

部長〇〇〇

丙、改正說明：

磋商階段的公務行文，可用書函代替正式的函。

公文改正作法舉例㈡

甲、原文：

年　月　日
字第　號

○○部函

受文者：行政院

副本收受者：行政院祕書處、行政院研究發展考核委員會、本部祕書室、祕書室㈠（均含附件）

主旨：關於司法文書之改革一案，業經本部訂定「司法機關改革司法文書加强實施要點」，於本年○月○日以○字第○號函所屬各級法院及檢察機關自本年○月○日起切實實施。茲檢送該要點一冊，請核備。

說明：本案依據　鈞院○年○月○日○字第○號函頒「行政機關公文製作改革要點」一五之㈢辦理。

部　長　○　○　○

乙、改正作法：

○○部函

受文者：行政院

副本收受者：行政院研究發展考核委員會（含附件）

主旨：函送「司法機關改革司法文書加强實施要點」，請核備。

說明：本案依　鈞院〇年〇月〇日〇字第〇號函頒「行政機關公文製作改革要點」五之㈢辦理。並已發交本部所屬各單位自本年〇月〇日起切實實施。

部　長　〇　〇　〇

丙、改正說明：

一、致行政院的函不必再抄副本送行政院祕書處，對內部單位的副本亦不必在正式的函內註明。

二、主旨文字祇須說明行文的目的與期望。

公文改正作法舉例㈢

甲、原文：

〇〇委員會函

年　月　日

字第　號

受文者：本會各處室暨各附屬事業機構

主旨：檢送本會五年業務發展計劃，請照辦。

說明：本會爲建立業務整體觀念，完成計劃體系，俾各事業預行統一規劃，以配合組織、人力、資源、預算諸結構，趨向長期發展目標，特研訂五年業務發展計劃如附件。

辦法：上項五年業務發展計劃，爲本會各類型事業近、中程分計劃之指導計劃，應據此釐訂年度施政計劃、工作計劃或中心工作計劃配合實施，以達成預定目標。

主任委員○ ○ ○

乙、改正作法：

主旨：函送本會五年業務發展計畫，希作爲各事業今後擬訂年度施政計畫及一切中心工作計畫之準據。

說明：本會爲建立業務整體觀念，完成計畫體系，俾各事業預行統一規劃，以爲配合組織、人力、資源、預算諸結構，趨向長期發展目標。特研訂五年業務發展計畫如附件，以爲本會各類型事業近、中程分計畫之指導計畫。

主任委員○ ○ ○

丙、改正說明：

原文分三段，改正後兩段完成。

公文改正作法舉例㈣

甲、原文

○○省政府函

年　月　日

字第　號

受文者：省屬各級機關、學校

主旨：爲內政部已制定「職業訓練機構設置標準」公布施行，希依照規定辦理。

說明：

一、本件根據內政部〇年〇月〇日〇字第〇號函略以：「本標準係依據『職業訓練金條例』第六條之規定制定公布施行，並已呈報行政院及分行各有關機關團體查照。」

二、隨附該項標準一份，希依照規定辦理。

主席 〇〇

乙、改正作法：

〇〇省政府函

年　月　日
字第　號

受文者：省屬各級機關、學校

主旨：函送內政部公布施行之「職業訓練機構設置標準」，希依照規定辦理。

說明：

一、本案係依內政部〇年〇月〇日〇字第〇號函辦理。

二、附職業訓練機構設置標準一份。

主席 〇〇

丙、改正說明：

一、轉頒中央法規之公文，均可參照此例。

二、原文「說明」第二項「希依照規定辦理」一句與主旨重複，亦不宜在說明段內敍述。

公文改正作法舉例(五)

甲、原文

○○縣○○鎮公所函

年　月　日
字第　　號

受文者：臺中縣政府

主旨：請補助本鎮○○里第四公墓道路拓寬及舖設水泥路工程，以加速農村建設繁榮地方。

說明：一、本案依據○○里辦公處○年○月○日字第○號函辦理。

二、本鎮○○里第四公墓道路拓寬及舖設水泥路面工程，總工程費估需○○萬元之鉅，該里業經組成道路修造委員會，並已着手募款，目標爲○○萬元尚不足○○萬元敬請　鈞府賜准撥款補助，以利地方建設。

三、茲檢附工程概算書一份。

鎮長 ○○○

乙、改正作法：

○○縣○○鎮公所函

年　月　日
字第　　號

受文者：○○縣政府

主旨：請撥款補助本鎮○○里第四公墓道路拓寬及舖設水泥路工程，以利地方建設。

說明：

一、本案依據本鎮○○里辦公處○年○月○日字第○號函辦理。

二、上兩項工程總工程費估需○○萬元，經○○里道路修造委員會着手募款，尙不足○○元。

三、附工程概算書一份。

鎮長　○　○　○

丙、改正說明：

一、主旨文字較簡明。

二、原文「說明」第二項內「敬請鈞府賜准撥款補助」一句，是向受文者所提具體要求，不應在「說明」內敍述。

公文改正作法舉例㈥

甲、原文：

台北市○○區公所函

年　月　日
字第　號

受文者：各里辦公處

主旨：推行國民生活須知實踐比賽與服務小組服務工作競賽合併同時進行，請依限加强辦理備檢。

說明：依中華文化復興運動推行委員會臺北市分會○年○月○日字第○號函及本所「○○○年度服務小組工作進度表」第八項規定合併辦理。

辦法：

一、請於里民大會及各種基層會議中，對蔣院長所倡導：市民應有敦親睦鄰、守望相助之傳統美德，與尊重公共秩序、注意環境衛生、遵守交通秩序、幫助整頓交通秩序之良好習慣，加强宣導。

二、將服務小組人員編成二——三人一組，由里長、里幹事率同，自即日起至○月○日止，輪班逐日巡視，切實推行，勸導實踐國民生活須知運動有關事項。

三、各里辦公處應自行預爲選擇里內最髒亂、人口最密集、交通最紊亂之處所數處，澈底實施，協助改善。里內各鄰得自行舉辦相互競賽，以掀起競賽高潮，並保持成果備檢。

四、服務小組工作，除展開上述動態活動配合檢查外，並應將靜態資料，如：會議紀錄、開會簽到簿、工作登記簿及有關文卷等資料，整理妥當後，送由評檢小組人員，評列計分。

五、檢查日期、里別及評判小組人員，另行訂定，其評檢項目計分表如另式（隨發）。

六、成績優良之里長，報市獎勵，里幹事按成績優劣，報請獎懲，服務小組績優人員，由區頒獎。

七、本件副本（含附件）抄送中華文化復興運動推行委員會臺北市分會，臺北市政府民政局、中山區民衆服務分社、本區文復支會各委員。

區　長　○　○　○

乙、改正作法：

台北市○○區公所函

年　月　日
字第　　號

受文者：各里辦公處

副本收受者：中華文化復興運動推行委員會臺北市分會、臺北市政府民政局，○○區民衆服務分社，本區文復支會各委員（均含附件）

主旨：訂定「推行國民生活須知實踐比賽與服務小組服務工作競賽合併實施要點」，請依限加強辦理備檢。

說明：附前項實施要點一份。

區長〇〇〇

丙、改正說明：

原文「辦法」過長，宜另訂爲實施要點隨函分送；原文「說明」內文字可作爲實施要點的依據，函則二段完成，較爲簡明。

公文改正作法舉例(七)

甲、原文：

〇〇〇政府函

年　月　日
字第　號

受文者：本府所屬各機關

主者：行政院頒行「法規修正草案條文對照表格式」，自卽日起，凡報院審核之法規修正案件，應依式辦理。

說明：根據行政院〇年〇月〇日字第〇號函。

辦法：刊布上開對照表格式，希査照。

〇長〇〇〇

○○○○修正草案條文對照表

修正條文	現行條文	說明

使用說明

一、僅修正少數條文時，標題用×××法第×條、第×條修正草案條文對照表。全部修正時標題用×××法修正草案條文對照表。

二、修正文列於第一欄，現行條文列於第二欄，說明列於第三欄。

三、修正條文按其條次順移排列，現行條文對照修正條文排列，說明欄註明本條（項、款）係某條（項、款）修正或本條（項、款）同現行某條（項、款）。遇有現行條文被刪除時，依其於現行條文中之條次順移，仍將全文列於現行條文欄，其上之修正條文欄留空，其下說明欄註明現行某條（項、款）刪除，條文如係新增，則現行條文欄留空，說明欄註明本條（項、款）係新增。

四、重大修正之法規，應另加總說明。

乙、改正作法：

〇〇〇政府函

年　月　日
字第　號

受文者：本府所屬各機關

主旨：函送行政院頒行之「法規修正草案條文對照表格式」，希依照規定辦理。

說明：

一、本案係依行政院〇年〇月〇日字第〇號函辦理。

二、附「法規修正草案條文對照表格式」一份。

〇長　〇〇〇

〇〇〇〇修正草案條文對照表（以下從略）

丙、改正說明：

一、改正後二段完成，主旨較簡明。

二、原文「辦法」一段是贅文；「希查照」是概括的期望語，應列入「主旨」段，不應在「辦法」段內重複。

公告改正作法舉例㈠

甲、原用公告：

○○部公告

年　月　日
字第　　號

主旨：訂定新加坡南洋大學贈送我國學生獎學金候選人甄選程序，公告週知。

說明：新加坡南洋大學定於一九七三——七四學年度贈送我國學生獎學金六名，歡迎我國三年制專科學校（不分科系）畢業學生，年齡在廿五歲以下（民國卅七年五月一日以後出生），男生並已服完兵役者，前往南大插班（二年級）肄業。

公告事項：一、凡屬具有前項規定資格之學生，志願前赴南洋大學攻讀者，希於五月十二日以前檢同高中及專科學校畢業證書，與專校成績單，（男生需繳服完兵役證件）以書面向原畢業之專科學校提出申請，然後由各原校彙集審查，提荐其中品學兼優之學生三人，作爲是項獎學金候選人，檢附南大獎學金申請書每人三份，於五月十九日以前送達本部○○處。二、隨卽由本部會同南大派來人員組成遴選小組，約在五月廿五日左右舉行面試（確定日期另以書面通知）決定合格人選。

部　長　○○○

乙、改正作法：

○○部公告

年　月　日
字第　號

主旨：公告新加坡南洋大學贈送我國一九七三——七四學年度學生獎學金六名候選人甄選程序。

公告事項：

一、凡三年制專科學校（不分科系）畢業生，年齡在廿五年以下（民國○年○月○日以後出生，男生須已服兵役）均可應甄插班南大二年級肄業。

二、應甄者須於○月○日以前檢同高中及專科學校畢業證書，專校成績單（男生需加繳服役證件）以書面向原畢業之專校申請。

三、各專校收到學生申請書後，應先彙集審查，提荐品學兼優者三人候選，填具南大獎學金申請書每人三份，於○月○日以前送達本部○○處。

四、本部會同南大派來人員組成遴選小組，約在○月○日左右舉行面試（確定日期另以書面通知）決定合格人選。

丙、改正說明：

一、原文分三段，改正後兩段完成，層次較爲簡明清晰。

二、登報公告不署首長職銜姓名。

公告改正作法舉例(二)

甲、原用公告：

○○市政府公告

年　月　日
字第　號

主旨：公告公開展覽「擬訂木柵區老泉里恆光橋北端引導計劃案」之計劃圖說。

依據：一、本市都市計劃委員會六十二年一月十九、廿六日第四十九次委員會議續會審決「修正通過」。

二、都市計劃法第十五條。

公告事項：一、計劃圖說在本府及有關區公所所在地公開展覽卅天。

二、公告期間任何公民或團體得以書面載明姓名或名稱及地址向內政部提出意見作爲核定本案之參考。

三、計劃情形詳見公告之計劃圖說（張貼公告欄）。

市　長　○　○　○

乙、改正作法：

○○市政府公告　蓋印　年　月　日　字第　號

主旨：公開展覽本市木柵區老泉里恆光橋北端引導計畫圖說。

依據：

一、都市計畫法第十五條。

二、本市都市計畫委員會第四十九次委員會議審查決議：「修正通過」。

公告事項：

一、展覽時間：三十天。

二、展覽地點：（應明確列出展覽的地點）。

三、公告期間任何公民或團體如有意見，歡迎以書面（註明姓名、地址、名稱）向內政部提出，作為核定本案的參考。

市長　○○○

丙、改正說明：

一、改正後文字較為簡明。

二、公告應空出蓋印地位。

公告改正作法舉例(三)

甲、原用公告：

年　月　日
字第　號

○○市○○區公所公告

主旨：爲公告本區第二屆第二期○○里里長選舉設置投（開）票所地點暨應行注意事項。

依據：一、○○市公職人員選舉罷免規程第十四條。

二、○○市政府○年○月○日○字第○號函。

公告事項：

一、地點：○○市○○路○○號

二、投票方法：(1)投票以無記名單記法。(2)投票人於選舉票內刋列該里依抽籤順序之候選人相片籤號、姓名項端方格內，用規定印鑑任圈一人。(3)投票人應照規定時間內前往里內指定之投票所投票（○月○日○午○時至○午○時）。(4)投票人應攜帶自己的國民身份證和印章去領票，領票時在投票人名册姓名下蓋章或捺指模（請注意必須帶國民身份證印章於進入投票所前將國民身份證及印章先持在手中，預備檢驗以節省時間）。

三、希各位選民千萬不要計較事忙，更不要顧慮風雨，按時前往投票，請勿棄權。

乙、改正作法：

〇〇市〇〇區公所公告

區長〇〇〇

（蓋印）

年　月　日

字第　號

主旨：公告本區〇〇里里長選舉有關事項，請各選民屆時踴躍前往投票。

依據：

一、〇〇市公職人員選舉罷免規程第十四條。

二、〇〇市政府〇字第〇號函。

公告事項：

一：投票日期：〇年〇月〇日上午〇時至下午〇時。

二：投票地點：本市〇〇路〇〇號

三：投票資格：（照選舉罷免規程規定的選舉人資格填列）

四：投票方法：

㈠無記名單記法。

㈡投票人應攜帶國民身分證和印章先行領票（於進入投票所前請將國民身分證及印章持在手中，預備檢驗以節省時間）。

㈢投票人於領到選舉票後進入圈票處，在候選人相片籤號、姓名頂端方格內，用規定印戳圈選一人投入票櫃內。

區長○○○

丙、改正說明：

一、改正後文字較淺近，層次較清楚，投票方法條列分明。

二、張貼公告應空出蓋印地位。

公告改正作法舉例㈣

甲、原用公告：

○○市○○區公所公告

年　月　日
字第　號

主旨：公告本區經調整增編之忠愛里忠恕里實施日期。

依據：○○市政府○字第○號函。

公告事項：由本區忠勤里劃分出來之忠恕里和忠愛里訂於○年○月○日正式生效成立。

區長○○○

乙、改正作法：

○○市○○區公所公告

蓋印

年　月　日
字第　號

主旨：公告本區原忠勤里改爲忠勤、忠恕、忠愛三個里及其實施日期。

依據：○○市政府○字第○號函。

公告事項：

一、本區忠勤里原第○鄰至第○鄰仍爲忠勤里。

二、原忠勤里第○鄰至第○鄰改爲忠恕里。

三、原忠勤里第○鄰至第○鄰改爲忠愛里。

四、均於○年○月○日起實施。

區長○○○

丙、改正說明：

一、改正後文字及對劃分後的鄰里歸屬較能交代清楚。

二、張貼公告應空出蓋印地位。

公告改正作法舉例㈤

甲、原用公告：

〇〇區〇〇里辦公處公告　　　　　　年　月　日
　　　　　　　　　　　　　　　　字第　　　號

主旨：公告里民大會開會日期時間及地點。

依據：〇〇市里民大會實施辦法。

公告事項：

一、開會日期時間：中華民國〇年〇月〇日〇午〇時〇分

二、開會地點：〇〇〇〇〇

三、業經依法通知各戶在案，凡本里公民敬請是日準時出席，如有提案應有公民三人以上之附署，於開會前二日書面送交里辦公處編列議程。

里長　〇〇〇

乙、改正作法：

〇〇區〇〇里辦公處公告　蓋印　　年　月　日
　　　　　　　　　　　　　　　字第　　　號

主旨：公告里民大會開會時間、地點及提案辦法，並請準時出席。

公告事項：

一、開會時間：〇年〇月〇日〇午〇時〇分。

二、開會地點：○○○○○

三、提案辦法：提案應有三人以上附署，於開會前二日書面送交里辦公處。

里長 ○○○

丙、改正說明

一、改正後的主旨較能概括公告內容，公告事項第三項文字亦較簡潔。

二、張貼公告應空出蓋印地位。

一、公　函

鎭公所函

受文者：○○警察局

主　旨：請協助辦理國民義務勞動，整理環境衞生。

說　明：查本鎭某街一帶，垃圾堆積，不堪入目，本所定於本月某日，發動國民義務勞動，整理環境衞生，工作時間自上午八時起至十二時止，敬請貴局屆時撥借裝運車輛，協助清除垃圾，並派員指導爲荷！

鎭長　○○

鄉公所函

受文者：○○警察局

主　旨：請禁止遊人於樹榦刻字，以保林木。

說　明：獅頭山綠樹蒼鬱，蔚爲佳景，乃每有遊人及學生旅行團體，於樹榦刻字，以留紀念，苗條之嘉樹，遭受刻字，傷痕累累，不惟字句拙劣，詩句鄙俗，有礙雅觀，且破壞樹皮，大有損害於林木。敬請貴局出公告禁止，並飭警巡邏查辦爲荷！

鄉長　○○○

區公所函

受文者：○○縣政府

主　旨：請於○○鎭設立書報閱覽室，以啓民智。

說　明：本區地處偏僻，風氣閉塞，請

鈞府於本所所在地○○鎭設立書報閱覽室，陳列書報刊物，以供鄉民閱覽，增加見聞，庶可啓迪知識而提高文化，恭請　鑒核賜准！

區長　○○○

區公所函

受文者：○○郵局

主　旨：請於○○里設置郵政信筒及郵票代售所，以便居民寄發信件。

說　明：查本區○○里一帶，距郵局較遠，居民寄發郵件，甚感不便，請

貴局委託該里○○街春茂商店代售郵票，並於該店門右設置郵政信筒，以便居民寄發信件，實爲德便！

區長　○○○

二、申請函

成立同學會請備案

受文者：臺北市政府

主　旨：成立同學會並訂立會章敬請　備案。

說　明：查臺南〇〇中學，畢業同學，來臺北升學及作事者有六十餘人，爲砥礪品學，敦睦友誼起見，擬成立同學會，茲敬奉會章一份，恭請

鑒核准予備案，爲荷！

發起人　〇〇〇　〇〇〇　〇〇〇

通訊地址：〇〇〇〇〇〇〇

年　月　日

請取締淫褻演唱

受文者：〇〇市警察局

主　旨：請取締淫褻演唱，以敦風化。

說　明：本市〇〇區〇〇街〇〇戲院，上演某歌舞團之歌舞，淫曲猥詞，穢褻粗鄙，妖姿邪容，醜態百出，極盡挑動春情之能事，謬云此乃藝術，實則有傷風化，敬請

鈞局查明取締，以正習俗，而敦風化。

申請人　〇〇〇男〇〇歲　職業

住　址：〇〇市〇〇路〇〇號

年　月　日

請查禁淫猥小說

受文者：〇〇市警察局

主　旨：請查禁淫猥小說，以免遺害青年。

說　明：本市〇〇路〇〇書局近日出售淫猥小說，名曰人生之樂，內容描述男女幽會故事，語詞穢淫，且有裸體插圖，青年學生多往購閱，讀之入迷，不獨影響學業，且足戕害心理，敬請鈞局查禁，以免遺害青年。

申請人　〇〇〇男〇〇歲　職業

住　址：〇〇市〇〇路〇〇號

年　月　日

遺失手提包請協助查尋

受文者：〇〇警察局

主　旨：遺失手提包於計程車內，請　協助查尋。

說　明：本人〇〇〇於某月某日上午九點時刻，自臺北車站僱乘計程車至某處，下車時，忙中疏忽，將手提包遺留於該車內，未曾攜出，車已駛去，追之弗及，該車爲橘紅色，車牌號碼爲〇〇〇〇所遺手提包內有本人之身分證及某物　物等，敬請鈞局協助查尋，爲荷！

申請人：〇〇〇男〇〇歲　職業

住　址：〇〇市〇〇路〇〇號

年　月　日

耕牛被竊請協助查尋

受文者：〇〇警察局

主　旨：耕牛被竊，請　協助查尋。

說　明：本人〇〇〇於某月某日上午在某處田內工作，將耕牛繫於堤邊樹下，被人竊牽而去，此牛爲黃色牡牛，兩角整齊，敬請

鈞局協助查尋，爲荷！

申請人　〇〇〇男〇〇歲　職業

住　址：〇〇市〇〇路〇〇號

年　月　日

幼童走失請協助查尋

受文者：〇〇警察局

主　旨：小兒走失敬請　協助查尋。

說　明：民〇〇〇次子名少俊，年五歲，於本月三日上午十時在住宅大門外走廊間遊玩，失蹤未歸，經兩日來尋找未獲，少俊頭蓄短髮，長臉白顏，身穿黃色上衣，藍色短褲，足着紅色皮鞋，能說國語，走失迄今業已三日，敬請

鈞局協助查尋，爲荷！

申請人　〇〇〇性別〇〇歲　職業

住　址：〇〇市〇〇路〇〇號

年　月　日

請搬除修路所堆積田中之沙石

受文者：公路局

主　旨：請　搬除修路所堆積於農田之沙石，以便耕種。

說　明：查某路某處，前月大雨，山壁頹塌，阻塞交通，工人修路，遷移沙石，自路旁向崖下傾擲，沙石滾落於申請人之田中，積成巨堆，申請人無力自行搬除，敬請
貴局將此項沙石早日搬除，免誤耕種，爲荷！

申請人　○○○男二十九歲業農
住　址：○○市○○路○○號
年　月　日

三、簽

公文程式條例規定以外，機關內部，屬員對上級有所請示或要求，其文曰「簽呈」，今簡稱曰簽，舉例如下：

一、

敬陳者：職到本處服務，業已三載，多蒙
鈞長指導愛護，感銘五內，茲以考取某大學○○研究所研究生，昨接通知，須於某日前往報到辦理入學手續，爲此，懇請
賜准長假，俾得入學進修，將來學有所長，再請復職，以圖報効，是所至禱！謹上

處長

職〇〇〇 謹上

月 日

二、

敬陳者：本公司會計員〇〇〇業已辭職，此缺未便久懸，如

鈞長一時無適當人選，職之友人〇〇〇君係某大學會計系畢業，高考及格，現在某學校任數學教員，仍

願從事會計業務，其爲人思想純正，品德謙誠，定克忠職勝任，敬此推荐，謹呈簡歷片，簽請

核准錄用，爲禱！

謹上

董事長

職〇〇〇 敬上

月 日

中華語文叢書
應用文

1912

作　　者／周紹賢 著
主　　編／劉郁君
美術編輯／鍾　玟

出 版 者／中華書局
發 行 人／張敏君
副總經理／陳又齊
行銷經理／王新君
地　　址／11494 台北市內湖區舊宗路二段181巷8號5樓
客服專線／02-8797-8396　　傳　真／02-8797-8909
網　　址／www.chunghwabook.com.tw
匯款帳號／華南商業銀行　西湖分行
179-10-002693-1　中華書局股份有限公司

法律顧問／安侯法律事務所
製版印刷／維中科技有限公司　海瑞印刷品有限公司
出版日期／2019年3月再版
版本備註／據1985年9月初版復刻重製
定　　價／NTD 450

國家圖書館出版品預行編目（CIP）資料

應用文 / 周紹賢編著. -- 再版. -- 臺北市 :
中華書局, 2019.03
面 ; 公分. -- (中華語文叢書)
ISBN 978-957-8595-67-5(平裝)

1.漢語 2.應用文

802.79　　108000153

NO.H2142
ISBN 978-957-8595-67-5（平裝）